Do Balacobaco

ENTREVISTAS DE

Rodrigo de Souza Leão

Aline Leal, Lucas Viriato,
Marília Rothier Cardoso e Ramon Nunes Mello
(ORG.)

EDITORA

Uma vez, quando tomei um chá de cogumelo, fui parar nas cisternas da casa, batendo um papo filosófico com o meu eu. O pior é que eu encontrava respostas. Nem sabia que tinha um eu superior. Arriscava umas perguntas sobre o futuro e o eu me dizia tudo.

Rodrigo de Souza Leão
(em *Todos os cachorros são azuis*)

O eu é um outro.

Arthur Rimbaud

Prefácio

Nos anos 1990, o fenômeno dos "instapoetas" e seus milhares de leitores (ou seguidores) seria inimaginável (até porque ainda não havia Instagram), mas o escritor Rodrigo de Souza Leão já intuía que a internet oferecia um novo espaço a ser explorado. Louco ou visionário? É difícil rotular este artista recluso, poeta, músico, prosador, jornalista e pintor, internado mais de uma vez por esquizofrenia. Rodrigo morreria precocemente em 2009, depois de deixar a marca de seu talento em livros impactantes como *Todos os cachorros são azuis* e *Me roubaram uns dias contados*.

Foi no universo virtual que o "repórter cibernético", como gostava de se definir, entrevistou dezenas de autores e publicou o *e-zine Balacobaco*. Ao longo de oito anos, desde o final dos anos 1990 até o início do novo século, ele fez cerca de 150 entrevistas. O que parecia um exercício de mapeamento da cena cultural para um projeto efêmero hoje se mostra o retrato de uma época, de suas inquietações artísticas diante de uma nova forma de vida literária que prometia abrir espaço para divulgação de sua obra fora do circuito tradicional das editoras, prêmios, universidades e suplementos dos jornais.

Nesta seleção do arquivo digital guardado na Fundação Casa de Rui Barbosa, definida pelo próprio Rodrigo como "saco de gatos", misturam-se entrevistas com escritores consagrados, como Paulo Henriques Britto, com outros que ainda ganhariam nome e fama, como Marcelino Freire. Mas não são meros questionários, feitos por jornalistas apressados. Para Rodrigo, "a entrevista é a autêntica maneira de descobrir um escriba. Principalmente quando o repórter em questão não coloca na boca do entrevistado nada que este não tenha dito".

Mesmo para algumas perguntas caretas (como foi sua trajetória até o primeiro livro?), as respostas podem ser alucinadas.

É que seus interlocutores sabem que falam de artista para artista, que o entrevistador é alguém que leu sua obra profundamente e não apenas academicamente, ou pior, fez uma rápida busca na internet.

Às vezes, a própria pergunta é em formato de poesia, como a que abre a entrevista de Alberto Pucheu. Ou são as respostas que sabem ser inventivas, como quando o mesmo Pucheu responde qual seria o papel do escritor na sociedade: "O papel do caderno. O papel da máquina de escrever. O papel do guardanapo ou o do pão ou o do cigarro. O papel da nota fiscal pode servir ao escritor. Às vezes, chega a ser um papelote. Outras, até um papelão".

Uma pergunta, tantas vezes repetida, parece ser a grande questão. "Para que serve a arte?" As respostas vão das confissões íntimas aos libelos filosóficos. "A poesia é uma forma de pensamento. Quando o poeta muda a linguagem, ele age sobre a consciência: mudar as relações entre as palavras é alterar a nossa atitude junto às pessoas e ao mundo", reflete Claudio Daniel.

Não raro, as questões levantadas por Rodrigo de Souza Leão entram tanto em detalhe na obra dos entrevistados que o leitor se pergunta como aquele jovem deu conta de devorar tanta poesia em sua curta vida. Por exemplo, quando pergunta a Fabrício Carpinejar em relação a seu pai, poeta consagrado. "O pai é um inimigo íntimo?", questiona, citando um de seus versos. Também não faltam perguntas inusitadas, como a que faz para Fabio Weintraub: "Faltam movimentos literários ou é melhor ser mosqueteiro: cada um por si e Zeus por todos"?

Por que um e não outros, questiona, quando entrevista Heloisa Buarque de Hollanda, que tinha acabado de publicar sua segunda coletânea de poesia contemporânea. Ou quando discute curadorias como as da revista *Poesia Sempre* e a antologia bilíngue organizada por Regis Bonvicino e Nelson Ascher. "Quem faltou? Quem está lá e não merece?"

Um bom entrevistador não foge de conflito, mas precisa se preparar para a resposta. Quando pergunta a Ítalo Moriconi o que o qualificou para pertencer à antologia de Heloisa, recebe de volta outra pergunta: "O que, em sua opinião, me qualifica ou desqualifica para a antologia?" O diálogo prossegue, a ponto de Rodrigo mudar de posição com o entrevistado.

— Há algo de positivo no fato de a crítica literária concentrar-se nos meios acadêmicos?

— Há algo de negativo?

— Acho que sim. Não o fato em si, mas a crítica ficar restrita à universidade, convenhamos, é uma ação limitada ou não? Ou apenas os escritores da trindade UERJ, UFF, UFRJ é que têm importância. Ao meu ver este fato é nefasto. Quando não há o diálogo, alguma coisa está errada – responde o entrevistador.

O papel da literatura gay é discutido na entrevista de João Silvério Trevisan. Da literatura feminina, com poetas como Flavia Rocha, Flávia Savary, Greta Benitez, Julia Debasse e Viviane Mosé, a quem Rodrigo dirige uma pergunta inusitada ("Como é fazer amor com o tempo?"), que leva a uma resposta igualmente inesperada: "É comê-lo ao mesmo tempo que ele me come".

Por fim, o livro termina com uma entrevista com o próprio Rodrigo de Souza Leão realizada pelo poeta Ramon Nunes Mello, em 2008, um dos organizadores da atual coletânea. É um ciclo que se fecha unindo as duas pontas. "Você escreve prosa e poesia. Como surgiu seu interesse pela Literatura?", pergunta Ramon.

— É uma história longa. Você tem tempo?

Cristiane Costa

Sumário

Apresentação / A internet pode ser um poderoso meio de guerrilha cultural ... 12

Fuçando o baú do Balacobaco ... 26

A internet é mesmo um saco de gatos ... 27

As entrevistas do Balacobaco para esta edição ... 28

31 ... ADEMIR ASSUNÇÃO [SP]

43 ... ALBERTO PUCHEU [RJ]

53 ... ANDITYAS SOARES DE MOURA [MG]

65 ... ANTONIO MOURA [PA]

71 ... ASSIONARA SOUZA [RN]

81 ... CECÍLIA GIANNETTI [RJ]

87 ... CLAUDIO DANIEL [SP]

99 ... DIRCEU VILLA [SP]

111 ... FABIO WEINTRAUB [SP]

125 ... FABRICIO CARPINEJAR [RS]

135 ... FLÁVIA ROCHA [SP]

145 ... FLÁVIA SAVARY [RJ]

153 ... GABRIEL KOLYNIAK [SP]

159 ... GLAUCO MATTOSO [SP]

169 ... GRETA BENITEZ [PR]

175 ... HELOISA BUARQUE DE HOLLANDA [SP]

181 ... HORÁCIO COSTA [SP]
187 ... IOSIF LANDAU [ROMÊNIA/RJ]
199 ... ITALO MORICONI [RJ]
209 ... JOÃO SILVÉRIO TREVISAN [SP]
215 ... JOSÉ MENDONÇA TELES [GO]
221 ... JÚLIA DEBASSE [RJ]
229 ... LAU SIQUEIRA [RS]
239 ... LUCI COLLIN [PR]
247 ... MARCELINO FREIRE [PE]
253 ... PAULO DE TOLEDO [SP]
259 ... PAULO HENRIQUES BRITTO [RJ]
269 ... RODRIGO GARCIA LOPES [PR]
281 ... SIMONE CAMPOS [RJ]
287 ... VIRNA TEIXEIRA [CE]
293 ... VIVIANE MOSÉ [ES]

Lista de entrevistados do Balacobaco ... 298

Mapa dos entrevistados da edição ... 301

Fragmentos humanos: entrevista com Rodrigo de Souza Leão ... 304

Sobre os organizadores ... 318

Obs.: a localidade de cada entrevistado diz respeito ao seu local de nascimento, que não necessariamente é o mesmo de atuação.

A internet pode ser um poderoso meio de guerrilha cultural[1]

O rock ocupa as noites de Rodrigo, instiga sua imaginação nos anos 1980. Adepto das tendências da juventude do momento, percorre bares, auditórios e arenas, acompanhando as performances das bandas preferidas. Também forma sua banda – Krâneo & seus Neurôneos –, compõe e experimenta gravar alguma coisa, em parceria com Gizza Negri. Nunca se acomoda no lugar do espectador passivo. Ávido por participar da cena de seu tempo, acompanha, na década seguinte, as primeiras ondas do circuito virtual: cria um site, mantém *e-zines* regulares, colabora para diversas revistas digitais de literatura e edita o seu blog *Lowcura*. Em meio à agitação de produzir e fazer circular, anota lembranças de sua iniciação no espaço mutante da cultura. O nº 17 do *e-zine Balacobaco* – uma das edições mais férteis – capta a energia de um show do Legião Urbana. Sem minimizar o impacto das canções e o encanto da namorada que acompanhava, Rodrigo destaca aquele espetáculo para um registro, que considera decisivo já no título da matéria "Como conheci Rimbaud". Mesmo que a paixão à primeira vista (como outras) não tenha dado certo, a data ficou marcada porque "Cristina me apresentou Rimbaud".

1 Resposta de Ademir Assunção para a pergunta de Rodrigo: "Que uso faz da internet"?

Esse encontro fortuito com um ícone da tradição poética, no tumulto frenético do circuito de massa, serve para definir, de uma só vez, a peculiaridade da trajetória breve e intensa e do legado de Rodrigo de Souza Leão. Atropelado por episódios de delírio, aquele, que se iniciava no jornalismo e na música *pop*, adota a literatura como seu projeto. Distante de estádios e estúdios, concentra-se, obstinadamente, na tela do computador. Assim como conheceu Rimbaud como letrista de um sucesso da banda Hojerizah, instalou em suas redes um circuito poético. Ali, desenvolveu sua própria poesia – lançada ao público heterogêneo e crescente nas páginas virtuais e em numerosos *e-books* – e investigou o horizonte dos poetas contemporâneos por meio de entrevistas por e-mail, depois veiculadas nos *e-zines*. Começou a cultivar a prosa narrativa – escrita articuladora do real fantástico. Digitava, com obsessão, todos os fragmentos de intriga que lhe ocorriam; articulava rascunhos de estórias, que corrigia e suplementava, incansável. Publicou, em papel, cinco romances. Rimbaud – às vezes só, às vezes acompanhado de Baudelaire – surge já no primeiro romance, *Todos os Cachorros são Azuis*. No último ano de sua vida, 2009, Rodrigo frequentou as aulas de pintura de João Magalhães na Escola de Artes Visuais do Parque Lage e produziu cerca de 60 quadros – alguns dos quais compuseram, com poemas, a exposição *Tudo Vai Ficar da Cor que Você Quiser*, montada no MAM, entre 09/11/2011 e 15/01/2012, com curadoria de Marta Mestre e Ramon Nunes Mello, a convite de Luiz Camillo Osório, com um *crowdfunding*, uma vaquinha virtual financiada por seus leitores e admiradores. Quando faleceu, precocemente, a família resgatou toda aquela massa de notas, rascunhos e originais terminados e em processo de construção. O conjunto foi doado ao Arquivo-Museu de Literatura Brasileira (AMLB), da Fundação-Casa de Rui Barbosa, por intermédio de Eduardo Coelho, Ana Pessoa e Laura Regina Xavier. Foi o primeiro acervo majoritariamente digital recebido por uma instituição de guarda, na cidade. Devidamente tratado pelos técnicos da Casa, o acervo está aberto à consulta pública e vem sendo trabalhado por estudiosos de Letras e Arquivologia, bem como visitado por artistas. Já as obras pictóricas de Rodrigo de Souza Leão foram doadas ao Museu de Imagens do Inconsciente (MII), por intermédio de Luiz Carlos Mello, então diretor da instituição, integradas ao acervo de artes e saúde mental criado pela Dra. Nise da Silveira.

Para além do silêncio a que se recolheu, abruptamente, o moço rebelde do alto romantismo francês ganhou uma forma muito satisfatória de sobrevida no romance e na atividade investigativa do internauta-escritor brasileiro. Inspirado pela *Canção da Torre Mais Alta*, gravada em ritmo de rock na voz de Toni Platão, Rodrigo tornou-se um leitor assíduo de Rimbaud, que comparava traduções e transpunha as imagens oitocentistas nas soluções estéticas atuais, adaptadas das possibilidades mais palatáveis aprendidas com os experimentos das vanguardas. Certamente contagiado pela lenda insólita da vida de Rimbaud, Rodrigo interessou-se pelo fenômeno da invenção poética. Sem querer tornar-se um crítico especializado, mas explorando o amadorismo arguto dos apaixonados, empenhou-se na construção de um amplo panorama da poesia brasileira contemporânea. Por conta própria – às vezes, em parceria com outros interessados –, entrevistou dezenas de poetas, em atividade nos anos 1990 e início de 2000, na busca de decifrar os rumos dessa arte entre seus companheiros. O *e-zine Balacobaco* tornou-se o veículo principal dessas entrevistas, que eram, frequentemente, acompanhadas por uma seleção de poemas do entrevistado[2] e, por vezes, republicadas em revistas literárias como a *Germina Literatura* – criada pela poeta Silvana Guimarães, responsável pela criação do site oficial do poeta e do projeto Escritoras Suicidas, em que Souza Leão assina com

2 No prólogo à coletânea inédita referida, acrescenta que usou também, em menor escala, outro *e-zine*, o *PD Literatura*, e um veículo de papel, o *Jornal Rascunho*, do Paraná.

o pseudônimo de Romina Conti. Com a colaboração de Jorge Lúcio de Campos, Rodrigo projetou o volume *Poesia e Agoridade: uma conversação com treze poetas brasileiros contemporâneos (em torno de quatro questões).*[3] Completo e revisado, conforme o encontramos no acervo, o volume não chegou a ser editado.

No prólogo, escrito para essa coletânea de entrevistas, Rodrigo adota um tom de seriedade, em forte contraste com o gume humorístico de sua ficção. Se seu interesse pela poesia condensa-se na imagem de Rimbaud – de presença insistente nos escritos de memória e invenção –, seria o caso de imaginar o fantasma do poeta adolescente rindo de sua postura grave. A disponibilidade lírica do frequentador de shows de rock e do jogador brincalhão no trato com a composição literária desaparece quase por completo no momento em que investiga o panorama da poesia. Assim, enfatiza o papel decisivo do acesso à internet para torná-lo "minimamente produtivo para a sociedade", tendo assumido a tarefa de "entrevistar os poetas que até então não tinham voz". O uso de tal modo de expressão deve ter determinado o projeto convencional da coletânea que suprimiu a forma dialógica da entrevista,[4] selecionou apenas uma poeta-mulher[5] e condensou em blocos as respostas inscritas nos *e-zines*. Tendo deslocado para a linguagem escrita e para o modo remoto o contato com os poetas escolhidos, neutralizou a dimensão de humor presente em sua escrita artístico-ficcional.

Para recuperar um pouco o modo arejado da pesquisa por meio de entrevistas e para trazer a público uma amostra bem

3 Todas as referências e citações do livro inédito foram tiradas dos originais digitados e conservados no Arquivo Rodrigo de Souza Leão, no AMLB-FCRB.

4 No mesmo prólogo, lê-se: "As entrevistas não estão na íntegra, como foram enviadas. Elas passaram pela lente/leitura do poeta e ensaísta Jorge Lúcio de Campos."

5 Os poetas selecionados para a coletânea *Poesia e agoridade* são: Claudio Daniel (SP), Cláudio Willer (SP), Donizete Galvão (MG), Fabiano Calixto (PE) Fabrício Carpinejar (RS), Floriano Martins (CE), Glauco Mattoso (SP), Jorge Lúcio de Campos (RJ), Jussara Salazar (PE), Luiz Roberto Guedes (SP), Ronald Polito (MG), Ricardo Aleixo (MG) e Rodrigo Garcia Lopes (PR).

mais ampla com variedade maior de posições diante da noção de poesia, optou-se por resgatar outro grupo de conversas entre Rodrigo e os poetas em circulação. Trata-se daquelas que circularam no *e-zine Balacobaco*: um conjunto mais ágil, eclético e instigante, não só porque aproximam-se bastante do tom de conversa. E, também, foram incluídas, nesta seleta, entrevistas do *Balocobaco* reproduzidas na *Germina Literatura* com as poetas Virna Teixeira, Assionara Souza, Luci Collin e as escritoras Cecilia Giannetti e Simone Campos. Depois que seu *e-zine* encerrou as atividades, as entrevistas saíram apenas na *Germina*; a última delas foi publicada depois que Rodrigo morreu – com a poeta e cantora Neuza Pinheiro.

As perguntas e respostas breves, em sua maioria, acham-se intercaladas por poemas – confirmando ou contrastando-se com as considerações digitadas. Rodrigo de Souza Leão insistia em algumas perguntas, por exemplo, "Com quantas metáforas se faz um poema?" ou "Qual é o papel do escritor na sociedade?", o que parece confirmar o seu desejo de organizar um livro sobre o universo literário e os processos de criação de poetas e escritores, conforme ratifica a poeta Silvana Guimarães, editora responsável pela republicação na *Germina*, ao disponibilizar algumas das entrevistas para essa publicação.

O entusiasmo bem-comportado do pesquisador descreveu, nos termos seguintes, o panorama poético encontrado:

Os poetas da jovem geração paulista (e por que não aumentar essa rotulagem para *pós-vanguarda brasileira*?) têm uma noção bem exata das ferramentas de que dispõem, e talvez sejam as cabeças mais bem preparadas para levar a cabo um instigante projeto literário.

As enquetes preparatórias do livro planejado formularam quatro questões a poetas escolhidos entre aqueles que, presentes em livros e periódicos ao longo dos anos 1980, pareceram, aos organizadores, terem carreira já consolidada, ou melhor, iniciada. Tais foram as perguntas:

1 Quais seriam, em sua opinião, as reais perspectivas da poesia no mundo contemporâneo?;
2 Como os artistas, entre eles, especificamente os escritores, e, entre eles, mais especificamente ainda, os poetas poderiam intervir neste mundo?;
3 Quais seriam, no seu modo de ver, as principais linhas de força (influências) e de fuga (tendências) da poesia atualmente produzida no Brasil? De onde viemos e para onde vamos?;
4 Como você situaria a sua própria obra no contexto atual? Fale sobre suas potencialidades e limitações.

O gosto confesso do escritor pela entrevista e seu entusiasmo pelas novas ferramentas de intercâmbio, mais do que sua formação como jornalista, parece provir da imbricação – talvez inescapável – de obra e vida, na avaliação de seu legado. Em determinado momento da juventude, o cotidiano banal desse profissional em princípio de carreira e fascinado pelo rock da moda foi interrompido de vez por um surto delirante, que se repetiu algumas vezes e exigiu internações. Se não cabe psicanalisar a escrita de Rodrigo, seu leitor também não pode ignorar sua condição de portador de um ponto de vista peculiar no enfoque de suas circunstâncias. Seu enfrentamento ansioso e obstinado do trabalho relaciona-se à sua condição de prisioneiro de obsessões e fugas para o delírio. Oscila entre a busca de liberdade e as autocobranças.

Se observarmos, em paralelo, a obra publicada em papel e o acervo digital de Rodrigo de Souza Leão, fica evidente que o apelo de seu trabalho – artístico e investigativo – concentra-se, justamente, na tensão entre a informalidade intuitiva do autodidata arguto e o empenho em formalizar o trabalho para aproximar-se da crítica institucionalizada. Na ficção de Rodrigo, tendente ao fantástico, ao lado da figura de Rimbaud – emblema do gênio instável, irresponsável, rebelde –, surge, também, em contrapartida, Baudelaire, crítico severo da sociedade opressora, construtor de uma poética que serviu de guia a historiadores e filósofos. Sentindo-se acompanhado por essa dupla de poetas, o escritor-observador da cena poética atual, embora com mais frequência fascinado pela rebeldia de Rimbaud, apega-se, em certas circunstâncias, à exigência baudelairiana de que o artista preste contas de sua responsabilidade social. O envolvimento lúdico do artista com a linguagem não parece bastar a esse pioneiro dos intercâmbios digitais – coeditor da revista digital *Zunái* ao lado de Claudio Daniel e criador, também, do *e-zine Seo* Mário, pseudônimo inspirado no nome de seu avô, Seu Mário –; ele se mostra rigoroso com a quantidade e a qualidade do trabalho. Quer conhecer cada vez melhor seu ofício tanto quanto ampliar e divulgar sua obra. Vale a pena ler algum fragmento de *Todos os cachorros são azuis*, em que se pode perceber a justaposição de memória e ficção. O protagonista do romance carrega dimensões da função-autor – aquela que atua como entrevistador nos diálogos com os poetas. A trajetória errática do protagonista, na qual interferem as personagens-valores identificadas com Rimbaud e Baudelaire, ilumina, de certa forma, o comportamento do escritor entre as atividades de leitura, escrita, pintura e de investigação histórico-crítica da produção poética/artística: "Rimbaud, já estamos cansados dessa festa, não? Baudelaire fez até um poema. E nós, nada. Até que seria interessante aquela história lá de Nova York, que acha?" (Leão, 2019, p. 74).

Claudio Daniel, um dos poetas cuja entrevista foi selecionada para o livro inédito organizado por Rodrigo, respondendo à primeira pergunta, cita Octavio Paz para tratar da perspectiva atual sobre a poesia e destaca sua posição "à margem, por seu caráter não instrumental". Isso o conduz a considerar que a posição atual da poesia permanece "no ciclo inaugurado pelo Romantismo em sua oposição à sociedade burguesa, representado e até encarnado por personagens como Baudelaire e Rimbaud [...] O que Baudelaire escreveu sobre o lugar do poeta na metrópole, na sociedade de massas, continua valendo." A escolha dessa resposta aponta para a coincidência entre a visão deste poeta-crítico, leitor de Octavio Paz, e aquela que se dissemina em vários escritos de Rodrigo de Souza Leão. Quando – meio lúcido, meio delirante – o narrador da intriga romanesca resiste às imposições das instituições burguesas, Rimbaud sempre surge para lhe fazer companhia. Por outro lado, quando o escritor sente-se autopressionado a dar conta da utilidade de sua vida, reclusa em função da doença mental, lembra-se de registrar tudo o que tem feito no campo da literatura, elenca os livros publicados (em versão digital e em papel) e as páginas escritas. É o momento em que, onde quer que esteja, sente-se visitado por Baudelaire e passa a prestar contas de tudo o que tem estudado, escrito e posto em circulação. Aí, surge a importância das novas tecnologias – substitutos modernos da função da imprensa nos Oitocentos. Encontra, nessa circunstância, afinidade estreita com outro entrevistado, Donizete Galvão. Esperançoso com a repercussão da poesia, no contemporâneo, esse poeta evidencia o papel da internet que "abriu muito as possibilidades de comunicação entre os poetas, as trocas de leituras, os sites, os blogs."

Imerso na "efervescência", de que fala Donizete Galvão, Rodrigo multiplica seus canais eletrônicos, intensifica sua produção. Vai, assim, não só acrescentando novos itens à sua obra como, principalmente, alargando o arquivo de seu computador de trabalho. Hoje, não só podemos ter acesso a seus rascunhos literários como tomar conhecimento de seus inéditos. Nesta segunda década do século 21, o acervo de Rodrigo está disponível a curiosos e pesquisadores, e tem-se tornado um agente renovador da instituição de guarda de arquivos – obrigada a formar especialistas em documentação de processos de catalogação e preservação de documentos digitais.

O pesquisador de arquivos literários até o século 20 tinha como atividade prioritária manusear materiais físicos – cadernos, agendas, papéis avulsos, além de suportes inesperados como contas de luz, versos de cheques, papéis de cigarro – ; observar atentamente a caligrafia do autor – apressada, irritada, lenta, jovem, madura, tremida –; detalhar a gramatura e a textura do papel – transparente, opaco, espesso, leve –; identificar a natureza do polígrafo – lápis, caneta, variedades de pontas e cores –, as manchas vertidas no suporte – café, vinho, digitais, oleosidade –, além de localizar um leve perfume capaz de reconectá-lo à cena de escritura. Tais peças jamais serão capazes de completar o inesgotável quebra-cabeças – tal qual a biblioteca de Borges e suas superfícies polidas, prometem o infinito – e, não à toa, Jacques Derrida, no seu estudo clássico *Mal de arquivo – uma impressão freudiana*, vai sublinhar essa impossibilidade que se traduz em desejo. Toda essa fantasmagoria, espectros que se anunciam a partir de seus rastros e vestígios, leva a um momento – apenas imaginário – sob o signo do processo, do inacabamento, de um possível vir a ser.

A pesquisa arquivística, embora não prescritiva ou normativa, mantém um ritual preciso e precioso: é necessário atravessar os arcontes, aqueles que detêm a guarda dos documentos, e dançar conforme a sua música. No contato com os materiais – em horário agendado, sala climatizada, uso de luvas solicitado –, convoca-se toda uma gramática de gestos própria à atividade do pesquisador de arquivo: curvados sobre a mesa, aproxima-se a matéria do olho para extrair algum detalhe somente decifrável a uma distância precisa; vira-se o papel como a um mapa, no interesse de localizar os afluentes, o continente e as capitais. Detetive e pesquisador, perito e ficcionista, conservador e inventor formam, neste instante, uma aliança indistinta.

Os materiais tradicionalmente consultados, entretanto, fazem parte de uma cena de escritura que tem se transformado radicalmente nos últimos trinta anos. Com a presença hegemônica no cotidiano de telas, suportes digitais, processadores de textos, na divulgação de materiais em sites, blogs, redes sociais, escreve-se cada vez menos em cadernos, diários e papéis avulsos, e os rascunhos e manuscritos são guardados antes em disquetes e CDs, e, mais recentemente, em HDs e na nuvem. Nesse sentido, a fisicalidade do arquivo literário também se transforma, na medida em que escritores fazem uso cada vez mais recorrente de ferramentas de escrita menos ligadas ao suporte material para aderir ao digital. Mesmo nos datiloscritos – em que a máquina de escrever mediava a relação do autor com o texto –, é possível observar a força dos dedos que digitam a partir da carga de tinta deixada no papel, um tipo de impressão que revela a pressão de um corpo sobre o outro. Examinar o arquivo, folheá-lo, ir de trás para frente, sentir a textura e a temperatura de sua matéria torna-se agora impossível, exigindo a criação de um novo repertório de gestos para se acercar dos arquivos digitais, algo descarnado. É claro que esses bastidores têm impacto no tipo de literatura produzida por uma geração envolvida em diferentes níveis com essa tecnologia, e estudos nesse sentido foram produzidos por críticos e críticas como Roger Chartier, Flora Süssekind, Josefina Ludmer, Florencia Garramuño, entre outros.

É com esta sensibilidade ainda referida ao papel e, no entanto, em busca de novas práticas arquivísticas relacionadas aos novos modos de arquivar a vida e a obra que se aproxima do arquivo de Rodrigo de Souza Leão. Doado em 27 de novembro de 2013, por Ramon Nunes Mello, com anuência dos pais de Rodrigo – Antônio Alberto de Souza Leão e Maria Sylvia Veríssimo de Souza Leão –, para o Arquivo-Museu de Literatura Brasileira, da Fundação Casa de Rui Barbosa (FCRB), sob a responsabilidade da arquivista Rosely Curi Rondinelli. Jorge Phelippe Lira de Abreu, então pesquisador do AMLB, em seu estudo pioneiro *Existir em Bits: gênese e processamento do arquivo nato digital de Rodrigo de Souza Leão*, aponta para os desafios que o arquivo digital dirige à teoria arquivística, desestabilizando questões de proveniência, de ordem original, de confiabilidade e autenticidade. Assim, ele inverte a ordem dos termos para indicar novos enfoques e metodologias de pesquisa: "não são mais documentos digitais em arquivos pessoais mas, sim, arquivos pessoais digitais" (Abreu, 2018, p.19).

E, por mais *descarnado* que seja o arquivo digital, na sua ausência de apelo tátil, encontramos aí, também, as marcas da presença corpórea e afetiva daquele por detrás das telas. A entrevista feita por e-mail – seu caráter dialógico subtraído – com Heloisa Buarque de Hollanda, por exemplo, chama atenção por ter sido respondida toda em caixa-alta, embora, na presente edição, por uma questão de padronização, tenhamos optado por mantê-la no mesmo formato das demais. Rodrigo lança uma hipótese: "Todo mundo sabe que quando se usa a caixa-alta – na internet – significa que a pessoa está gritando com a outra. Pois bem, não sei se foi isso ou se foi para reescrever tudo que ela havia escrito, é que a professora Heloisa Buarque respondeu às minhas perguntas em caixa-alta (fonte com letra maiúscula) [...] De certo que fiz perguntas provocantes. Tenho todo o respeito pela professora e queria dar vazão, à época, ao tumulto provocado pelas colocações e agressões do poeta Bruno Tolentino na *Revista Cult*".

Um caldo majoritariamente digital ganha corpo: diferentes versões de documentos em Word, fotos pessoais em jpeg ou tiff, imagens copiadas da internet, e-mails do Outlook, tabelas de Excel, arquivos de extensões variadas armazenados em pastas virtuais, papiros e palimpsestos do século 21[6]. Materiais múltiplos e heterogêneos, regidos por um grau de método e desordem – como o arquivo físico, evocando também os seus

6 De acordo com informações extraídas da base Guia da FCRB, eis a extensão do arquivo de RSL: Acervo arquivístico digital original: 14,5 GB / 27.137 documentos. Acervo arquivístico em papel: 0,14 m / 71 documentos manuscritos e impressos. Acervo bibliográfico: 49 livros. Acervo museológico: 2 peças (um cachorro de tecido estampado, presenteado a Rodrigo, no contexto do seu livro *Todos os cachorros são azuis*, e uma toca de polo aquático usada por ele quando do lançamento da referida obra).

fantasmas. Em *O Sabor do Arquivo*, Arlette Farge trata dessa atividade por vezes desconcertante e colossal: "[...] quem trabalha em arquivos se surpreende muitas vezes falando dessa viagem em termos de mergulho, de imersão, e até de afogamento" (2009, p. 11). Nesse mar de bits – de uma internet ainda em seus primórdios, sugerindo uma arqueologia digital –, forma-se a onda *Balacobaco*.

Rodrigo de Souza Leão destaca seu gosto pelas entrevistas: "Desde que me entendo por gente, penso em conceder entrevistas. Muitas vezes, me peguei mentalmente respondendo a um entrevistador fictício." Ao longo dos anos em que se empenhou em fazer circular a poesia das décadas de 1990 e 2000 – incluindo sua própria contribuição para o conjunto –, Rodrigo fez muitas entrevistas mas raramente ocupou o lugar do entrevistado. Em 2009, nos seus últimos tempos de vida, deu uma entrevista a Ramon Nunes Mello, que se mostrou decisiva para a preservação e a divulgação de seu legado literário. Já com a crescente presença nas redes sociais, a escrita de Rodrigo ingressou, efetivamente, no circuito da literatura a partir de sua aproximação com esse jornalista-poeta que se tornou, após a morte de Rodrigo, o curador de seu acervo artístico. Tendo feito a cocuradoria da exposição da pintura do escritor recém-falecido e de ter adaptado um de seus textos para o teatro, Ramon foi escolhido pela família Souza Leão para cuidar do arquivo literário de Rodrigo, aberto ao público, depois de doado ao Arquivo-Museu de Literatura Brasileira, da Casa de Rui Barbosa.

Foi respondendo a uma das perguntas de Ramon, nessa entrevista de 2009, que Rodrigo explicitou a importância do circuito digital para a carreira que construía e para assumir que sua escrita estava imbricada aos limites determinados pela condição de esquizofrênico: "Até começar minha relação com a internet, eu não falava da doença." A quase completa reclusão, a que a doença o obrigou, passou a ser minimizada e compensada pelas crescentes formas de interação e de divulgação de trabalhos abertas pela comunicação remota. Do ponto de vista das relações entre escrita literária e circuitos virtuais, o trânsito pela internet foi decisivo. Criando e alimentando blogs e *e-zines,* Rodrigo construiu uma rede desdobrável com os poetas – entrevistou-os, aprendeu com eles os rudimentos da crítica e passou a conhecer o ideário artístico vigente entre seus pares. E foram igualmente as tecnologias digitais que permitiram a classificação e a organização de seu acervo. Quando a família entregou o material ao AMLB, revelou-se sua peculiaridade em relação ao conjunto dos arquivos conservados pela instituição de pesquisa. A maior parte dos documentos está em forma digital – o que exigiu dos arquivistas toda uma adaptação dos critérios de classificação e organização. Estudiosos de arquivos, professores e críticos concentraram-se na curiosidade de uma obra que praticamente abandonou o papel – suporte tradicional do manuscrito.

Adequar a invenção de linguagem ao suporte virtual foi uma tarefa autodidata, que Rodrigo desenvolveu com prazer. O resultado vem estimulando a curiosidade de um público crescente a tal ponto que inspirou a já citada dissertação de mestrado de Jorge Phelipe Lira de Abreu, no Programa de Pós-Graduação em Arquivologia da UniRio, transformada em livro. Aí, fica exposta a afinidade, ainda apenas vislumbrada, da atividade jornalística e da pesquisa acadêmica com a criação literária apoiada em tecnologia que se reinventa a cada ano. "Com a chegada do computador e, especialmente, da internet, na década de 1990, Rodrigo começa a se dedicar novamente ao trabalho jornalístico", escreve Lira para, em seguida, citar o autor: "'O computador mudou minha relação com a escrita e às vezes penso que ele pode sair escrevendo por mim, tamanha capacidade que tem de estar quase falando quando eu quero. São muitas horas que passo junto a ele.'" (Leão apud Abreu, 2018, p. 83).

Construída a partir das sensações exacerbadas de um corpo-mente, que capta vibrações das coisas e pensa a situação de investigadores e inventores, a obra de Rodrigo de Souza Leão também promove diferentes questionamentos e avanços. Enquanto os técnicos do AMLB tiveram de construir um método de classificação para tratar o arquivo digital, a crítica literária encontrou um caso instigante, que complexifica a tarefa de análise avaliativa de linguagens poéticas recentes, incluindo a linguagem digital.

Com o surgimento e o avanço dos limites e possibilidades do espaço virtual, Rodrigo transformou sua reclusão solitária em intenso intercâmbio com artistas, recuperando a vitalidade da entrevista escrita. Reunir, agora, número significativo dessas entrevistas e publicá-las em livro é reavivar os diálogos poéticos de duas décadas anteriores. Instigante é pensar no destino do arquivo de Rodrigo, que se preserva para a posteridade, inaugurando, entre acervos materiais, a nova tecnologia da memória. À maneira do fantasma sedutor do poeta romântico que acompanhou o poeta do século 21, fortalecendo-lhe o corpo e a imaginação, esta iniciativa de fixar, na materialidade do livro, as intensas trocas virtuais com os poetas da geração 90 dá sobrevida a um momento de virada, quando a circulação incontrolável das redes não se esvaziou por excesso. Ao contrário, operou multiplicando a potência dos diálogos poéticos.

Os/as Organizadores/as

Fuçando o baú do Balacobaco

Há escritor que não gosta de conceder entrevista. Mas será que existe uma forma mais interessante de conhecer um autor? O jornalista tem a sua função específica e esta plataforma de veiculação – a entrevista – é a autêntica maneira de descobrir um escriba. Principalmente quando o repórter em questão não coloca na boca do entrevistado nada que este não tenha dito.

E, assim, editando o *e-zine Balacobaco*, eu fiz mais de 150 entrevistas que estão espalhadas pela internet. A única pena é que às vezes alguns editores tiram o conteúdo do seu sítio cibernético, deixando alguma parte deste meu trabalho fora do ar: o que, com certeza, é um problema, pois não tenho impressas ou no meu HD todas as entrevistas que fiz. Sinto na carne que é uma parte de mim que vai embora para não mais voltar. São os ossos do ofício de repórter cibernético. Mas parte deste material se encontra em http://www.geocities.com/SoHo/Lofts/1418/entrevistas.htm

Este especial vem mostrar uma minúscula, mas importante, parte de meu trabalho nesses quase oito anos de internet.

Esses textos foram retirados dos arquivos digitais do autor, quando da compilação de um especial com algumas das entrevistas realizadas até então, e em uma recolha de indicações de sites na internet. O site mencionado no primeiro texto não se encontra mais disponível, mas diversas entrevistas de Rodrigo podem ser encontradas em sites na internet. O grifo em negrito, no terceiro parágrafo do segundo texto, foi feito pelo autor.

A internet é mesmo um saco de gatos

A internet é mesmo um saco de gatos onde cabe tudo e ainda mais um pouco. Onde todo poeta – por menor que seja – tem a sua produção exposta e muitas vezes festejada. Mas quem merece espaço? Merecer, mérito! Papo chato e muito mais interessante ser como Glauco Mattoso quando diz que é poeta quem se considera poeta, na *Revista Babel* deste mês. Mas chega de enrolar o povo e a balacoland e vamos ao que interessa.

Naveguei por cinco sites de poetas que considero dignos de realce dentro do caos cibernético.

Ah, convém ressaltar que os sites estão aqui comentados pelo conteúdo do que pelo que oferecem de efeitos. Por isso, não espere pirocibernéticos esquemas nestes sítios, e sim **poesia nova, vital, revigorada, pura nitroglicerina**.

Dizer, então, que a internet só tem poesia de baixa qualidade é falar besteira. Aos poucos, todo mundo vai entrando neste caldeirão em html e java. Até o nosso candidato ao Nobel tem site. Quem te viu e quem te vê? É a internet ainda limitada. Como acreditar num *black future*?

As entrevistas
do Balacobaco para esta edição

As entrevistas deste livro foram selecionadas como uma pequena amostra do material contido no arquivo digital de Rodrigo de Souza Leão, sob a guarda do Arquivo Museu de Literatura Brasileira da Fundação Casa de Rui Barbosa, dentro do escopo do projeto *Balacobaco*, desenvolvido pelo escritor. Além disso, ampliamos a pesquisa para incluir algumas das entrevistas do *Balacobaco* publicadas no site *Germina Literatura*, com a intenção de acrescentar diálogos realizados entre Rodrigo e mulheres poetas e/ou escritoras. O critério foi captar a variedade em termos de geração, gênero, localidade e forma de atuação artística, de acordo com o interesse de Rodrigo em divulgar produções plurais e levando em consideração o momento atual em que se busca valorizar a diversidade de vozes sem perder de vista a atuação de cada autor. Algumas entrevistas foram editadas por questão de espaço ou por fugirem ao recorte da presente publicação. A íntegra destas e de outras entrevistas não incluídas nesta seleção pode ser encontrada nos arquivos da Casa de Rui Barbosa, no Rio de Janeiro.

O primeiro número de *Balacobaco* foi lançado em 1998, com a reprodução de uma entrevista de Augusto dos Anjos concedida a Licínio Santos, em 1912, e publicada no livro *A Loucura dos Intelectuais* (1914). Ao que parece, um ponto de partida para Rodrigo entrevistar os poetas e escritores de sua geração. Enviadas como *newsletter* para seus assinantes com o cabeçalho "BALACOBACO/Caderno Especial/Número/Planeta Terra/Rio de Janeiro", a grande maioria das entrevistas não está datada. O número 76, último que aparece no acervo e um dos poucos que inclui data, traz o poeta paulista Gabriel Kolyniak e começa com: "Balacobaco/ano VI/número 76/Rio de Janeiro, 10 de agosto 2003"

As entrevistas escolhidas para este livro compreendem o período de 1998 até 2009, data da última entrevista selecionada, com Simone Campos. Como se tem conhecimento, Rodrigo de Souza Leão continuou republicando seus diálogos literários em revistas eletrônicas e colaborando para veículos de imprensa com entrevistas, resenhas, artigos sobre literatura contemporânea. Os entrevistados, presentes nesta seleta, certamente não estão, hoje, no mesmo ponto de quando concederam a entrevista, sua produção cresceu e suas posições podem ter sofrido mudanças, mas a seleção constitui não somente um panorama – sempre parcial e subjetivo – de uma época, mas, acima de tudo, mobiliza uma discussão sempre intempestiva sobre literatura.

Banner do *e-zine Balacobaco*, editado por Rodrigo de Souza Leão ao longo das décadas de 1990 e 2000.

ADEMIR ASSUNÇÃO [SP, 1961]

É poeta, escritor, jornalista e letrista de música brasileira. Autor de livros de poesia, ficção e jornalismo, venceu o Prêmio Jabuti, em 2013, com *A voz do ventríloquo*. Poemas e contos de sua autoria foram traduzidos para o inglês, o espanhol e o alemão, e publicados em livros e revistas na Argentina, no México, no Peru e nos EUA.

Como foi a sua trajetória até o primeiro livro *LSD Nô*?

Bem simples: nasci em um vagão de trem (meu pai era ferroviário). Cresci com enorme liberdade, em um quintal muito grande, com todo tipo de frutas: mamão, goiaba, manga, laranja, uva. Sofri o primeiro impacto poético assistindo pela televisão à chegada do homem na Lua. O segundo: ouvindo Caetano Veloso cantar "Alegria, Alegria" no rádio. Eu tinha 7 anos de idade. Fiquei impressionado com aquelas palavras: "coca-cola, espaçonaves, guerrilhas, caras de presidentes, Brigitte Bardot, dentes, pernas, bandeiras". Somente aos 17, 18 anos, passei a ler poesia – Homero, Ezra Pound, E. E. Cummings, Corbière, Artaud, Rimbaud. Na mesma época, ouvia muito rock and roll (falo de compositores como Frank Zappa, Jim Morrison, Jimi Hendrix, Bob Dylan, Raul Seixas...). Sou um cara da era da comunicação de massas. Minha sensibilidade tem mais a ver com poetas e escritores como Paulo Leminski, Torquato Neto, José Agrippino de Paula, William Burroughs, Arthur Rimbaud, Oswald de Andrade do que com Drummond de Andrade, Mário de Andrade ou Manuel Bandeira. Questão de escolhas; que posso fazer? Dessas somas e subtrações todas, surgiu *LSD Nô*.

Em "Escrito a sangue", você explora bastante a eufonia. Qual a importância da sonoridade das palavras em seus poemas?

Não apenas em "Escrito a sangue" mas em todo o *LSD Nô*, eu procurei trabalhar a sonoridade das palavras com o máximo de intensidade. Concordo com Pound: "a poesia começa a se atrofiar quando se afasta muito da música". Procuro uma poesia ritual, como eram os cantos tribais de várias culturas do planeta. A musicalidade, então, é fundamental. Ultimamente, porém, tenho procurado desenvolver mais as imagens. Estou muito interessado nos processos imagéticos que desencadeamos em nossa mente, noite após noite, através dos sonhos (*Cinemitologias*, meu terceiro livro, foi um passo nessa direção). Mas não me detenho nas imagens como um pintor, procurando nuances de luz e cores. Não. Meu processo está mais para o cinema, para a velocidade das imagens em movimento. Uma poesia mítica e alucinatória.

No poema "A lira no lixo", você afirma que "pensam o poeta/um ente otário". Quem é verdadeiramente o poeta?

O final do poema "A lira no lixo" diz assim: "sonha o poeta em seu nicho/ palavras mágicas/ senhas surdas/ sendas ocultas/ risca um risco no disco/ cisca um cisco preto/ no mármore preto/ e cata iguarias no lixo." Eu procuro extrair minha poesia do lixo da civilização industrial. Acho que a melhor parte da nossa cultura é aquela que está sendo jogada no lixo. Quem é "verdadeiramente" o poeta? Sei lá. Nem sei se "a verdade" existe.

Qual a importância de Mallarmé em sua poesia?

Um lance de versos jamais abolirá a liberdade da minha linguagem.

"Ilusão de acústica"
fala de amor. Como é para
um poeta "camaleônico",
"experimentalista",
reinventar a roda
da lírica amorosa?

ILUSÃO DE ACÚSTICA

no areal à brisa a mansa clara
quando despe a camisa
o sol desenha tatuagem em seu seio
nele vejo
clara
visão que amornafronta o breu
por não serem meus
os teus tão bons
íntimos sons
clara que alveja a roupa

aura
macia a boca
de sempre tão serena
gema
me chama ardendo dentro clara!
laura
quando me ama?

"Ilusão de acústica" é uma mutação de "Ilusão de ótica". É que no poema procuro passar a impressão de que o poeta está apaixonado por uma mulher chamada Clara. E, no final, quem aparece é a persona de uma mulher chamada Laura. Com a troca de uma única letra – "c" por "u", que, aliás, juntas, resultam em um obscuro objeto de desejo masculino – cai por terra todo o castelo amoroso do poeta, dando uma rasteira no próprio leitor. Parece que o poeta tem Clara à mão. Mas quem ele verdadeiramente ama é Laura. O experimentalismo, para mim, está ligado a uma pulsão orgânica, visceral. Em vez de fazer um poema sobre uma trepada, tento fazer com que o próprio poema seja uma trepada. Repare nesse jogo entre "Clara" e "Laura". O "c" de "Clara" cai fora e entra um "u" bem no meio do "Lara" que sobrou, tornando-se "Laura". Bem no meio. O sexo e o amor são coisas importantíssimas para minha vida. Portanto, claro que vão estar presentes na minha poesia. Uma das coisas mais "experimentais" que um ser humano pode fazer é "experimentar" o corpo de outra pessoa.

Boa parte de sua obra dialoga com o concretismo e com a poesia visual. Quais as suas principais influências?

A poesia concreta teve um grande impacto sobre mim pela liberdade que ela proporcionava – a abertura para a dimensão visual da palavra, as possibilidades linguísticas, a consciência da poesia em um contexto de comunicação de massas. Mas tenho quase certeza de que Augusto de Campos ou Décio Pignatari não considerariam *LSD Nô* como um conjunto de "poemas concretos". Creio que a visualidade nos meus poemas iniciais está muito mais ligada à experiência jornalística – trabalhei em alguns dos grandes jornais e revistas do Brasil, como *O Estado de São Paulo*, *Folha de São Paulo*, revista *Veja* etc... Embora tenha uma relação bastante crítica com a imprensa (hoje, no Brasil, ela está cada vez mais dominada por manipuladores), sei o impacto que tem uma palavra em corpo 10, dentro de um e-mail, enviado pela internet, e o de uma mesma palavra escrita em corpo 72 na capa de um jornal que vai para a casa do leitor. Imagine um editorial sobre a situação política e econômica do Brasil, cujo título seja a palavra MERDA, escrita em corpo 60, na capa de um jornal como *O Globo*? O impacto é enorme. Meu novo livro, *Zona Branca*, porém, tem um ou dois poemas que trabalham com essa "visualidade" da palavra. Estou seguindo por outros caminhos ultimamente. Pode ser que retome algumas coisas do *LSD Nô* mais pra frente. Mas sou muito inquieto. Não vou ficar me repetindo a vida toda. Quanto às influências, elas são muitas. Não tenho aquela neurose da "angústia da influência", que tanto preocupa um crítico como Harold Bloom. Minha dentição é boa: mastigo tudo o que me interessa: e isto vai de Dante Alighieri a histórias em quadrinhos. Procuro também estar sempre de olho em alguns poetas da minha geração, com quem mantenho um diálogo crítico-criativo há mais de 10 anos: Rodrigo Garcia Lopes, Maurício Arruda Mendonça, Marcos Losnak e Mario Bortolotto. Mais recentemente, vieram se somar Ricardo Corona, Joca Reiners Terron, Cláudio Daniel, Elson Fróes, todos poetas contemporâneos, produzindo arte poética cheia de qualidade e inquietação.

"Essa cara", outro poema de *LSD Nô*, é o resultado da fusão de letra de música com poema. Letra de música é poema?

Não penso que letra de música seja algo menor. Como dizer que não presta a poesia de Noel Rosa, Cartola, Chico Buarque ou Jim Morrison? Penso que há diferenças de registros. Dificilmente, seria possível cantar uma epopeia de 550 páginas. Mas isso não a faz necessariamente superior à obra de um Chico Buarque.

Você tem poemas dedicados a roqueiros como Kurt Cobain e Jim Morrison. Qual o lugar da música em sua vida?

Para responder esta pergunta, posso dizer que os poetas contemporâneos, na minha opinião, têm muito a aprender com Arrigo Barnabé.

Digamos que você é um poeta dionisíaco... É correta esta visão? Fale sobre...

Um dos grandes métodos de aprendizado, para mim, foi o uso de cogumelos alucinógenos. Outro foi o zen. Somadas, essas duas vias de conhecimento me mostraram claramente que existem outras dimensões de percepção e que nem tudo pode ser apreendido pela via racional. O racional, na maior parte do tempo, não passa de ilusão. É o que os hindus chamam de *maya*. Por conta disso, acho que tenho um lado dionisíaco forte, sim. Mas tenho um lado apolíneo também.

Simplificando... O pós-moderno é o resgate e o convívio com a pluralidade. É voltar ao passado e escrever poemas à moda antiga, com as ferramentas atuais... Existe novidade? Quais os paradigmas da arte atual?

Deus me livre escrever sonetos achando que a "grande e nobre arte" está nos séculos 18 e 19. Glauco Mattoso escreve sonetos, mas com uma consciência cínica escancarada. Mete um monte de sujeira naquela "estética nobre": chulé, bosta, frieira. Aliás, Gregório de Matos já fazia isso, lá no século 17. Para mim, o negócio é outro. Não estou convencido de que o tempo da arte é um tempo linear, evolucionista. Talvez a gente sinta, diante do Universo, a mesma perplexidade que um índio de 1.000 anos atrás sentia. Claro que o ambiente (inclusive cultural), as ferramentas, a maneira de viver são diferentes. Agora, não penso que conceitos de outras áreas possam ser transplantados mecanicamente para a linguagem artística. Entre um teco-teco e um avião supersônico, claro, existe uma evolução tecnológica indiscutível. Mas um haicai de Issa, escrito no século 17, não é "artisticamente" inferior ao "Poema sujo" de Ferreira Gullar. É outra coisa. Claro que não vou tentar escrever como Dante Alighieri. Minha época é outra, o contexto em que vivo, o imaginário, enfim, são completamente diferentes. Essas ideias de "nobreza" da arte é que geram muita confusão. No mundo atual, você pode apreender um poema escrito com laser no céu com a mesma intensidade que um poema de John Donne. Cada época, cada grupo de artistas, reinventa o passado. Por mais que Machado de Assis seja considerado o maior escritor brasileiro, ele me interessa muito menos que Agrippino de Paula ou Campos de Carvalho. É uma questão de escolhas. Para mim, então, o paradigma da arte atual é produzir uma arte que consiga criar mecanismos de compreensão da nossa época. Não escrevo para o passado.

Que uso faz da internet?

A internet pode ser um poderoso meio de guerrilha cultural. Tento usá-la dessa forma.

A Máquina Peluda **dá a impressão de que os textos contidos ali foram uma transposição quase que mediúnica para o papel. Como foi o processo de criação, de elaboração de uma linguagem?**

Interessante essa observação: mediúnica. Quando estava escrevendo o livro (e foram quatro anos de trabalho), às vezes voltava para revisar um texto escrito algumas madrugadas antes e me surpreendia: "caramba, de onde eu tirei essa loucura toda?" Muitas vezes me sentia uma espécie de "cavalo" (aquele que recebe o santo nos rituais afro). Talvez porque toda a arte traz muito do inconsciente, daquelas regiões cerebrais que conhecemos bem pouco. E, claro, nessa obscura região das nossas personalidades estão armazenadas milhões de experiências, de percepções, de leituras e, por que não, de arquétipos ancestrais e intuições futuristas, que nem sequer suspeitamos que possuímos. Por outro lado, a linguagem ou as linguagens d'*A Máquina Peluda* foram conscientemente trabalhadas, buscadas, almejadas. Não acredito em "linguagem automática". Todo o meu trabalho segue um esforço contrário: desautomatizar ao máximo a linguagem.

A metalinguagem é o futuro da poesia, como diz Haroldo de Campos? E a intertextualidade também?

Não acredito que o futuro aponte para uma única direção. Seria chatíssimo se todos os escritores e poetas do planeta se pautassem pelas mesmas ideias. Mas penso que a intertextualidade, principalmente, vai se tornar muito presente na literatura urbana do próximo milênio. Estamos sendo bombardeados por milhares de informações o tempo todo e nossa mente funciona cada vez mais como uma ilha de edição.

O que emprestou de si ao construir o Caminha, do texto "Cartas do escriba ao rei"?

De mim, talvez, só a imaginação. O Pero Vaz de Caminha das "Cartas do escriba ao rei" cumpre uma trajetória cultural, não pessoal. Parti da carta original do "Achamento do Brasil" e fui deturpando os fatos. Sob o efeito de uma erva misteriosa que os índios oferecem à esquadra portuguesa, Caminha ganha uma estranha capacidade de se deslocar no tempo e no espaço. Com isso, vai saltando por vários períodos da história brasileira, encontra-se com Gregório de Matos, no século 17; depois com

Oswald de Andrade e Dorival Caymmi, no século 20; em seguida, retrocede alguns séculos e vai cruzar com Marcgrave nas ruas de Recife, e assim por diante. O contato com a erva e com o "novo mundo" faz com que o escriba da Corte vá perdendo suas raízes culturais lusitanas, brancas, católicas. Rapidamente, ele se torna um mameluco, pansexual e depravado. A cada carta que envia ao rei, percebe-se que ele está mais pirado. E a linguagem vai pirando também. Ele passa por um processo de desterritorialização cultural e adquire uma nova cultura, mais inusitada, mais surpreendente, menos cartesiana. Esse é o esqueleto conceitual das "Cartas do escriba ao rei". No fundo, o texto mostra, de maneira exagerada e esculhambada, o quanto a história pode ser manipulável.

Há como definir as narrativas contidas em *A Máquina Peluda*? São contos, fábulas, parábolas ou é um mix disso tudo?

Um mix disso tudo. Como já disse, estou sempre interessado em revirar a linguagem, não para torná-la agradável ao leitor, mas para explorar outras possibilidades que não as já automatizadas. Por exemplo: na última parte do livro, explorei muito os diálogos, que muitos críticos afirmam ser a maneira mais fácil de se escrever. Textos como "Natureza morta", "Anestesia geral" ou "Lero a zero" quase não possuem nenhuma descrição externa, fora dos diálogos. Você vai percebendo onde os personagens estão, quem são eles, o que fazem, o que está acontecendo, através do que eles vão falando. Não é muito fácil escrever assim. Optei por essa maneira por um motivo simples: é que acho os diálogos da maioria dos filmes brasileiros muito ruins. Queria desenvolver um jeito de escrever diálogos rápidos, intensos, sem muita enrolação. Gostaria que esses textos se transformassem em filmes.

O que são a sexualidade e o humor para Ademir Assunção, em *A Máquina Peluda*?

Sexualidade e humor são duas formas poderosas de abrir os olhos das pessoas. Com o humor, você pode mostrar o absurdo de uma realidade que todo mundo pode estar achando absolutamente normal, natural. Mas, veja: o humor que existe n'*A Máquina Peluda* é bastante crítico, incômodo. Está mais para o humor negro de Samuel Beckett ou para a crítica de costumes de Gregório de Matos. Dificilmente, seria incorporado em um programa humorístico da Rede Globo. Eles não suportariam. E o sexo, para mim, é uma das formas mais sofisticadas de comunicação humana. É a grande vertigem dos sentidos.

ALBERTO PUCHEU [RJ, 1966]

Publica livros de poemas e ensaios. Entre os primeiros, *A Fronteira Desguarnecida* (1997); *Poesia Reunida 1993-2007*; *Mais Cotidiano que o Cotidiano* (2013); e *Para quê Poetas em Tempos de Terrorismos?* (2017). Como ensaísta, publicou *Pelo Colorido, para Além do Cinzento – A Literatura e Seus Entornos Interventivos* (2007); *Giorgio Agamben: Poesia, Filosofia, Crítica* (2010); e *A Poesia Contemporânea* (2014).

"Já não há cais no horizonte do olhar. Nem ao menos/ podem responder para onde vou." Os olhos são mapas precisos?

Nem mapas, nem precisos. Tudo é impreciso nessa vida, tudo é indefinível. Acontece que, às vezes, acredita-se mapear o imapeável, ancorar no cais apenas para, logo adiante, descobrir-se mais uma vez sem rumo. Navegar, sim, é necessário... necessário e impreciso. Estamos todo o tempo em mar aberto. O cais? Mero instante de descanso, que, em algum momento, sai do horizonte de nossas possibilidades, à nossa revelia. E, na tormenta, para onde vamos, para onde nos levará o vento, para onde as correntezas nos arrastarão? As pálpebras, pesadas de nuvens e maresia. Estar na linguagem é estar sempre em alto-mar, à deriva, pensando o que ninguém pensa, sentindo o que não se sente, e, para o bem e para o mal, sendo conduzido para o mistério que estala em cada peito extraviado.

"Aqui jaz ninguém" é mesmo o primeiro epitáfio de que se tem notícia?

Essas coisas de datação, de cronologia, trazem dificuldades científicas. Às vezes, as descobertas arqueológicas se fazem controversas. Li, entretanto, um livro, *Ecometria do Silêncio*, de um escritor chamado Alberto Pucheu, que dizia ser esse o primeiro epitáfio de que se tem notícia. Não vejo motivo para duvidar. Pareceu-me ser não só o primeiro mas o único epitáfio que se escreve até hoje. Penso que todos os outros são sempre secundários em relação a ele. Sendo assim, resolvi me apropriar do escritor mencionado.

Em *Ecometria do Silêncio*, há epígrafes de Fernando Pessoa e poemas homenagens a outros escritores. Como lida com as influências poéticas? É antropofágico?

Há, em meus escritos, uma forte base intertextual, como uma vez escreveu Marco Lucchesi. Algumas palavras de muitos escritores atravessam as minhas. Thomas Mann, Fernando Ferreira de Loanda, Maiakovski, Juan Luis Panero, Dogen Zengi, José Severiano de Rezende, Parmênides, Machado de Assis e Aristóteles quiseram caminhar pelas páginas desse último livro. Sou levado, também, a exercer diálogos com outros poemas ou livros ou quadros. Necessito de frases alheias, de obras alheias, como de comida... E elas vão deixando de ser alheias... vão sendo minhas... e eu vou deixando de me ser... Vou sendo elas... As frases ganham o cheiro de minha carne, o percurso de meus intestinos e o pensamento que me quer escrever... Eu apreendo cheiros alheios, não experimentados até então. São como membros que me ampliam para o mundo, as frases. Utilizo os outros apenas quando não podem deixar de ser um terceiro entre eles e mim. Criamos juntos um terceiro corpo, em cuja invenção me descubro, mais do que sozinho. Assim, como em Rimbaud, e para sempre: Eu é um outro.

Percebe-se uma grande inquietação em seus poemas. Parece haver uma incessante busca estética. Qual a importância da fôrma e da forma poéticas?

Fôrma parece-me ser para bolos, tortas, coisas de cozinha. Quando faço, por exemplo, torta de sardinha ou musse de aspargos ou de cupuaçu, uso uma fôrma, que é necessária para realizar o que quero. Consigo até bons resultados com elas. Já a forma, nos escritos, na arte, é uma energia de sustentação indiscernível do próprio conteúdo. Seria melhor, inclusive, abandonar esses termos dicotômicos (forma e conteúdo), inventar outros que os ultrapassassem, pois não consigo pensar neles separadamente. A inquietação é da intensidade da vida me atravessando e do esforço de descoberta de uma fala própria, que me é necessária, pois, sem ela, não sei viver.

A sua poesia, em *Ecometria do Silêncio*, invade o mar da prosa; o resultado é harmonioso, diferente, intenso. Onde acaba a poesia e começa a prosa?

Normalmente, nos manuais de literatura. Não em *O Livro do Desassossego*. Não em *Monsieur Teste*. Não em *Notas do Subterrâneo*. Não em *Fome*. Não em *Grande Sertão*. Não em *Kuala Lumpur*, de Fernando Ferreira de Loanda, nem em *Argumentos Invisíveis*, de Leonardo Fróes, para citar uns poucos. Mas, em vez de querer saber "onde acaba a poesia e começa a prosa", prefiro colocar sua pergunta de uma outra maneira: onde poesia e prosa são indiscerníveis? Onde aqueles que procuram classificações têm de gaguejar? Acho que, assim, podemos avançar melhor, buscar fluências no lugar de estagnações. Não sou uma pessoa de fronteiras, mas do desguarnecimento delas. Entretanto, ainda que meu trabalho tenha uma posição muito clara e uma reflexão sobre o assunto, penso que o que importa não é exatamente (ou pelo menos em primeiro plano) a mescla entre gêneros: seria uma questão demasiadamente "literária". Pergunto-me, agora, então: que necessidade é essa que, para se manifestar, tem de desguarnecer fronteiras? O que me importa é o nevrálgico entrelaçado ao pensamento, o que tem de utilizar o "literário" para poder descobrir-se e ultrapassá-lo. Mas não acaba sendo o ultrapassamento do "literário" justamente seu ápice? – um dos inúmeros paradoxos que a escrita nos coloca. Fico contente com os seus adjetivos "harmonioso", "diferente", "intenso"; algumas das exigências de uma escrita como a minha já estão presentes em seus adjetivos, em sua observação.

"Alguém que não foi nada na vida disse que tudo valeu a pena." Tudo vale a pena quando a alma não é pequena?

Li, em Vicente Guedes, a frase que demarcava a indiferença experiente do imperador Severo: *"omnia fui, nihil expedit"*, ou "fui tudo, nada vale a pena". É uma dessas frases definitivas, de um tipo de pensamento que atravessa o mundo em todas as suas épocas. Sileno, entre os gregos; o citado, entre os latinos; Cioran, entre os romenos; e, entre os portugueses... Bem, entre os portugueses, então, nem se conta. Lembro-me de uma romancista portuguesa dizendo que literatura é "consolação"... Achei sofrido... e belo, apesar de não assinar embaixo dessa definição, no que diz respeito ao que faço. Guedes, na frase acima, traduzia do latim a alma portuguesa. Lembrei-me de vários brasileiros que conheci no interior e nas grandes cidades, brasileiros desconhecidos com os quais sempre aprendemos inúmeras coisas. É impressionante o tanto que temos a aprender quando entramos em contato com o popular que ainda resiste nesse mundo de massificação. Assim, resolvi traduzir a frase latina, àquela altura portuguesa, em brasileiro. Penso haver em "alguém que não foi nada na vida me disse que tudo valeu a pena" algo do ser brasileiro, algo do popular brasileiro. Algo com que eu mesmo, apesar de brasileiro, ainda tenho muito a aprender. Sem dúvida alguma, para pegar sua deixa via o próprio Fernando Pessoa, "tudo vale a pena quando a alma não é pequena". E a poesia é essa luta contra a pequenez de nossas almas.

"É sempre um outro que escreve por mim..." Você concebe o fazer poético como algo mediúnico? O poeta é apenas um transmissor? Agora, em outro livro, *Escritos da Frequentação*, há um verso: "Começando sempre por onde nunca/ se sabe" Onde nasce o poema? Como é o seu processo criativo?

Intimamente, não tenho a menor dúvida de que o escritor é um meio, um intermediário. Mas gostaria de tirar qualquer carga religiosa que essa palavra possa ter. Corremos o risco de, mantendo a dimensão espírita da palavra, subjugarmos a poesia ao religioso, o que eu, particularmente, não gostaria de fazer. Não por não ser possível, mas por subjugá-la a algo que lhe seria exterior em nossos dias. Aliás, entenda isso como observação, e não como provocação; toda religião tem por fundamento um grande livro de poesia. Deus, os deuses, ou o que quer que seja, são uma manifestação poética para indicar uma experiência só possível aos seres determinados pela linguagem. A poesia, tal qual a penso, tal qual a vivo, não é o caminho para algo além dela mesma: ela é o próprio caminho... E nós, aqueles que o percorrem, transformando-se, abrindo-se para a dimensão poética da realidade. Agora, se o escritor é um meio, se é um médium, o que ele está intermediando? Tenho uma percepção muito forte de que somos nós que pertencemos à linguagem, de que ela existe quase que externamente a nós, inumanamente, obrigando-nos a movimentos involuntários que passamos a ter de acatar. É apenas por uma ambição cosmogônica que as palavras necessitam de nós. A palavra, quando comprometida com a criação, com a sua essência, e não com a mera comunicação, leva-nos a caminhos inteiramente inesperados, obrigando o escritor a um espanto constante e, consequentemente, a um encontro com o desconhecido, o que fascina e angustia a um só tempo. O escritor é alguém que tem por maior intimidade a estranheza. Somos íntimos daquilo que nos é estranho; o que nos é estranho, torna-se, de nós, o mais íntimo. A palavra "poesia" vem de um verbo que significa: fazer aparecer o que não havia antes, de modo que, no aparecer, ainda resguarde o campo de forças do não aparecimento; pois é isso que o poeta está intermediando, esse processo de articulação entre ser, não ser, linguagem e pessoa. Mas essa própria articulação já é uma criação de linguagem, já é fazer aparecer, já é poesia. Daí, a poética ser, antes de tudo, uma instauração cosmogônica.

"Na Cidade Aberta, Escritos" é a primeira parte de seu livro *Escritos da Frequentação*. Trata-se de uma genealogia poética de uma cidade e suas palavras. As palavras são cidades? As cidades são palavras? Tudo é palavra? Tudo é cidade?

A cidade atravessa os escritos. Do primeiro ao último. *Na Cidade Aberta* é o título do primeiro livro, de uma das partes de *Escritos da Frequentação* e de outra de *A Fronteira Desguarnecida*. Mesmo em *Ecometria do Silêncio*, se não há diretamente esse título, há poemas trabalhando a cidade, por ela sendo trabalhados, como "Sebastianópolis" e "P.S. para um poema inacabado", para citar poucos exemplos. Vivencio constantemente a luta entre a conquista de intimidade com a cidade e sua impossibilidade. A cidade, nos livros, se apresenta com elementos do Rio de Janeiro, cidade que habito e que me habita. Cidade que obriga uma desordem no corpo e nas coisas, que berimbola toda e qualquer fronteira, que implanta uns membros errantes em outros membros errantes. Cidade de convívios, de esbarros, de adesões. Cidade que é, sobretudo, a própria conjuntura de articulação poética da realidade. A cidade, para mim, é a possibilidade de superação das dicotomias, caducas, através de uma "genealogia poética", como você bem viu, ou de uma instauração cosmogônica, como havia dito. A cidade é a tentativa de confluência de todos os elementos da realidade (inclusive a irrealidade), acionada pela aventura da linguagem. Suas perguntas indicam o que os escritos pensam, e poderia transformá-las em afirmações: "as palavras são cidades"; "as cidades são palavras"; "tudo é palavra"; "tudo é cidade"... E há reticências por todos os lados.

“Escrever para inventar uma/ vida que se apaga.” A eternidade é a busca maior do poeta?

Não, não me parece ser a busca maior. Parece-me ser a tentação maior, o perigo maior de deslocar o escritor da força de desubjetivação que uma obra implica para a força narcísica que também faz parte de nós. É possível ver atitudes caricaturais tendo por fundo essa busca de eternidade, que de nada adianta depois que morremos. E, enquanto estamos vivos, parece-me muito presunçoso buscar a eternidade, pelo menos nessa acepção de uma imortalidade literária, de um querer que a obra perdure para sempre, já que isso independe totalmente do escritor e, mesmo, de seu tempo. A busca maior do poeta parece-me ser aquela que é a mais simples, a mais óbvia, à qual todo o cotidiano de quem escreve está submetido; nas palavras da frase que você citou, aparece simplesmente como: “escrever”. “Escrever”. “Escrever” é a busca maior do poeta. “Escrever”... Não para representar uma vida em busca de imortalidade, mas “escrever” acolhendo uma vida que se apaga, acolhendo a extinção, sendo inventado por uma intensidade única, poética, que nos quer atravessar... que nos quer – inventar. Para o poeta, inventar e ser inventado é a mesma experiência. Assim, escrever é ser inventado, no mesmo movimento do que está sendo extinguido.

“Um fim nasce abortado. Nenhum ponto/ é final.” O poeta vive escrevendo e reescrevendo o mesmo poema?

Assim como a cidade é sem começo (todo começo já está na cidade), uma cidade é sem fim, todo fim já estando, também, na cidade. Uma cidade é puro movimento simultâneo (e tensivo) de nascimento e morte, de geração e aniquilamento, de caos e ordenamento das multiplicidades, das individualidades. Não consigo pensar em um ponto-final desse movimento-cidade, mas apenas em um possível término (e geração) de individualidades que compõem a cidade. Mas a cidade é... desde sempre... e para sempre... essa articulação entre o mesmo e a diferença. Nela, acontece cidade, acontece criação, acontece obra. Como se manter na medida dessa tensão, no mínimo ponto de equilíbrio (beirando perigosamente o desequilíbrio) dessa junção? Vários poemas, então, são reescritos ao longo dos livros que escrevo; não com o intuito de substituição do anterior, e sim como descoberta de uma nova possibilidade, de uma nova singularidade, inteiramente autônoma em relação à anterior, mas com ela também se articulando com grande intimidade, tratando-se, sempre, da cidade. O que estou querendo dizer, sucintamente, é: o poeta reescreve o mesmo pela diferença. Mas é apenas pela diferença que ele pode recriar o mesmo e recriar-se pelo encontro da diferença com o mesmo.

Qual o papel do escritor na sociedade?

O papel do caderno. O papel da máquina de escrever. O papel do guardanapo ou o do pão ou o do cigarro. O papel da nota fiscal pode servir ao escritor. Às vezes, chega a ser um papelote. Outras, até um papelão. Pode ser um papelejo, um papelucho, um papelório. O branco papel da tela do computador saindo pela impressora. Para mim, vai ser sempre o papel do esquecimento ganhando ares de memória, de invenção, de descoberta. Como disse um transeunte a outro, no momento em que eu, comovido, passava por eles, na Glória: "assim, na bucha, eu não falo não, mas deixa eu me esquecer que, de repente, eu falo". O papel do escritor é, em todos os acima mencionados e ainda em todos os outros possíveis, escrever, escrever, escrever, recolhendo do inaudito uns tiros de espanto... balas ferindo para fazer viver.

ANDITYAS SOARES DE MOURA [MG, 1979]

Poeta, tradutor, ensaísta e professor universitário. Publicou os poemários *Ofuscações* (1997); *Lentus in Umbra* (2001; edição espanhola [tradução de Francisco Álvarez Velasco]); *Os Encantos* (2003); *Fomeforte* (2005); e *Algo Indecifravelmente Veloz* (2007).

Como você definiria a sua poesia?

Definições são sempre problemáticas, falseadoras da realidade. Classifica-se para tentar não compreender. É impossível, entretanto, não notar certas similitudes nas obras de autores de um dado período. Só nesse sentido posso tentar definir minha poesia, embora não me agrade muito tal taxonomia. Por outro lado, não vejo vínculos fortes entre meu trabalho e as poéticas atuais do Brasil. Essa não é uma afirmação feita com o intuito de chocar ou sugerir a imagem do "lobo solitário". É apenas um fato. Sua valoração, positiva ou negativa, fica por conta do leitor. De qualquer modo, acho que a melhor forma de definir minha poética é usando a palavra resgate. Resgate de um lirismo já esquecido, de formas arcaicas e de imagens perdidas.Minhas peças, é claro, são feitas com vistas a uma dicção contemporânea, mas que dialoga com o passado, tentando construir a beleza que, longe de ser atemporal, pretenda ser uma resposta às nossas – às minhas, especificamente – angústias. Assim, é uma poesia de dificuldades a que pratico. Dificuldade para mim, que corro o inevitável risco de ser apagado no torvelinho da tradição. E dificuldade para o leitor, que deve se entregar ao poema de forma total para compreendê-lo.

Como a sua poesia pode afetar a realidade?

Essa é uma questão muito ampla e diz respeito à função da arte. A arte tem alguma serventia? Os socialistas achavam que o fenômeno artístico deveria guiar o povo rumo à sociedade perfeita. As consequências dessa postura são óbvias e trágicas. É fora de dúvida, entretanto, que a arte, mais do que afetar, espelha a realidade. Por isso a nossa, do final do século 20 e início do 21, é tão medíocre, perdida, autodestrutiva. É, infelizmente, inegável a existência de uma associação mais ou menos subterrânea entre arte e ideologia. Octavio Paz disse que o poeta, na maioria das vezes, expressa a vontade de mudança da sociedade em suas obras. Pound refere-se ao mesmo como "antena da raça". E o que dizer do vate, o poeta público, o poeta oficial da Roma dourada de Augusto, que agregava em sua obra todos os valores imanentes ao seu momento histórico especial, como o Virgílio da "Eneida"? Na minha opinião, a função da arte existe, mas não comporta a construção de um discurso legitimador ou puramente crítico da realidade, no qual estejam ausentes os elementos especificamente sensíveis e estéticos. Deixa de ser arte e vira política. É claro que não desconheço a importância da verdadeira poesia social, mas a melhor porção dela parte do indivíduo e se concentra nele, com espaço para o lirismo e a criação, como, por exemplo, em Juan Gelman e Rosalía de Castro, dois autores que traduzo continuamente. O que não se pode admitir é que a arte sirva a intentos ideológicos e se desmaterialize no sem sentido convulsivo das "massas iluminadas", prontas para salvar o mundo com seus poemas dedicados às mamães ou à beleza da vida nos campos. Hans Kelsen, um autor importante para os estudiosos do direito, dizia que a ciência deveria servir unicamente à verdade, e não ao poder. Concordo com ele e completo: a arte deve servir à beleza, nunca ao poder, pois é a única forma da qual dispomos para enfrentar o vazio, o abismo terrível da existência (Nietzsche). Há uma frase de Freud de que eu gosto muito e gostaria de citar agora, já que é apropriada à presente discussão: "Todo homem tem de descobrir por si mesmo de que modo específico ele pode ser salvo". Para mim, a arte – a poesia, é claro – pode nos ajudar a encontrar uma forma específica de salvação. Salvação para nós, indivíduos. O mundo não pode – e não quer – ser salvo. É muita pretensão querer impor qualquer coisa a ele, esse senhor tão rabugento e indiferente.

Para que serve a poesia?

Acho que já respondi essa pergunta acima, mas serei menos sutil agora. A poesia não serve para absolutamente nada. É o puro otio, que se opõe à negação do ócio, o negócio (negotio). Alguns modernosos dizem que "descobriram" o segredo da felicidade. É o tal do ócio criativo, que agora está patenteado e é vendido nas livrarias para nossa sociedade desesperada. Bobagem. A ideia é antiga é já era muito bem conhecida na Grécia e em Roma. Basta ler as "Bucólicas" de Virgílio e as odes de Horácio ou Anacreonte para notar como essa gente antiquíssima e inteligente sabia valorizar uma boa preguiça. Mas existem outras respostas para a pergunta: a poesia serve, e assim pensa a maioria, para que vejamos nossos nomes em letras de imprensa. Para que quando formos às livrarias topemos com nossas obras, ao lado de outras mais ou menos desconhecidas. Isso é o Ernesto Sábato quem diz. Concordo plenamente. Apenas alguns poucos escrevem porque, simplesmente, não podem fazer outra coisa. Espero estar entre eles, não sei ainda. Na verdade, os poetas são uns chatos. Nosso ego sofre uma espécie de superdesenvolvimento e acabamos nos tornando muito vaidosos. Escrever, você sabe, é o ato mais orgulhoso de um ser humano. Compara-se a Deus, nomeando e renomeando o mundo. E nomear é criar, todos sabemos. O Dezsö Kosztolányi tem o melhor texto sobre o arquétipo do poeta que conheço: "Os poetas que esmolam de todos, até dos mendigos, só uma pequena chamada, só um pouco de carinho, só esmolam uma estatuazinha na esquina, a esmola da imortalidade dos mortais, esses cabeças de vento, invejosos, pálidos masturbadores, que venderiam sua alma por uma rima, por uma indicação, que expõem no mercado seus segredos mais íntimos, que tiram vantagem até da morte de pais, mães, filhos e, mais tarde, anos passados, 'numa noite de inspiração', quebram suas tumbas, abrem seus caixões e, com a lanterna de gatunos da vaidade, pesquisam 'emoções', como ladrões de tumbas procuram dentes de ouro e joias, depois confessam e se arrependem, esses necrófilos, esses feirantes". Continuemos com as funções da poesia: ela serve para criar inimizades, especialmente no cenário prosaico e filisteu da "cultura brasileira". Serve para que o poeta seja malvisto por seus pares invejosos e tido como um estúpido por grande parte da comunidade. Mas serve também, e esse é o lado bom, para fazer uns poucos bons amigos e conhecer melhor obras que valem a pena. Serve, igualmente, para se gastar muito dinheiro e não ter nada em troca, o que é evidente, é normal. Aquele que escreve não deve esperar recompensa. Se for honesto, obterá satisfação pessoal, o que, a meu ver, já é muito em um mundo no qual as pessoas cometem suicídios coletivos na busca de um outro melhor. Ah, quase me esqueço: a poesia serve para cantar – tome o termo no sentido medieval – as mulheres. Nada melhor do que um bom poema para falar o que não se pode sequer pensar. É claro que a donna precisa ter sensibilidade. Mas, infelizmente, não estamos mais na Provença medieval. E penso que sou um pouco antiquado nesse assunto...

Você se considera um poeta de invenção?

O que é invenção? É fazer algo totalmente novo, partindo do nada? Fazer literalmente como o Deus unipessoal cristão e criar tudo pela força da palavra? Se for isso, não sou inventor. Mas se invenção significar uma não acomodação com os modelos vigentes e uma busca por um tom cada vez mais apurado, pode-se dizer que sou um poeta de invenção. *In principio erat uerbum*, isto é, não se pode caminhar sem olhar para trás, buscar interiorizar o percurso desse *uerbum*, que é histórico. Se o poeta não toma cuidado, corre o risco de cometer os mesmos erros que outros já cometeram. Ou, então, o que é pior, assume uma postura de "colonizador de novas terras", alardeando que descobriu o fogo. Ora, nós já temos luz elétrica, não precisamos do fogo do Sr. Poeta Inventor. Ele que fique com suas labaredas e leia mais. Sou inventor no sentido de não me curvar às estéticas, aos dogmas e aos clubinhos restritos e restritivos. Tento criar o que me agrada. O que eu julgo que é belo. Não me importa se a crítica vai gostar. Uma coisa que se deve entender – agora serei chacinado – é que a missão da crítica não é substituir o poema, não é explicar o poeta e seu caminho, suas taras, acertos e erros. A crítica é suplementar ao poema, não substitutiva. Há autores que escrevem para os críticos. Eu, não. Talvez por isso, eles não se importem muito comigo. É claro que é sempre bom ver um trabalho exegético bem-feito sobre sua obra, não minto, é algo que me enche de prazer e gosto. Mas não é o que me move a escrever. As razões são outras. Assino embaixo do dito do poeta galego Claudio Rodríguez Fer: "*A miña poética son eu*".

Como é ser professor de direito da UFMG? O que tem de poético?

Essa é uma pergunta que envolve um certo preconceito. Vê-se o profissional do direito como um sujeito sem ética, que prioriza os meios para alcançar certos fins destituídos de qualquer significação moral. Tal imagem, por mais tentadora que seja, não corresponde à realidade. Maus profissionais existem em qualquer campo. Outra coisa boa das aulas é o afastamento de uma visão monolítica da vida. Grande parte dos poetas vive em sua torre de marfim, esquecendo-se da realidade, julgando que o poema que acabou de fazer é a mais bela joia do tesouro da humanidade. Imputo tais posturas ao isolamento tétrico no qual essa gente vive, sem participar do mundo, sem admitir que existem outras artes, outras ciências e outros interesses que não os seus. Além disso, é engraçado fazer uma poesia que algumas pessoas têm apreciado e não ser, como se diz, poeta profissional. Hoje em dia, é *conditio sine qua non* ter mestrado ou doutorado em Letras para se afirmar como "poeta de invenção". Sem os dotes universitários e a chancela de um aprendizado formal, o escritor é visto de uma maneira desconfiada por seus confrades. Agora, eu pergunto: quantos grandes poetas frequentaram cursos universitários específicos? Drummond, o maior – ou um dos maiores, para não ofender sensibilidades alheias –, cursou Farmácia e viveu toda a sua vida como um modesto funcionário público do estado de Minas Gerais. Hoje – alguém já disse isso, mas não me lembro quem –, não se vê o poeta-engenheiro, o poeta-médico, o poeta-advogado, o poeta-qualquer-coisa-que-não seja-relacionado-ao-curso-de-Letras. Essa especialização acaba tornando a poesia muito limitada e restritiva. As universidades podam, impõem um cânone e definem uma estética. É com essa aparelhagem teórica que a maioria dos poetas-especialistas trabalha. Claro, existem honrosas exceções, mas muitos poetas formados e/ou pós-graduados em Letras têm uma tendência – bastante autoritária, diga-se de passagem – de deslegitimar ou desvalorizar o discurso e a obra dos colegas que não passaram pelos bancos universitários e preferiram construir, sozinhos, e correndo todos os riscos do empreendimento, suas imagéticas e linguagens poéticas. Não me entendam mal. Aqui, não há nenhum ataque aos poetas que resolveram cursar Letras para, talvez, obter uma formação mais metódica, coerente e total. Minha crítica se dirige àqueles que acham que a faculdade vai lhes dar o poema.

Como é misturar linguagens poéticas num mesmo poema? É pós-moderno?

De modo algum. É uma necessidade especial de minha obra. Gosto de chocar o leitor, de mostrar as raízes, de fazê-lo pensar no som, na estética da palavra. Quando escrevo, por exemplo, *arancia* no lugar de *laranja*, é para que o leitor se assuste e pense, sinta a palavra. Se ele lê simplesmente *laranja*, é bem possível que apenas decodifique o texto, pois todo mundo fala de laranjas. Mas se dá de cara com um vocábulo estranho, raro, a mente começa a pensar. A sensibilidade tem um papel importante nesse ato de conhecimento poético, que será completado pela emoção, nossa terceira forma de conhecer a realidade, segundo o filósofo Max Scheler. Deve-se notar, também, que o uso de expressões estrangeiras não é um procedimento novo na poesia ocidental.

Qual o panorama você pode traçar da poesia brasileira hoje?

Tristonho. Temos boas correntes e escolas. Não temos bons poetas. Pegue qualquer antologia, dessas mais chiques, e risque com caneta o nome dos autores. Vai parecer que o livro todo pertence a um único poeta. Seja mais brincalhão e risque, além dos nomes, os títulos e quaisquer outras marcas de separação entre as peças. Pronto, você terá um enorme poema, organicamente conectado! A poesia brasileira anda muito covarde, sem coragem de dizer o que quer, com medo de participar do resto do mundo. Os poetas se recolhem a nichos específicos e se preparam para a guerra. Há muito rancor e sorrisos falsos. As recentes polêmicas demonstram a que nível descemos. Não defendo nenhum lado, mas acho que hoje se exagera no tom dos constantes ataques e contra-ataques. Poucos são lúcidos o suficiente para entender a situação sem paixões pessoais. Há de haver uma certa irmandade entre os poetas – somos tão poucos e, afinal, só os poetas, atualmente, leem poesia – que impeça esse show de horrores que se desenvolve no Brasil. Uma avidez, uma vaidade sem limites, um desdém, enfim, uma completa indiferença por tudo aquilo que não gire em torno do próprio umbigo. E há também esse escuro domínio de São Paulo e Rio de Janeiro que certamente não vai acabar tão cedo. Tudo que está na moda se localiza nessas cidades, onde os papas da poesia residem e ditam normas para os poetas da província. Os poetas de outros estados, com obras muitas vezes excepcionais, que fogem dessa urbanidade selvagem dos nossos grandes núcleos, são discriminados e silenciados por mordaças invisíveis: o mercado editorial, o patrulhamento ideológico, a mistificação e a imposição de um certo cânone obrigatório etc. Já é hora de resistir com efetividade. De falar de poesia e de ideias, e não de nomes. De discutir forma e conteúdo, e não fama ou desafeto.

Os poetas precisam abandonar suas fraldas. Precisam crescer e entender que não são algo excepcional e que seu trabalho, como eu já disse acima, não tem qualquer relevância metafísica. Creio que desde Drummond, João Cabral, Manuel Bandeira e Cecília a poesia brasileira decaiu muito. Foi se isolando. Por quê? Por que quis? Não necessariamente. A sociedade tornou-se mais bruta e inapta. Diz-se muito que hoje ninguém mais lê poesia e que, por exemplo, Drummond era lido por todos no passado. É verdade, mas a culpa não é só dos poetas, mas de toda a sociedade, que vive uma crise de valores. Não é papel do poeta resgatá-la – a poesia não serve para nada, lembra? –, mas isso não significa que ele não possa colaborar com a comunidade, elevando seu nível estético, humano e sensível. Entretanto, as pessoas precisam querer isso. Não se pode usar a força. E aí é que está o nó do problema. Além disso, uma poesia masturbatória, como a dominante, jamais fará diferença. Falta-nos um *condottiere*, como queria o Mário Faustino. Falta-nos, a nós, poetas, um norte a seguir. É por isso que sugiro: sejam honestos. O resto vem naturalmente.

Você é um poeta inspirado ou construtor?

Inspiração é balela. Rilke dizia que fez seus "Sonetos a Orfeu" em poucas noites, nas quais foi presa de uma inspiração sobrenatural. Temos, também, os transes poéticos de Rimbaud e Hölderlin. É claro que podemos imputar a "inspiração" deles ao absinto que o segundo mamava aos litros e à compleição mental anormal do primeiro e do terceiro. Mas, mesmo assim, os três são grandiosos. A poesia deve ser um exercício de lucidez, uma construção na qual o aleatório tem um importante papel, mas não dita todas as regras. É uma pesquisa na sensibilidade que não pode se transformar numa sessão de psicanálise, sob pena de a poesia ser tida como a mais nova forma de curar malucos.

A poesia é uma atividade de rigor. Não significa que se necessita burilar um verso para que nasça um alexandrino perfeito. Não é nada disso. É, antes de tudo, uma questão de honestidade. Por que escrever um poema? Ah, porque tenho sentimentos tão belos, porque estou sofrendo tanto com o sumiço do meu cachorrinho Rex etc. Não. O poema não se presta à inspiração, a não ser que essa seja garantida e filtrada pelo trabalho. Poesia é *labor limae*. O grande jogo é a equalização – a tentativa de equilíbrio – entre razão e sensibilidade. Isso é maravilhoso. Ler um poema bem construído é estimulante. E construir bem o poema é uma forma de respeitar o leitor, tratá-lo como igual, não subestimar sua capacidade de mergulhar em si mesmo, na tradição e na própria obra do poeta que se está lendo. Eis mais uma postura minha que não encontra guarida na poesia brasileira atual, "tão inspirada". Drummond e Cabral não eram inspirados. Nem Fernando Pessoa. Nem seus heterônimos, embora possa parecer estranha essa minha afirmação. Poesia se faz no limite da extrema clarividência. E, no fim, isso significa emoção. No fundo, ser construtor ou inspirado não importa. O que conta é ser honesto com aquilo que você acredita. Veja se o poema funciona, como diz Pound. Do contrário, jogue-o no lixo. Fruto de construção ou inspiração, se não funciona, é falso.

Tem algum mote que o acompanhe pela vida?

Muitos. Adoro essas esquisitices. Seria difícil selecionar um só. Mas um que sempre me acompanhou e, apesar de meio megalomaníaco, diz muito, é uma frase de Beethoven: "Jamais rastejarei. Meu mundo é o Universo!" Bem forte, não é mesmo?

Para quem daria um Nobel de literatura?

A uma fundação que usaria esses milhões (são milhões, não são? Um milhão já seria o bastante.) para publicar belos livros de autores desconhecidos e que têm propostas novas, distantes do trivialismo monótono. Eles existem. São poucos, estão aí, calados, censurados pelos poderosos chefões do mercado editorial, que só publicam o vendável e – o que é quase o mesmo – o mais fedorento lixo. Esses novos livros seriam distribuídos gratuitamente. Poesia não se vende. Comparte-se. Aliás, livro não poderia ser vendido. Não se poderia ganhar dinheiro com isso. Escrever um livro, um livro de verdade, é um ato de amizade nesse mundo louco no qual nos esquecemos o significado da palavra *courtesya*.

ANTONIO MOURA [PA, 1963]

Poeta e tradutor. Tem sete livros publicados: *Dez* (1996); *Hong Kong & Outros Poemas* (1999); *Rio Silêncio* ([s. d.]); *A Sombra da Ausência* ([s. d.]); *Quase-sonhos* (2004 [tradução de Presque-songes, de Jean-Joseph Rabearivelo]); *Traduzido da Noite* (2007 [tradução de *Traduit de La Nuit*, de Jean-Joseph Rabearivelo]); e *Contra o Segredo Profissional* ([tradução de *Contra el Secreto Professional*, de César Vallejo]).

Sua poesia é ao mesmo tempo exuberante e concisa. Como concilia as duas coisas? A concisão é o paradigma da poesia atual?

A concisão é um atributo inato da poesia. Daquilo que realmente pode se chamar de poesia. Mas não quero dizer com concisão a brevidade do poema; o poema necessariamente curto, não. Um poema pode ser longo e ser conciso, substantivo, sem ornamentos inúteis, adjetivações indutoras ou decorativas. Por isso, naturalmente, a concisão está presente na poesia que escrevo. Quanto ao que você chama de exuberância, acho que se deve a um fato extraliterário, que é minha origem amazônica, um lugar caudaloso, de enormes rios, tendo como o maior de todos o rio Amazonas, uma floresta gigantesca, muito sol e muita chuva ao mesmo tempo. Some-se a isto um certo ensimesmamento do homem que tem sua vida referenciada pelo rio, o rio físico que se transforma em rio metafísico, o rio de Heráclito, dependendo do homem que o vê. E a conciliação dessa coisa toda creio que se dá pelo fato de a linguagem e a experiência vivida serem inseparáveis na poesia que faço, embora na maioria dos poemas não sejam evidentes os traços biográficos.

Com quantas metáforas se faz um poema?

Com aquela, ou aquelas, que ele, o poema, necessita.

O que a publicidade tem de poético?

De uma maneira mais profunda, nada. A publicidade é uma forma de comunicação que tem como objetivo final a persuasão do receptor, convencê-lo de algo. Visa a algo totalmente exterior à linguagem. E está sujeita à aprovação ou à desaprovação de alguém que está pagando por aquele serviço, e tudo isto não me parece ter nada em comum com a poesia. Publicidade não é arte; é um negócio, uma ferramenta de vendas. Costumo dizer que o publicitário é um camelô de luxo. Um negócio que, para alcançar seu poder de persuasão, torna-se interdisciplinar reunindo vários códigos: visuais, textuais, sonoros. Mas todos esvaziados de suas substâncias originais, superficializados. Durante algum tempo, quando a poesia visual foi mais praticada, e a publicidade ganhava fôlego no Brasil, acho que houve certo namoro entre a poesia e a publicidade, em termos de uso de tipologias, cor etc. Mas isso não vai além do aspecto físico do poema, quer dizer, do seu layout.

Poesia é risco?

Poesia é uma forma de existência em diálogo com a existência cósmica. De repente, você depara, como num passe de mágica, em lugar totalmente desconhecido, que você nunca viu, ou pelo menos acha que nunca viu. Neste lugar, abre-se uma estrada que você não sabe ao certo aonde vai chegar, nem em quanto tempo você a percorrerá, nem o que vai encontrar quando lá chegar. Durante esta caminhada, você encontrará com seres e coisas igualmente estranhas, que você está vendo pela primeira vez, ou supostamente pela primeira vez, e vão desaparecendo ao longo da estrada, assim como você, um dia, também desaparece, como num passe de mágica, do mesmo modo como apareceu. Viver não é muito estranho? Não é um sonho cheio de perigos, não é uma aventura, um risco permanente? A poesia é isso.

Como é participar da antologia *Na Virada do Século – poesia de invenção no Brasil*?

É uma grande alegria. Pelas companhias e pelo fato de que aquilo que você buscou: a relação com a linguagem como um território que ainda precisa ser explorado, descoberto e redescoberto, desbravado; em suma, o gosto pela aventura poética, pelo risco de que falamos acima, surtiu algum resultado e foi percebido por certos olhos, bocas e ouvidos. Foi, de certa forma, reconhecido.

Por que escreve?

Escrever

Escrever para supraviver
por um momento, ou ser

inteiramente num instante
em que passado, presente

e futuro se fundem numa
chama única e transparente.

Escrever para ver num lago
branco o lado negro de Narciso,

luz e sombra velando-se e
revelando-se nas pontas do

sorriso, anjo-monstro, que,
nas águas aparece refletido.

Escrever, riscar a carvão na própria
lápide o brilho cego de diamantes.

Escrever, morrer e aspirar, eterna
mente, a poeira de uma estante

Para que serve a poesia?

Se considerarmos sua serventia do ponto de vista prático, imediato, utilitário, podemos dizer que a poesia não serve para nada. Poesia, graças a Deus, não tem mercado, está, praticamente, fora do mercado. E dou graças a isso, pelo fato de que, se estivesse dentro do mercado, estaria sujeita a suas leis, a uma série de concessões das quais, dessa forma, ela está livre. É uma das últimas coisas livres no mundo, quem sabe a última. É a linguagem em liberdade, a liberdade da linguagem que liberta o homem. E, do ponto de vista ontológico, a poesia é uma das mais belas descobertas do mundo. Do ser e do mundo, interior e exterior. Do vir a ser, do devir. É também um vislumbre, uma fresta para o maravilhoso. Do eterno jogo do efêmero com o eterno.

Como é o seu processo criativo? Quando escreve?

Não tenho um processo criativo definido. Às vezes, há um tema; às vezes, não há. Às vezes, basta uma palavra juntar-se a outra para desencadear-se toda uma cadeia de imagens e reflexões; às vezes, há a necessidade de surgimento de um poema que ainda não se sabe e fica ali, germinando, até que frutifique. O que posso dizer é que não há uma definição de processo, pois, apesar de se tratar de uma artesania verbal, há também uma zona muito grande de mistério em torno desta artesania.

Tem algum mote?

aprended de los cónyuges quando hablan, y
de los solitários, quando callan.
(César Vellejo)

Qual o papel do escritor na sociedade?

Escrever.

ASSIONARA SOUZA [RN, 1969-2018]

Pesquisadora da obra de Osman Lins. Autora dos volumes de contos *Cecília Não é Um Cachimbo* (2005); *Amanhã. Com sorvete!* (2010); *Os hábitos e Os Monges* (2011); *Na Rua: a Caminho do Circo* (2014); e *Alquimista na Chuva* (poesia, 2017).

Qual a importância do repente na sua literatura?

Pergunta instigante essa. Nunca pensei nisso. Mas é bastante forte, sim, a influência. Ecos da infância no Nordeste, quando convivia com a velha guarda da família (meus avós e tios-avós) que tinham no cordel e nas canções dos violeiros do sertão uma espécie de respeito absoluto; tanto para os temas mais densos – como o sofrimento do sertanejo, quanto para os mais jocosos – o riso sem essa coisa mascarada do politicamente correto, o riso limpo, o riso rito. Bonito de fato. Lembro que o meu avô Chico tirava o chapéu para ouvir os desafios. Ele se tornava, junto com o poeta repentista, um gigante para mim, que era um tiquinho de gente de olhão aberto. Não desconsidero, inclusive, que muito dessa verve que os meninos do rap ("Rapentistas") – principalmente os de São Paulo – têm está no sangue da riqueza cultural que o Nordeste trouxe com o fluxo de nordestinos cima-abaixo. A inteligência rápida da palavra solta na oralidade. Uma palavra ainda com a quentura do sertão, dos bichos que se esgueiram no sertão. Aguda, como os cactos. Ligeira. Ossuda. Sensualíssima nessas formas raras de flores que desabrocham desafiando a ausência. A riqueza do nordestino está nisto: em encher a realidade pouca e parca de palavras. Veja o Cabra. O Cabral. Quer coisa mais bonita que a magnífica Psicologia da composição?! Anfion e o deserto. Sim. Muitíssima influência do repente em minha Literatura!

Qual conclusão pode tirar de sua tese de mestrado?

Da Literatura não se tiram conclusões. Abre-se, isto sim, uma clareira de dúvidas que lançam o sujeito para o mundo com um olhar mais impiedoso diante das injustiças. Ele quer saber quem é, quer saber que lugar é esse de fala que ele ocupa, quanto vale o que ele diz. O que é ser esse sujeito brasileiro – com toda a carga de significados que essa palavra agrega. E esse questionamento está inscrito a ferro e fogo no melhor da nossa literatura de homens e mulheres brasileiros. Quem despreza a tradição é um inocente. Um irresponsável inocente.

Osman Lins, homem que respeito profundamente, é um exemplo de escritor a ser seguido à risca. A arte de escrever, que ele chama de guerra sem testemunhas, não é tranquila. Há uma luta sem plateia. Como diz o Guimarães, o capinar é sozinho. Uma luta em relação à busca de uma dicção original. Uma luta para fugir dos filões literários: o fácil inevitavelmente é ruim. E principalmente uma árdua luta – nesse país em que muita vez nem o escritor é leitor – contra as estruturas que impedem que o bom livro tenha interlocução.

Por que escreve?

Tem um equivalente dessa pergunta que é "Por que bebe?". E então o bêbado responde: "Bebo pra esquecer que bebo". O enfrentamento do texto é na maioria das vezes um ato vergonhoso. Nunca temos suficiência para dar conta do que queremos expressar. É comum, quando o texto está pronto (depois de toda aquela carga elétrica que percorre o juízo do escritor), vir o esgotamento. Passada a embriaguez e a comemoração que essa embriaguez traz, o escritor sóbrio pensa: "O que foi que eu fiz?". O encontro com o leitor é o resgate da honra. O texto não está pronto quando o escritor lançou o livro. Uma ilusão se alegrar com o lançamento de um livro. É uma tensão medonha. O texto vai ficando pronto com o tempo. Com as camadas de leituras de outros olhos. Às vezes demora uma vida inteira. Então é isso: escrevo para esquecer que escrevo.

Como você se definiria como escritora?

A personagem do meu livro que tem realmente a ver com a minha postura de escritora é a Cecília. Acho complicadíssimo que o envolvimento profissional com a literatura resulte na formação de um escritor. Porque ele se torna um alucinado. Ouve vozes. Responde às vozes. E quer gritar alto para que outros escutem também essas vozes. Não gosto que digam que a literatura não tem qualquer função. Isso virou um clichê para deixar de responder uma pergunta importantíssima: "Qual o papel da literatura no mundo?". "Qual o papel da literatura no Brasil?". Se as grandes obras resistem até hoje, é preciso ouvir o encaixe dessas narrativas nas estruturas sociais de hoje. E o porquê de o conteúdo dessas obras ainda causar perturbação em alguns setores. A angústia do sujeito moderno se representa ali. Chega a ponto de gritar. Eu gostaria de produzir uma literatura que sempre devolvesse essa pergunta. "Literatura pra quê?". Esses que dizem que a literatura "não tem uma serventia?" é que estão sabendo se beneficiar e muito com o (mau) uso que fazem da literatura. Vão querer me dizer que não é bem isso que eu estou pensando. Mas não vão me convencer. A literatura é uma arma quente. Olha o Ferrez aí na contramão. De braços abertos no enfrentamento. Isso é bonito demais. Nós aqui em Curitiba também temos munição.

Quais são suas principais influências?

Tem uma crônica do Manuel Bandeira em que ele diz que o livro mais importante da biblioteca dele era um caderninho de anotações de Dona Santinha, mãe do poeta. Olha aí, a principal influência. Nem tem muita graça dizer grandes nomes da literatura universal. Então, em primeiro lugar, a minha principal influência foi a minha mãe: Dona Antonieta, que me comprava livros e achava bonito que os filhos dela apreciassem o estudo. Também tive bons professores – fundamentais. E meus amigos – os professores Kátia Klassen, Paulo Soethe, Julio Paulo Marcondes, bibliófilo respeitadíssimo –, essas pessoas queridas que sem pretensão partilham suas leituras comigo. Mas para falar um nome de escritor, que me ensina muito a escrever, digo: Luci Collin. Uma escritora de altíssimo nível, que não tem vergonha de ser escritora em Curitiba. E ainda instiga essa nova geração a dar o salto. Eu até diria que ela empurra.

Como anda a literatura em Curitiba? Como anda a cena local?

A literatura anda muito bem. Não só em Curitiba, mas no Brasil. O que falta são os leitores chegarem até ela. Há uma movimentação muito grande em torno da literatura. Aqui, alguns bares da cidade cedem seus espaços à recitação. É interessante. Aproxima os escritores. Incentiva a escrever. Escritor é um tipo carente. Ele quer ser mimado. O ideal seria que isso se democratizasse. Não ficasse só no circuito dos que escrevem. Não gosto de pensar que a literatura é um produto chique para ser degustado por poucos eleitos e descolados. Bobagem. Olha aí os nossos caras: Lima Barreto, João Antônio, Paulo Leminski. Gente sem frescura.

Qual a importância da internet para a divulgação da literatura no Brasil?

A internet espalha. Lança. No sentido mais dispersivo desse termo. O que acho que deve estar em questão é o "como juntar". Tem nisso uma responsabilidade. Revistas como a *Germina*, *Vagalume*, *Cronópios*, *Zunái* (conheço poucas), *O Portal Literal*, por exemplo, e mesmo blogues, como o EraOdito (e seus links), do escritor Marcelino Freire, vem arduamente buscando essa segunda (e imprescindível) ponta de lança que é fazer o ajuntamento cuidadoso do joio e do trigo. E selecionar. Tem joio a dácumpé! Tem trigo também. Cadê? Tem que achar. Dá trabalho! Os veículos que se arvoram a essa tarefa devem levar tudo na máxima responsabilidade. Conhecer os novos autores. Ler efetivamente o que eles escreveram. De minha parte, não tenho pressa. O tempo da obra depende de percursos misteriosos. No meu caso, para a minha literatura, a influência da internet é consequência de outras influências que eu, no lugar de escritora, considero muito mais importantes. A internet ajuda a divulgar. Dá mais dignidade ao escrever. Para alguns. Uma "impressão" de que está sendo lido. Mas não ajuda – em nada – a escrever melhor. Essa questão é unicamente do escritor.

Como você definiria o escritor brasileiro e qual a diferença deste em relação ao escritor curitibano? Quem é o escritor brasileiro?

O escritor é o escritor. Isso é o mesmo que perguntar sobre a literatura feminina. Literatura é literatura. Não há diferença entre o escritor brasileiro e o escritor curitibano. Se um e outro forem, efetivamente, escritores, vão marcar sua voz literária no contexto das questões importantes de seu tempo. Nas questões que atingem diretamente sua condição no mundo. Essa marca é necessária. Importante a postura político-literária de figuras como Ferrez, Ruffato, Marcelino Freire, Ivana Arruda (que mata a cobra e mostra o falo). Aprecio. O escritor brasileiro é essa figura que há pouco tempo teve a língua solta e quer gritar, respirar.

Por que temos tão poucos leitores no Brasil?

Tenho dúvida de que no Brasil haja mesmo tão poucos leitores. Minha experiência nas bibliotecas da periferia de Curitiba me fez perceber que existe uma vontade muito viva de deixar o livro participar do cotidiano das pessoas mais simples. Elas querem a Estrela da Manhã. O povo brasileiro é leitor desde que nasce. Gosta de ouvir histórias. Ouve com atenção. É um povo muito inteligente. Mas essa inteligência se perde numa massa de equívocos que o distanciam da palavra literária. Aquela que não tem interesse algum em doutriná-lo. Aquela que não tem interesse algum em que ele tenha metas e seja um superfeliz. Mas que o faz despertar como sujeito do mundo; no mundo. O estudante brasileiro, por exemplo, é um desavisado, coitado. Chega a ser um desaforo o que muitos professores picaretas fazem com a literatura. O estudante não aprende a pensar por si. Para não ter que ler o livro indicado para o vestibular, se empenha em decorar estratégias que chegam a ser mais complicadas que a leitura prazerosa deste ou daquele autor. E é preciso mais atenção aos cursos de Letras. Há faculdades particulares que não chegam sequer a abrir turmas nesses cursos porque a "clientela" não dá lucro. Desconfio que não seja só por isso. Desconfio que o leitor é um ser que pode incomodar muito a sociedade. Na Unibrasil, onde leciono Literatura Brasileira e Produção Textual, os alunos (muitos deles assegurados por programas bolsa-estudo) chegam depois de um longo dia de trabalho e discutem com sincero interesse o que a literatura tem a dizer sobre o mundo, sobre o embate com esse mundo cão. E também há um encantamento. Uma leveza. Boniteza mesmo. Há uma troca muito rica. Então não acho que faltam leitores no Brasil. Há um mau encaminhamento. Um trote no leitor. Mas que ele existe, existe.

Como você vê o incentivo à cultura dado pelo estado?

Acredito que as iniciativas estão acontecendo. Programas como o PNLL (Plano Nacional do Livro e da Leitura), uma proposta séria de democratização do livro no Brasil; projetos estaduais, ligados a prefeituras, com abertura de editais para vários setores culturais; isso ajuda. Mas ainda é muito pouco. Por enquanto, há muita saúva e pouca saúde. Não queria bater muito nessa tecla. Mas não tem como não insistir. A leitura é o que apura o gosto estético para apreciação de outras artes. O tom pode soar meio ressentido, mas a depreciação do professor no Brasil traz consequências drásticas para a sociedade. Não há lugar para uma orientação sincera, apaixonada, responsável. Escolhe quem pode escolher. Um professor brasileiro é um vencido. Um esgotado. O pobre leitor ou professor da periferia não pode escolher. E a elite no Brasil é escandalosa de tão ignorante. Parece loucura, e digo isso por alto, meio de forma ingênua, mas acredito que uma reforma curricular, orientada pelo estado, para cursos mais elitizados, como Medicina, Direito, Psicologia, em que o aluno primeiranista tivesse na grade obrigatória que ler e discutir textos literários que enfocam a problemática que eles vão encontrar no decorrer da profissão, tudo isso bem orientado pelo profissional da literatura, ia aprimorar muitíssimo a cultura brasileira. E ia assegurar o resgate da dignidade do profissional do magistério. Ia assegurar o resgate da dignidade do escritor brasileiro.

Tem algum mote?
Fale o porquê.

Não sei se tenho um mote. O meu mote é a linguagem. E o movimento de partilha que a linguagem pode promover. A linguagem sem mistificação, como diz o Drummond. Mas estou apenas aprendendo. E se perceber que a Literatura não vai ganhar nada com a minha literatura: paro com a literatura e volto à Literatura.

CECÍLIA GIANNETTI [RJ, 1979]

Publicou o romance *Lugares que Não Conheço, Pessoas que Nunca Vi* (2007). Tem contos em antologias da Ediouro, Record, Casa da Palavra e La Nuova Frontiera (Itália).

Qual a memória mais antiga que tem dos livros? A menina é a mãe da mulher?

Em casa, mostrando à minha avó Cecilia que eu já conseguia ler sozinha um livro infantil inteiro, daqueles com gravuras. Eu devia ter uns seis anos. Estávamos no quarto de minha avó, que depois passou a ser meu quarto, e ela sentada na cama; acho que eu estava ajoelhada no chão, como se rezasse.

Na escola, descobri os livros de Monteiro Lobato na biblioteca e deixei de ser considerada "normal", porque meus recreios eram passados lá dentro. Tinha uma amiga que sacou que aquilo era hilário (as histórias eram, Monteiro Lobato era sensacional, porra) e passou a se esconder na biblioteca comigo. Valéria. Devíamos ter uns 10 anos de idade. Ao contrário do que se imagina por aí, nem toda escola vê com bons olhos esse comportamento, taxado de antissocial naquelas saletas horrorosas em que a placa à porta diz "SOE - Serviço de Orientação Educacional".

A menina está sempre aqui. As orientadoras do SOE é que, graças a Deus, desapareceram.

Quando e como começou a escrever? Escrever é um destino?

Comecei a escrever minhas coisas assim que aprendi a ler e escrever. Escrevia, ilustrava e montava meus próprios livros, com capa, inclusive. Depois, a partir de uns 12 anos, comecei a experimentar com letras de música e pedi um violão (com aulas). Depois um amplificador, uma guitarra. Pedaleiras. Pedais. Cheguei a ter uma banda de música até mais ou menos 1999, 2000, viajamos bastante, tocamos por aí, MTV, showzinhos etc., tudo por conta dessa ideia de letrista que veio da infância. Eu cantava e tocava guitarra também. Em 1998 a escrita começou a pedir mais espaço e eu fui cedendo até que só ela existisse. O espaço sempre foi dela. Destino é sim, nesse sentido.

Você acredita em escritura feminina? Há diferenças entre o homem quando escritor e a mulher escritora?

Há diferenças entre a experiência de um homem no mundo e a da mulher, e a maneira como cada indivíduo faz suas escolhas e expõe suas visões. Há diferenças de um autor para outro, independentemente de sexo. Vejo livros que não hesito em taxar como "mulherzinha" e que me desagradam, mas nem toda mulher escreve dessa forma. E tenho consciência de que empregar a palavra "mulherzinha" dessa maneira pode passar a impressão de ser depreciativa, o que seria burrice pra uma mulher fazer, mas corro o risco. E tem literatura de homem que é intragável pelo mesmo motivo: não tem habilidade literária para ultrapassar com literatura a questão do sexo (alguns não conseguem ultrapassar a questão de "trepar", apenas, e fazem disso sua literatura; quando bem feito, maravilha. Mas é raro. Não?).

A fragmentação é uma característica da prosa moderna?

Marca de geração pós-1990? Ou "moderna" como "a partir de 20 no Brasil? Do que tratamos? Falo meio sério, meio brincando aí. Quando "apareceram" os primeiros livros do Joca Reiners Terron e do Cuenca, por exemplo, começou uma gritaria de que era tudo quebrado, cadê a linearidade, cadê o Grande Romance Brasileiro? O papo segue, punheta. Hoje, quando falam em "moderna", muitos se referem aos que publicamos dos anos 1990 pra cá, por incrível que pareça. A fragmentação é uma característica que aí está há décadas. Tenho impressão de que só alguns empoeirados, poucos, ainda se dispõem a malhar esse judas com o argumento puro de que "texto fragmentado é subliteratura". Mesmo os que não respiram fora do ambiente acadêmico, desde 1945 suspeitam de que algo acontece do lado de cá. Não que achem boa coisa. Mas aí não é problema nosso.

O que deve ter um texto para que você o considere seu? Qual é sua marca como escritora?

Estou no começo. Meus textos seguem um conselho de Buddy Glass: escrever o que você mesmo, autor, gostaria de ler.

Quem é o escritor brasileiro?

Alguém que escreve nas raspas de horas vagas de empregos; boa parte dos que conheço hoje não são mais assim, não precisam mais bater cartão numa empresa. Mas é a realidade predominante, creio. Graciliano Ramos mesmo chegou a escrever e argumentar que achava estranho que não se comentasse a questão do dinheiro na literatura. Taí, comentemos: literatura é o que o cara faz quando chega do emprego, moído, num intervalo no emprego, nos fins de semana.

O que a internet mudou na escrita? Mudou alguma coisa?

Na minha escrita, acho que nada. Mas tenho o ponto de vista de uma observadora mais voraz em relação a isso – e cuja opinião sai mais ajeitada, porque ela vê isso de fora, que é a Heloisa Buarque. Ela diz que é ÓBVIO, gritante em nossos livros, as dezenas de tabs (janelas dentro de browsers) e a atividade frenética, simultânea, em múltiplas funções na web. Que isso fez alguma coisa na cabeça da gente e resulta numa maneira de contar as histórias que não estamos preparados ainda pra enxergar como algo muito diferente do que havia antes da internet.

O e-book tem futuro?

No Brasil a Ediouro já despertou para essa realidade, que os gringos já sacaram pouco antes: e-book e publicação sob demanda podem ser a solução que as editoras esperam para vender mais livros.

O computador trouxe um mundo novo. É admirável esse mundo novo?

Eu sou uma viciada. Minha opinião não conta.

Há mais escritores que leitores? O que fazer para valorizar a leitura?

Ler. Não é esse o prazer primordial de quem diz gostar de literatura? Da parte das editoras, investir em autores a longo prazo, ver até onde vão, incentivar uma carreira, um catálogo. É preciso apostar.

Tem algum mote (epígrafe) que a acompanhe pela vida? Fale sobre ele.

"Somos uns animais diferentes dos outros, provavelmente inferiores aos outros, duma sensibilidade excessiva, duma vaidade imensa que nos afasta dos que não são doentes como nós". — Graciliano Ramos.

Read. Write. Run. Parece slogan da Nike pra nerds, mas é minha vida.

Viajar e anotar. Esse também.

O escritor tem algum papel importante para a construção de um futuro? Qual o papel do escritor na sociedade?

Ideias podem mudar tudo. Precisam circular. Escrevam, leiam, editem, trabalhem.

CLAUDIO DANIEL [SP, 1962]

Poeta, tradutor e ensaísta. Participou da antologia *Cem Haicaístas Brasileiros* (1911). Publicou *Sutra* (1992); e *Romanceiro de Dona Virgo* (2004), entre outros. Editou, com Rodrigo de Souza Leão e Ana Peluso, a revista literária eletrônica *Zunái*. Seus poemas são traduzidos para o inglês e o espanhol, e também publicados na *Folha de S. Paulo* e em antologias, como *Poetas na Biblioteca* (2002); e *Antologia Comentada da Poesia Brasileira* (2006).

Quando você começou a se interessar pela poesia? Quais foram as sensações do primeiro contato?

A poesia vem das palavras, mas é alguma coisa além de sons e conceitos. Talvez venha de uma zona escura entre a sensação e o pensamento. Algo que se nutre dos nomes e das formas, dos ritmos e das cores. Só posso dizer que, por trás de toda definição, está um gozo animal, uma música estranha, um sabor de massala e uma ascese. Não sei dizer quando começou, com quantos anos corri atrás do coelho de Alice. Sei que, quando criança, uma de minhas aventuras secretas era a de entrar, sozinho, na biblioteca de meu pai: eu trancava a porta, acendia o seu cachimbo italiano e folheava os volumes de capa dura. Foi assim que descobri esse rosebud que é "O corvo", de Edgar Allan Poe. A leitura desse texto nervoso, metálico, foi um choque. As palavras tinham música. Elas cantavam: "... quem te trouxe a meus umbrais, / A este luto e este degredo, e esta noite e este segredo / A esta casa de ânsia e medo...". O poema provocou reações físicas em mim, algo que não sei descrever. Depois, li as "Flores do mal", de Baudelaire: "Uma ilha preguiçosa e molenga e sem dono / Em que há árvores ideais e frutos saborosos; / Homens de corpos nus, finos e vigorosos, / Mulheres cujo olhar tem franqueza e abandono". Aquilo eram palavras. Mas eu sentia o sabor, o cheiro, o calor táctil de cada sílaba, lendo em voz alta, com pausas e ênfases. Depois, vieram outros demônios familiares: Rimbaud, Mallarmé, Valéry. Descobri com fervor William Blake, com suas "Canções da experiência"; Trakl, com "Sebastião em sonho"; Rilke, com os *Novos poemas*. Vieram também Hopkins, Yeats, Celan... a Semana de Arte Moderna, Murilo e Cabral. Eu já estava tomando chá com o Chapeleiro Maluco e, em breve, jogaria críquete com a Rainha, em seu jardim. Escrevi poemas antes dos quinze anos, mas não tenho registro deles; o senso crítico falou mais alto que a vaidade. Aos trinta, publiquei o primeiro livro, *Sutra*, que já apresentava temas que eu iria retrabalhar em *Yumê*: o tempo e a eternidade, a memória, o silêncio, o sexo, a aniquilação.

A concisão permite grande agilidade rítmica. Qual é a importância do ritmo, para você? A peça inicia com "O verde" e termina em "azul", o que não é coincidência. O que é a cor na sua poesia?

Tudo é um jogo entre o claro e o escuro, o som e a ideia. A música dá sentido ao mistério, torna concreto o que é abstrato – essa é a função do ritmo. Não se trata de ornamento, mas de um princípio construtivo. A tensão no poema, o choque entre luz e sombra, alto e baixo não se resolvem na anarquia, no aleatório que dissolve todo o efeito estético. É preciso haver unidade dentro da variedade de ritmos, dentro da dissonância. Isso é o que eu procuro em meus poemas. "Tocar os poros do verde" é uma peça construída a partir de relações entre os sons e as cores, que representam estados psicológicos: "Toda palavra / me fere com sua cor. / Quando cessa / o canto, calados, / ouvimo-nos / em um corte / azul". A concisão dos versos, além de dar movimento e agilidade ao poema, concentra a expressão das metáforas. A elipse, por sua vez, cumpre uma função sonora e de sentido: ocultar o objeto, para revelar a dúvida. Esse vazio desejado por mim, essa ausência de uma figura de contornos nítidos, não é apenas um recurso de estilo: forma e fundo são o mesmo, "amam-se, odeiam-se, tulipas caem / na goela / do tempo". Outro poema de meu novo livro que gostaria de citar é "O poeta pedólatra":

Até
a última carícia
do prazer atípico, longe
dos seios estéreis –
plumas ou punhais, não
músculos enrijecidos
de basalto, suor de metal
libidinoso – assim os jaguares
mastigam iguanas de poliéster
sob o sol. Porém, a lenta

desaparição do olhar
(estranha metamorfose)
faz o tempo esférico
ser menos do que o espaço
indefinido pelo tato
– diálogo mudo
entre as mãos e o vazio.
(Fica o consolo das narinas

o odor – para ele –
tão sweet love, sweet honey
de pés fortes, grandes e sujos
e a voz das palavras, o mar
interminável das vogais.)

O contraponto entre o jaguar e as iguanas de poliéster produz uma antítese entre o real e o falso. Qual o lugar da realidade em seus poemas? Qual a importância da realidade para o poeta?

O tempo é algo abstrato, concebido pela mente. O espaço é percebido pela visão e, em menor grau, pela audição e pelo tato. Tempo, espaço e movimento formam aquilo que imaginamos ser a realidade. Para quem sofre de cegueira, no entanto, as percepções são diferentes: o tempo é quase irreal, e as distâncias só são compreendidas com o auxílio dos ouvidos e das mãos. Quando dormimos, esquecemos quem somos e o que é o mundo; algo similar ocorre, talvez, na loucura. No sono profundo, não há percepção de formas; não há altura, largura, volume ou profundidade. E é provável que, na morte, tais noções se desarticulem por completo. A realidade, assim, é uma construção subjetiva, pois depende da ação dos sentidos e da mente. Em nossa própria consciência cotidiana, as coisas não são o que aparentam: nada é estático, nada permanece igual a si mesmo, tudo se altera, se transforma em outro, numa contínua metamorfose. O que nos faz recordar, é claro, de Ovídio e dos disfarces de Zeus, que se fez de cisne para seduzir Leda e de chuva de ouro para amar Dânae. Também nos relatos indianos, no Mahabharata, no Ramáyana, temos a transfiguração dos heróis divinos, como Krishna, que assume a forma do Universo. Tudo isso parece fantástico, mas acontece conosco todo o tempo – com o nosso corpo, por exemplo. As células nascem e morrem, a compleição muscular se altera ao longo dos anos e também a ossatura, a vitalidade dos órgãos e a textura da pele. Até os nossos pensamentos mudam. Essa constante mutação, ou vir a ser, fogo heraclítico, é a única coisa que não muda na matéria; é o único "real" que podemos apreender. E os meus poemas, claro, refletem essa eterna metamorfose, como em "Até cinzas":

Talvez
pétala, bailado
mudo, ardência:
aqui
é onde a seda
inflama o azul
em amarelo
(fosse tingida
em volátil púrpura,
cicatriz esculpida
em outra voz).
Algo de felina,
ruidosa volúpia
em seu desejo,
que se consome
até cinzas.

O tempo esférico é o que acaba com a concepção de progresso?

Sem dúvida. No Ocidente, desde o cristianismo, firmou-se a ideia de que a história é uma linha reta, evolutiva, da Gênese até o Apocalipse. Depois, tal princípio perdeu o sentido bíblico, de história da salvação, e ganhou outro significado, o de avanço econômico e tecnológico. Prefiro pensar no tempo como esfera, não linha reta; como um sonho (*yumê*) ou jogo cíclico. Nesse sentido, não acredito em evolução ou em progresso, mas em sucessivas mutações; porém, como as possibilidades combinatórias são quase infinitas nesse I Ching ou caleidoscópio ilimitado, temos uma variedade de resultados que não pode ser calculada. A matemática não seria possível sem as noções de zero e de infinito; a filosofia também não, e a poesia dialoga com a ideia e o número.

O que a poesia tem em comum com a filosofia?

A poesia é uma forma de pensamento. Quando o poeta muda a linguagem, ele age sobre a consciência: mudar as relações entre as palavras é alterar a nossa atitude quanto às pessoas e ao mundo. Por que é assim? O idioma, regido pela gramática, tem uma lógica própria, que define não apenas a nossa forma de ler e escrever, mas também o nosso modo de sentir, pensar e agir. Todos nós somos aristotélicos, pelo uso que fazemos do idioma. Porém, ao criar outra lógica verbal, outra sintaxe, diluindo e alterando as funções normais de sujeito, ação verbal e objeto, o poeta cria uma nova visão de mundo. Dos pensadores que tenho lido ao longo dos anos, poucos me impressionaram tanto como Schopenhauer, autor de obras maravilhosas: *O Mundo Como Vontade e Representação*, *Parerga e Paralipomena*, entre outras.

Você é um poeta dionisíaco? Como lida com as sensações e as percepções? Como vê o mundo? Como é o mundo no filtro que é o poema?

Tudo o que sabemos e sentimos vem de nosso contato com as palavras e as coisas. Quer dizer, da experiência sensorial e intelectual. O poema reflete tudo isso, nama-rupa. Porém, o texto poético não é um simples reflexo ou eco do "real", mas um ente em si, uma coisa, com sua lógica interna, estrutural. O poema tem sua própria fauna e flora, como queria Huidobro. Não acredito na inspiração, nem na "escrita automática" dos surrealistas, para mim uma desculpa psicológica para justificar maus versos. Concordo com Poe, que em seu ensaio "O princípio poético" afirma que a imaginação é combinatória: ela faz permutas e simbioses com os elementos de nossa memória, que vieram de leituras e vivências. O trabalho do poeta é coisificar as impressões que vêm desse vasto repositório de lembranças e obsessões. Ou, como diz Poe, nessa memorável sentença: poesia é a "construção precisa do impreciso". Com Mallarmé, aprendi a buscar "o verso que, de diversos vocábulos, refaz uma palavra total, nova, estranha à língua e como que encantatória". Apolo e Dioniso, diz a Sibila, são duas máscaras de um deus sem rosto. Onde começa em mim o exaltado, o delirante, e onde termina o cerebral, o geômetra? Não sei bem o que dizer. Sei que a linguagem de meus poemas é planejada; nenhuma palavra é colocada ao acaso. O ato de escrever, porém, é compulsivo; sinto um êxtase de bacante, de sultão com odaliscas, de santo levitando sobre as ondas. O camaleão alucinado de nossa época acena em duas direções: a primeira, alvorada, jardim de cerejeiras, manga fatiada num prato; a outra, glacial, cabelos de Medusa, escorpião mordendo a própria cauda. Dizendo de outro modo: fico animado com as chances de um novo humanismo, que vem do encontro entre a ecologia profunda, o pacifismo, a nova física e o budismo tibetano. Surge desse caldeirão, aquecido por uma nova safra de intelectuais, a hipótese de que a Terra é a nossa única pátria, sem distinções entre etnias, credos e fronteiras. Por outro lado, vemos ressurgir a fênix mórbida do racismo, do fascismo, das guerras coloniais; e vemos a rapinagem dos grandes monopólios, que tentam impor um "monoteísmo de mercado", na frase feliz de Roger Garaudy.

"Navegar é preciso, viver não é preciso"?

Fernando Pessoa desejou escrever os *Lusíadas da Hora Morta*, o épico da twilight zone. O resultado é esse belo e estranho livro, *Mensagem*. Aqui, o poeta adotou o lema dos antigos navegantes portugueses: "Navegar é preciso, viver não é preciso". Essa legenda é a exaltação do herói trágico, que renuncia ao gozo da vida "fútil, cotidiana, tributável" para mergulhar na eternidade. O poeta fez a denúncia do *Homo faber*, do homem oco e empalhado, manequim ambulante de shopping centers, ao qual contrapõe a figura de Dom Sebastião, o arquétipo do santo guerreiro. Esse poemário alegórico, em sua riqueza de símbolos, permite muitas e diferentes leituras. Para mim, é uma metáfora de gritante atualidade. Nós perdemos a dimensão do sagrado, as mitologias, e trocamos os valores morais pela tabela de preços. Nos afastamos do Mistério, e sem ele não é possível a unidade com o Todo. Em outras palavras, não existe ética sem metafísica, e nós ficamos órfãos da Divindade. Hoje, só se discute economia de mercado, tecnologia, dicas de saúde e beleza: como Fausto, seduzido por Mefisto, trocamos toda a cultura humana por uma pobre visão de mundo que nos reduz a robôs. Nesse sentido, a voz de Pessoa é quase profética, oracular: precisamos repensar nossos valores e modo de vida. Será que não fizemos o pacto com o Cujo, o Tinhoso, o Não-sei-que-diga? Sem a busca do sentido mais profundo, a comunhão com o sagrado, o Homem é apenas "uma besta sadia, / cadáver adiado que procria". Fernando Pessoa foi um poeta-vidente, dos poucos que fazem sentido hoje, na Era da Banalidade.

Quem existe, como poeta, em seu interior? Que vozes poéticas escuta?

A poesia vem da poesia, disse Jorge Luis Borges. Vem dos livros e autores que lemos. É a leitura e a nossa vivência no mundo que definem a nossa relação com o idioma e a linguagem. Hoje, ouço o eco de muitas vozes, um imenso coral; e essa multidão de timbres, sem dúvida, vem inseminando a minha criação poética. Ouço em mim um anacoreta japonês, que viajou com Bashô nas sendas de Oku; um trovador provençal, comparsa de Arnaut, amante de belas damas, da lírica imprevista e dos duelos; um poeta barroco, vizinho de Don Luis de Góngora, para quem as boas metáforas não são menos complexas do que as catedrais; um romântico, por certo, amigo de Keats, Hölderlin, Sousândrade; um simbolista francês, que fumou ópio com Rimbaud num café imundo de Paris; um modernista avesso ao moderno, como Eliot e Pound, para quem a invenção verbal é um modo de zombar da ideia de progresso; e um cultor de enigmas e labirintos, como Borges. Por certo, há muitas outras vozes – sou uma espécie de médium dos autores que li. Sei que devo muito a Cruz e Souza, Ernâni Rosas, Augusto dos Anjos; a Oswald de Andrade, Murilo Mendes e João Cabral; a Augusto e Haroldo de Campos; e Paulo Leminski. Por certo, estou sendo injusto; mas não seria possível citar todos os poetas a quem amei aqui. Devo acrescentar, fora das referências literárias, a música de Richard Wagner, em especial suas últimas obras, *Tristão e Isolda*, *O Anel dos Niebelungos*, *Parsifal*, que despertam em mim um júbilo selvagem, quase sexual. É a música do paraíso, ou pelo menos do "meu" paraíso, nesse inferno de gralhas desafinadas que nos atormentam, dia e noite, nos meios de comunicação.

Como está a poesia brasileira? Concorda com a matéria publicada na revista *Veja*?

A nova poesia brasileira, produzida nos anos 1990, possui autores de primeira qualidade, como Carlito Azevedo, Claudia Roquette-Pinto, Ademir Assunção, Angela de Campos, Ronald Polito e Jussara Salazar. Poucas vezes, em nossa literatura, tivemos um conjunto tão expressivo de poetas. Infelizmente, essa riqueza é ignorada pelos cadernos culturais da imprensa diária, que preferem noticiar amenidades sobre o show business americano, novelas de televisão ou grupos musicais de valor duvidoso. Vivemos sob o império da mediocridade, que só lê obras de autoajuda, romances sentimentais ou manuais de direito e economia. A matéria publicada em *Veja* apenas ilustra a miséria de nosso jornalismo "cultural". A melhor poesia brasileira tem sido publicada em revistas de pequena circulação, mas de alta qualidade, como *Dimensão, Medusa, Inimigo Rumor, Monturo* e no *Suplemento Literário de Minas Gerais*. É nessas publicações, e não na imprensa "oficial", que vamos encontrar a corrente sanguínea que alimenta nossa literatura. Por outro lado, as grandes editoras não se arriscam a publicar os novos poetas, que são obrigados a pagar do próprio bolso a impressão de seus livros, cuja distribuição em livrarias deixa um pouco a desejar. Como diria aquele sósia russo e mal-humorado de Verlaine: o que fazer? Em minha opinião, cabe aos próprios poetas a tarefa de divulgar sua produção. Um caminho lógico para isso seria a criação de uma revista especializada em poesia, periódica e de circulação nacional, distribuída em livrarias e bancas de jornal, que espelhasse o que se faz hoje de melhor em nossas letras. Uma revista aberta à invenção, à pesquisa de linguagem, que fosse a caixa de ressonância do novo. A crítica séria e qualificada é exercida hoje por quem faz poesia, por quem que está atento aos processos de criação, e não por jornalistas que veem o poeta como uma espécie de planta exótica africana ou libélula rara de Madagascar.

Qual a utilidade da internet? Quais sites lhe interessam?

Se a poesia do século 20 teve influência do jazz, das artes plásticas e do cinema, a do novo milênio, com certeza, será marcada pelo computador, que permite integrar som, imagem e movimento. O espaço cibernético, além disso, possibilita a edição de "livros" eletrônicos interativos, realizando a profecia de Mallarmé. O que não representa a morte do livro impresso, a meu ver, mas amplia as possibilidades de veiculação da poesia. A internet significa a superação das fronteiras nacionais. Hoje, é possível a troca de informações entre diferentes pontos do planeta numa velocidade nunca vista. Isto fortalece as chances de um universalismo, a afirmação de uma cultura humana pluralista, rica e diversificada, o que é diferente da globalização, que significa apenas a dominação econômica dos grandes monopólios. Creio que o caminho para evitarmos o desastre é o da integração: somos da mesma raça, habitamos o mesmo planeta, temos os mesmos direitos e responsabilidades. A internet não tem apenas importância para a informação estética, mas para a transformação política: agora, não podemos mais ficar indiferentes à fome na África, ao genocídio em Timor-Leste ou à ocupação do Tibete pela ditadura chinesa. Podemos nos manifestar, boicotar, pressionar governos, exercer a nossa cidadania planetária, indo além dos limites de fronteira. Eu e minha mulher, Regina, somos adeptos dessa guerrilha tecnológica. Dos sites que visito, indicaria três: *Popbox*, editado pelo excelente poeta Elson Fróes, com páginas de tradução, poesia visual e sonora; *Caqui*, especializado em haicais; e o *Jornal de Poesia*, editado a duras penas pelo Soares Feitosa, que é uma verdadeira biblioteca virtual.

DIRCEU VILLA

[SP, 1975]

Autor dos livros de poesia *MCMXCVIII* (1998); *Descort* (2003, prêmio Nascente); *Icterofagia* (2008, ProAC); *Transformador* (antologia, 2014); *Speechless Tribes: Três Séries de Poemas Incompreensíveis* (2018); e *Couraça* (2020). Traduziu *Um Anarquista e Outros Contos* (2009 [tradução de Joseph Conrad]); *Lustra* (2011 [tradução de Ezra Pound]); e *Famosa na sua Cabeça* (2015 [tradução de Mairéad Byrne]).

Quais mudanças teve a sua poética do primeiro livro até o que está fazendo agora?

Mudou tudo. Na verdade, eu não gosto de repetição e não acho que tenho uma poética sumarizável em alguns parágrafos. O pior crime de um autor, além da acefalia, é entediar o leitor inteligente. E acredito que nunca fechei um livro temático, com uma estrutura que vai explicando por que aquele poema foi aparecer ali, a ligação ubíqua com o título – depois, a crítica fica maravilhada quando encontra as ressonâncias e produz vários volumes sobre o assunto. Os meus livros refletem, suponho, não só o nível técnico a que eu havia chegado, mas também as formas que fui obrigado a usar ou inventar para dizer o que era preciso antes que o leitor pudesse resmungar: "Ah, é o Dirceu Villa, tá na cara". Há também grandes poetas com linguagem muito definida e repetitiva, como João Cabral, que se você lê muito em sequência se torna cansativo. Mas eu disse "leitor" com muita boa vontade e imaginação, porque publiquei apenas um livro, com tiragem limitadíssima de 85 exemplares; de qualquer forma, funciona assim. Escrevo poema a poema e, quando a quantidade revela ter retratado suficientemente a poesia daquele meu período, eu procuro fechar um livro.

Qual a importância de ter uma revista literária? Como foi a experiência com a revista *Gargântua*?

As revistas literárias tiveram uma importância histórica e estética muito forte, principalmente no final do século 19 – por exemplo, a *Cosmopolis*, que publicou o "Coup de Dés", de Mallarmé – e começo do 20, com as diversas revistas do modernismo, principalmente a *BLAST*, dos vorticistas ingleses, sem esquecer da *Orpheu* portuguesa e da *Klaxon* brasileira, que é muito bonita, mas meio primitiva; depois, elas se tornaram um veículo gasto, não tão empolgante, mas, ainda assim, um veículo, particularmente para poetas jovens se tornarem minimamente conhecidos (e eu acredito que, na verdade, dos editores). A *Gargântua* entra nesse ponto. Éramos meio moleques de faculdade tentando aparecer e demonstrar que a poesia escrita na época não era o lixo que costumavam dizer. Ora, apenas não tinham conhecido as pessoas certas. Mas, apesar da nossa qualidade e do nosso entusiasmo, suspeito que a revista hoje me pareça um tanto inocente e (uma boa qualidade) pretensiosa. A capa verde com metade do rosto da Medusa, que eu imitei do Franz Von Stuck, ficou ótima, mas mesmo isso não ajudou a vender a revista, que foi um total fiasco financeiro e não passou do número zero. Em parte, a culpa pode ser creditada à distribuição inexistente, antiprofissional. O velho problema da distribuição, que come uns dois terços do preço de capa e torna o livro no Brasil um artigo de luxo. A experiência de levar uma revista teve seu tanto de prazer e de aborrecimento. Prazer, porque é divertido inventar as coisas (principalmente visuais), e nós contamos com um bom amigo, o Douglas Braga, e a esposa dele, a Maila Blöss, que estavam cheios de ideias. Foi ele que resolveu pôr a metade da cara da Medusa e foi uma sugestão e tanto. A *Gargântua* poderia – e deveria – ter sido melhor. Mas tinha um ótimo patrono, o Rabelais.

Como é tão jovem e ser tradutor do Ezra Pound? Quais são as dores e as delícias da tradução?

Muito sinceramente, eu ainda não sou "tradutor de Ezra Pound"; estou trabalhando em um livro dele, *Lustra*, publicado em 1916. O caso é que sempre houve algo de congenialidade minha com Ezra Pound, o que me levou a tentar traduzir alguns poemas ainda inéditos. Eu comecei quando estava trabalhando como revisor de literatura médica, um trabalho maldito: os textos eram um desastre completo e as traduções da editora pareciam ter sido feitas no Babylon. Houve manhãs em que dormi solenemente em cima das provas, e todo dia pensava em como ler pilhas de textos mal escritos arruinaria a minha arte; é provável que naquele ano não tenha escrito uma linha. Enfim. O fato é que, para não sentir que estava enterrando minha vida naquele lugar por uns míseros trocados, comecei a traduzir poemas do *Lustra* escondido. Esse sempre foi um livro que a crítica tratou com desdém, porque ficou entre o volume elegíaco que Pound tirou do chinês, *Cathay*, aquele que consideram a primeira grande obra dele, *Hugh Selwyn Mauberley*, e *Os Cantos*, a obra definitiva. Como eu acho muito errado pensar assim, e parece um pensamento típico anglo-germânico, de etapas sucessivas de superação, resolvi que poderia dar uma tese oferecendo mais um livro de Pound em português (*Lustra* ainda está inédito por aqui, a não ser por alguns poemas bem traduzidos por Mário Faustino e Augusto de Campos naquela histórica antologia da Hucitec & Edunb) e repropor o interesse no livro. São poemas muito atraentes e malévolos, é um livro muito charmoso. Traduzir tem um lado muito bom que é parecido com teatro: você precisa se imaginar como outro autor para encontrar palavras certeiras, o estilo, a voz, digamos. Há também estripulias técnicas, que funcionam como um jogo, e também são muito interessantes. Já em outras traduções que eu fiz, o divertido foi encontrar um meio-caminho entre a minha linguagem e a do autor que eu estava traduzindo, e incorporar ao texto algo que pertence à mesma tradição; há muito mais liberdade, é um trabalho menos ilustrativo e mais pessoal. E dá bons resultados se você sabe o que fazer. E, quanto à juventude: é a época das ousadias insanas, não é? Há os caras que tiram racha; eu traduzo Pound.

Oceano: "[...] os homens não sabiam não faziam ideia/ de que o mundo se mantinha sem beiradas/ sem aparos era o mundo um horizonte curvo/ além do que se vê além do que se vive além." O que é o além para o poeta? O Oceano é eterno?

Para o poeta, em termos gerais, eu não saberia dizer. Há poetas e poetas. Nesse poema que você mencionou, talvez queira dizer: é simples supor que se pode definir a vida em termos daquilo que se conhece, e ignorar ou simplesmente deixar de reconhecer que sabe-se dela uma parte ínfima. Talvez por isso o poema tenha algo, me parece, das chamadas Grandes Navegações, e do espírito da vã glória de mandar. Porque, nesse caso, pressupõe-se que se entende suficientemente do mundo para dizer como as coisas devem ser. O que resulta numa espécie de George Bush. Sobre o oceano. Eu gosto muito dos litorais e tenho um verdadeiro amor pelo mar. Você pode olhar para aquela vastidão de água que os olhos não apreendem e pensar inclusive que há mais daquilo no mundo do que terra. E será sempre algo que você conhece menos e tem menos familiaridade do que com a terra. Se isso não puder sugerir uma sensação de distância do que se conhece, então eu não sei o que pode. Já eternidade é uma coisa um pouco longa demais para um sujeito que irá, na melhor das hipóteses, desfilar uns noventa anos por aí opinar sobre.

Seus poemas são cheios de referência. Você nos fala de Goethe, Duchamp, Yeats. Quanto mais referência, melhor o poema?

Bem, quanto a Goethe, é que a piada era boa demais para se perder. Esse tema persistentemente romântico das últimas palavras no leito de morte costuma ser visto até hoje com admiração e, por isso, sempre se carrega na qualidade filosófica do *dictum* quase fúnebre. No meu caso, quando leio referências bem empregadas numa obra, elas me atiçam a curiosidade (que, convenhamos, é uma qualidade bem decadente nos dias de hoje). Outra coisa que as referências fazem é demonstrar que tal arte é uma arte e que os praticantes dela têm gostos, ou universos, que podem ser partilhados com proveito. Às vezes, pode parecer cansativo, mas eu garanto que é estimulante. E isso não tem nada a ver com qualidade propriamente poética. Há inúmeros poetas que não referem nada (ao menos não tão marcadamente como eu) e são magníficos. E há milhares que prendem em seus poemas uns badulaques chiques com mão tão pesada, referências tão desproporcionais, no sentido de onde as tiraram e onde elas vieram parar, que você percebe não haver conexão alguma entre qualidade e citação. E eu, de qualquer forma, não acho que as minhas referências sejam impeditivas. São todas de um tipo muito brando, muito simpático, de convite ao leitor a compartilhar a leitura ou o modo de ler.

Você se utiliza dos mitos gregos para construir a sua poética. Qual a importância dos mitos gregos hoje em dia?

A mesma importância que mar, mulheres, homens, plantas, animais, transformações, Deus, o "como eu me sinto", as roupas no varal, a justiça, a injustiça, a guerra iminente, os problemas próprios da linguagem e da língua, piadas, a juventude exuberante, outros poemas, seus amigos, seus inimigos, trocadilhos, as boas e as más ideias, o sexo, viagens, filosofia, farras, fossas, a velhice, a sabedoria da experiência meditada, a música, a rabugice, o prazer de viver, a doença etc. têm para a arte. A ordem dos fatos na pergunta é importante: eu não me utilizo de nada para construir a minha poética, porque eu nunca sentei para escrever e pensei: "bom, aqui a gente pode pôr o Netuno, depois uma sequência de imitação de hexâmetros datílicos e vem um cara e fala um palavrão". O poema pede certas coisas e, tudo o que você pode fazer, se souber como, é dar. Isso não é para ser confundido com inspiração. Eu escrevo poemas porque, entre dois trilhões de coisas que os seres humanos fazem, calhou de ser isso o que eu faço e há um trabalho infinito de revisões e colagens, e até reescrituras muito elaboradas do material bruto. Então, há uma cultura de poesia (ou havia) e se pode escrever poemas, e muitas ideias no meu cérebro já vêm exigindo uma forma, assim como um filósofo é um impertinente viciado em perguntas que ele encontra em toda parte.

Quais seriam, em sua opinião, as reais perspectivas da poesia no mundo contemporâneo?

Essa é uma pergunta bem ampla, não é? Na Itália, tem uma coleção de poesia e, na contracapa, vem anúncio da Calvin Klein. Você compra um livrinho com antologia do Catulo e ele vem com anúncio da Calvin Klein. No Brasil, isso não existe; a ligação entre uma coisa e outra é tão impensável que não acontece. Então, mundo contemporâneo é muitas coisas diferentes ao mesmo tempo. Na França, ninguém se atreve a dizer que letra de música é poesia (mesmo porque as letras deles são uma porcaria) e aqui você tem essa polêmica divertida e acirrada. Nos Estados Unidos, há um ramo que faz confluência entre a performance e a poesia, que tem algo a ver com rap. Eles têm também o *poet laureate*, que, em geral, é um canastrão que só podemos aproximar dos da ABL e ainda assim fica impreciso. De modo que apontar perspectivas, ainda mais reais, num meio tão estratificado e movediço, seria muito irresponsável ou irrefletido. O que se pode dizer, ao certo, é que as perspectivas da poesia serão sempre aquelas que os poetas construírem. Se se pode dizer que passamos por um período tenebroso e ignaro, os poetas têm culpa nisso também. Se se pode definir a poesia, como toda arte, como algo que refina os nossos sentidos e a nossa inteligência, eu presumo que ela sempre será necessária, mesmo que de tempos em tempos não ofereça tanto brilho. Acredito que se você vivesse no século 18 e tivesse uma boa perspectiva crítica, diria que a poesia não tinha mais para onde ir e que os poetas então contemporâneos eram uma desgraça. Períodos como o fim do século 19 na França, ou os primeiros decênios do século 20 na Europa (com poucos etc.), são raros. Acredito que a poesia, a verdadeira poesia, continuará sendo um bem inestimável, qualquer que seja a forma que tome.

Nossa impressão de sufoco atual se dá por uns quatro ou cinco motivos: 90% de tudo que se faz é sempre lixo, mas agora publicamos mais e há esse mal-estar; ninguém mais acredita que existam parâmetros para se julgar arte, então eu posso não gostar e devo ficar calado no meu canto, já que não entendo nada do assunto; há outros meios de comunicação mais eficientes, como o cinema, ou acessíveis, como a TV; nossa educação, a brasileira principalmente, é um desastre provinciano ridículo, currículos precisam ser urgentemente revistos etc. Mas não é nada alarmante, é histórico, um processo que se fecha em determinado momento. Mesmo porque realidade – na intenção de reconhecer "reais perspectivas" – é algo indefinível. A realidade, ou o que isso significa para uma pessoa, é uma malha complexa e suscetível à maneira de se olhar para ela.

Como os artistas, entre eles especificamente os escritores, e, entre eles mais especificamente ainda os poetas, poderiam intervir neste mundo?

Com arte, por exemplo. A mistura disso com ações mais, por assim dizer, interventoras, resulta em panfletos medíocres ou em mal-entendidos colossais, como o de Ezra Pound, que quase arruinou para sempre sua obra diante dos olhos das pessoas. Ou Maiakovski, que se frustrou amargamente com os descaminhos que tomou a ideia inicial de revolução na Rússia. Podem intervir também com educação. Já que nós, artistas, somos tão sabidos, por que não arranjamos meios de espalhar nosso conhecimento? Mas é preciso um pouco mais de bom humor e é preciso não se levar tão a sério como os artistas "sérios" têm feito ultimamente: são uns carrancudos ou pessoas que explicam o fato de os demais não se interessarem por literatura. Muito antigamente, os poetas não precisavam ser uns aborrecidos com o mundo, nem uns arrogantes que querem meter o nariz em tudo. O artista herói é um romântico, mas devemos lembrar que ele, normalmente, morria cedo de tuberculose ou passava desta para a melhor antes de entrar na luta (como Byron pela liberdade da Grécia). Um pouco do espírito de vanguarda revive o romântico, mas diz assim: "Querem saber de uma coisa? Vocês são uns idiotas vulgares e eu e meus amigos estamos à frente da sua mediocridade", e é claro que faz sentido até virar pose & paródia, quando se esgota. E começou mais ou menos com Baudelaire. Mas a vanguarda, na metáfora militar, deixa de lado o fato intrigante de que é ela também que morre primeiro, a golpes de baioneta. Os poetas não são pessoas necessariamente boas, nem mais espertas a respeito de que rumo as coisas devem tomar: são pessoas que captam, compreendem e exercem linguagem num nível incomum, interpretam, representam. Então, eu proporia menos afobação em intervir e concentrar mais dessa formidável intensidade na composição. O resto se faz por si.

Quais seriam, no seu modo ver, as principais linhas de força e de fuga da poesia atualmente produzida no Brasil? De onde viemos e para onde vamos?

Técnica e estilo, e menos ares de importância. É uma lição aparentemente simplória, mas temos poucos exemplares disso no país. Machado de Assis seria o caso clássico na prosa; uma coisa não sobredetermina a outra, mas atinge o nível da elegância. Ele não clamaria ser um grande técnico, não teria muito interesse em ser visto como estilista, o único atributo do Eça de Queirós, que não sabia muito bem o que fazer com isso. Rui Barbosa, no discurso sobre a morte de Machado, vê só o estilista e, hoje, nós sabemos como Rui Barbosa era mau escritor e mau leitor, típico fenômeno de época. Mas aí é que está: linhas de força e fuga valem apenas para tradições fortes de poesia, como a francesa, que você pode pôr em perspectiva. Mas a francesa vem, no entanto, numa decadência brutal, veja as polêmicas do Houellebecq, que são umas provocações de criança e, no entanto, lá se morde a isca. O Brasil não tem nenhuma tradição forte e sequer tem uma relação lá muito saudável com o objeto livro, que vende adoidado em Bienal, mas só lixo. Poesia nunca teve muita importância no nosso currículo, nem nunca foi algo carregado de algum nível de nobreza. Quem esgotou as possibilidades da língua portuguesa? Nunca houve essa sensação, como terá havido na Inglaterra com Shakespeare, na Itália com Dante etc. Não no sentido infantil de angústia da influência, mas "muito bem, vamos para onde daqui?" Isso estimula o desafio estético à convenção, ultrapassar o supercânone. Por outro lado, as grandes tradições nacionais estão evaporando em favor de uma configuração mais ideal de o que é arte pertence ao mundo. O único problema para a poesia, para a arte da escrita, é que as línguas são diferentes, e isso, até certo ponto, constitui patrimônio exclusivo. Daí as traduções, que pretendem enxertar conhecimentos exteriores na língua de chegada ou promovem híbridos inovadores. Por incrível que pareça dizer isso no começo do século 21, os artistas brasileiros, em geral, precisam se libertar do provincianismo de se contentar com qualquer poeminha e de sair arranjando quem proclame sua grandeza nos jornais. E linhas de força não ajudam, porque Carlos Drummond de Andrade foi um bom poeta, certamente uma linha de força, e os que o tomaram como algum tipo de orientação produziram coisas inanes, todo mundo obedecendo a uma tirada dele, a de que a melhor poesia é um sinal de menos. Bem, isso eles conseguiram. Mesma coisa acontece com a linhagem que se seguiu aos poetas concretos. Linhas de força não ajudam: são um modismo ou uma limitação acabrunhante. O poeta está a sós com sua poesia e precisa ser honesto com isso: não pode seguir ninguém como a regra, porque daí está contido no outro, é uma perda de tempo, e as pessoas podem muito bem decidir, buscando a linha de fuga do quadro, que preferem voltar à matriz.

FABIO WEINTRAUB [SP, 1967]

É editor, poeta, professor. Autor, entre outros livros de poemas, de *Sistema de Erros* (1996); *Novo Endereço* (2002); *Baque* (2007); *Treme Ainda* (2015); *Falso Trajeto* (2016); e *Quadro de Força* (2019). *Com Novo Endereço*, obteve o prêmio *Casa de las Américas*, em 2003.

Você é um psicanalista que é poeta ou um poeta que é psicanalista? Ou isto não tem a menor importância na sua obra?

Existem várias maneiras de não responder a esta pergunta. A primeira delas consiste em observar que, nesse balaio de gatos que compõem a ficção do eu, é muito difícil estabelecer a função substantiva ou adjetiva de cada elemento. Elementos que ocupam uma posição central em determinado contexto ou circunstância podem desempenhar um papel subsidiário noutra configuração. Por que a profissão (no meu caso, a de psicanalista) seria mais importante na composição de minha identidade que o fato de eu ser descendente de judeus poloneses; ou de ter pé chato e aproximadamente três graus de miopia em cada olho; ou de ter feito teatro dos quinze aos vinte e dois anos? A segunda maneira consiste em repartir a pergunta e verificar o caráter problemático de cada subidentidade (a de psicanalista e a de poeta) anteriormente a qualquer tentativa de intersecção. No caso do psicanalista, pergunto-me: como é possível atribuir identidade a um profissional cuja prática se dá no avesso das identificações, como abertura ao inconsciente, às divisões e descentramentos pelos quais o sujeito se aliena na linguagem? No caso do poeta, como passar por detentor de uma potência cujo controle me escapa? Ninguém se sente poeta a não ser no momento em que está escrevendo. Quando um poema acaba, nada garante que o poeta poderá repetir a façanha, justamente porque ele é "um inventor de formas e não de fórmulas"; como bem nos ensina Octavio Paz. Por detrás do estilo, não há técnicas passíveis de replicação e mesmo uma obra extensa, objeto de alguma fama, não é cama onde o escritor possa deitar-se impunemente.

Você teve seu livro *Sistema de erros* ilustrado por Fernando Vilela. Como escolheram as ilustrações já que, muitas vezes, o trabalho do ilustrador atrapalha o do poeta e vice-versa? Como conseguiram a coesão?

Fico satisfeito em saber que o resultado final parece-lhe coeso, harmonioso. No caso específico do *Sistema de erros*, as gravuras foram feitas depois dos poemas. O livro já existia quando convidei o Fernando para ilustrá-lo. Não gostaria de generalizar, mas acho que o segredo para se alcançar um bom resultado é fazer com que as imagens dialoguem com os poemas sem a eles se subordinarem. Isto é, elas devem funcionar autonomamente e não apenas como "legendas", apoio para o texto. No caso do Fernando, o cunho abstrato da maioria das ilustrações parece facilitar esse tipo de diálogo sem prejuízo da autonomia. O curioso é que, ao menos para mim, mesmo os desenhos mais abstratos parecem figurar, ainda que parcialmente, algum elemento do poema.

Em alguns poemas desse livro você trabalha com fábulas. Todo poeta tem um lado lúdico? A poesia é uma brincadeira de gente grande?

Sim, o lado lúdico, a inocência diante das coisas, a adesão à realidade sensível que é própria da criança, tudo isso comparece no trabalho poético. Não foi Baudelaire quem disse que a poesia é a "infância reencontrada"? Concordo totalmente, a poesia é o natal da linguagem; linguagem em estado nascente. Uma província na qual a distância entre homem, ideia, palavra e coisa parece abolida (ou ao menos encurtada), onde, mais que representar, o poeta, demiurgicamente, presentifica o mundo pelo verbo. Mas, é preciso lembrar, trata-se de uma infância "reencontrada", isto é, de uma infância que não descarta a capacidade adulta de converter o espanto em palavras. Ou, como você mesmo disse, de uma brincadeira séria, de gente grande. Se não fosse assim, poderíamos equiparar o ignorante preguiçoso, que dorme a salvo das agulhadas do espírito, ao sábio que, após longas pesquisas, afirma só saber que nada sabe. Dito de outra forma: "um artista leva muito tempo para se tornar jovem" (Picasso). Agora, ainda com relação à sua pergunta, não gostaria de restringir aos temas extraídos de fábulas e histórias infantis a presença desse elemento lúdico em minha poesia. A infância, penso eu, infiltra-se ali de muitas formas, sob outros disfarces.

Segundo a Heloisa Buarque de Hollanda, o poeta de hoje é um erudito. Ele fala várias línguas, traduz, faz ensaios, críticas, resenhas, estuda... O poeta precisa ser um super-homem?

E quem disse que erudição converte alguém em super-homem? Há os que defendem a tese contrária, a saber, que erudição é sinal de debilidade, *kriptonita* a minar os poderes do gênio. Brincadeiras à parte, há mesmo hoje em dia uma expectativa no que se refere ao desdobramento do poeta na área do ensaio e da tradução. Grande parte dos nomes que compõem o cânone moderno acumularam as funções de poeta e de crítico (e/ou de tradutor) só que numa perspectiva pragmática, isto é, buscando na obra alheia elementos para a construção do seu próprio fazer poético. Não se trata, portanto, de críticos preocupados com a isenção e a objetividade de seus juízos, mas interessados na lenha oferecida pela reflexão à obra por fazer. Buscam amiúde, na comparação com autores contemporâneos e no resgate da tradição (composição do paideuma pessoal), segurança e legitimidade para as próprias escolhas. De outro lado, noto também uma deserção dos críticos propriamente ditos em face da crítica chamada "militante". Na universidade, os jovens doutorandos preferem escrever a quadragésima oitava dissertação sobre Mário de Andrade a se arriscar sobre um poeta contemporâneo. Nada contra Mário de Andrade, figura proteica que merece dinastias de intérpretes para dar conta dos tesouros que nos legou. Mas chama a atenção o fato de que, nas gerações de críticos que foram alunos de Antonio Candido, Roberto Schwarz, Alfredo Bosi, Davi Arrigucci Jr. ..., haja tão poucos que escrevam sobre a literatura corrente; ao contrário daqueles mestres. Assim, os que estariam, em tese, melhor preparados para avaliar a produção contemporânea, abandonaram as páginas dos cadernos de cultura e se refugiaram na *turris eburnea* da academia para estudar somente os autores canônicos. Sobram então os "jornalistas culturais" (em sua maioria submetidos às exigências do mercado) e os poetas-críticos a quem faltaria, como já disse, a devida isenção para avaliar a obra de seus pares. Tudo isso para entender um pouco a expectativa, pesada segundo você, de que o poeta, além de escrever seus poemas, trabalho já bastante oneroso, desempenhe-se bem nas funções de crítico e de tradutor. Agora, mesmo que não escreva ensaios ou traduza autores estrangeiros, imagino que todo poeta deve constituir padrões judicativos sólidos em relação ao que escreve, o que só é possível pela introjeção de modelos, pelo diálogo com a tradição que, longe de oprimi-lo, o estimulará. Ninguém pode realizar uma obra verdadeiramente "original" (olha aí o jargão romântico novamente) sozinho, contando apenas com o que lhe vai na cachola.

Qual a importância de Mário de Andrade para a sua poesia?

A presença de dois poemas homenagem a Mário de Andrade em meu livro *Sistema de erros* testemunha de fato uma admiração veemente, irrestrita, incontida não só pelo escritor (em suas diversas facetas), mas também por sua figura pública. No âmbito exclusivamente literário, reconheço a supremacia do ficcionista sobre o poeta (irregular, aquém da perfeição alcançada por um Bandeira ou por um Drummond), mas não há como recusar a beleza de certos momentos do *Remate de Males*, da *Lira Paulistana*..., a joia que são os "Poemas da Amiga" ou o "Rito do Irmão Pequeno". Acho também que o próprio Mário de Andrade tinha bastante consciência das "imperfeições" em sua obra poética. São inúmeros os momentos de sua correspondência em que ele admite ter "escrito feio" para dar coragem aos outros. Aliás, vejo de maneira muito nítida, em tudo quanto o Mário fez, uma divisão enorme entre o desejo de "artisticidade" e a disposição para o sacrifício dessa "artisticidade" em nome da solidariedade, da descoberta de um Brasil a que a literatura voltava as costas. É ele mesmo quem o garante: "Toda minha obra é transitória e caduca, eu sei. E eu quero que ela seja transitória. (...) A minha vaidade hoje é de ser transitório. Estraçalho a minha obra. Escrevo língua imbecil, penso ingênuo, só pra chamar a atenção dos mais fortes do que eu pra este monstro mole e indeciso ainda que é o Brasil" (carta a Drummond, 10/nov/1924). E ainda: "(...) não sou mais artista. Isto parece blague como outra qualquer, mas não é. Continuo a embelezar minhas obras, torná-las agradáveis para interessar, atrair, convencer. Mas lhes falta aquela qualidade artística primeira que uma infinidade de estetas e, entre os últimos recentes, Croce, de maneira berrante estabeleceram: ausência de interesse prático, criação livre e pura do espírito. Minha arte, se assim você quiser, tem uma função prática, é originada, inspirada dum interesse vital e pra ele se dirige" (carta a Drummond, 18/fev/1925). É claro que a situação deve ser enquadrada historicamente: o preceito estético da arte como um fim em si passou por inúmeras revisões; a reputação/autoridade de um Benedetto Croce já não é a mesma... Mas continuo achando relevante tal discussão como antídoto contra um certo beletrismo que, de tempos em tempos, volta a seduzir nossos poetas. Bem, mas tudo isso se refere mais a uma influência um tanto difusa do Mário de Andrade sobre o meu modo de pensar. Influências mais diretas sobre a poesia, não saberia identificar. Só para terminar, ainda com relação ao "escrever feio" de Mário de Andrade, lembro de uma coisa que o prof. Alfredo Bosi me disse certa feita. Ele comentava as aproximações que certos críticos tentam fazer entre a obra de Mário de Andrade e a de Guimarães Rosa. O interesse de ambos pela cultura popular, sobretudo no que se refere ao seu potencial mitopoiético, permitiria colocar o mago cordisburguense ao lado do genial criador de *Macunaíma*. "Mas em Guimarães há uma entrega religiosa ao belo, ao passo que Mário é muitas vezes de um mau gosto agressivo", dizia-me o prof. Bosi. Parece que o próprio Guimarães era sensível a isso. Em uma carta, se não me engano, a uma tradutora de sua obra, dele Guimarães, para o inglês, ele comenta: "(...) isso de o Mário escrever *milhor* em vez de *melhor*, para aproximar a escrita do jeito de falar, não tem o menor sentido. *Milhor*, quando muito, lembra milho". Mas essa é uma discussão que vai longe. Fiquemos por aqui.

Faltam movimentos literários ou é melhor ser mosqueteiro: "cada um por si e Zeus por todos"?

Não sei se podemos pensar nesse assunto em termos do que é melhor (ou "milhor", como queria o Mário). Formulada dessa maneira, a existência ou não de movimentos parece ser uma questão de escolha pessoal ou preferência, em vez de algo determinado historicamente. O movimento modernista, por exemplo, tem, por detrás de si, transformações tecnológicas (o automóvel, o cinema...), as vanguardas europeias do início do século, a I Guerra Mundial etc. Hoje não há movimentos organizados, grupos fiéis a determinada plataforma estética. Todos insistem na pluralidade de tendências, na aposta em projetos individuais. À polarização que marcou as duas últimas décadas (concretos X marginais), se seguiu um momento de distensão aparentemente mais propício ao diálogo. Não há, pelo menos de modo ostensivo, dogmas estéticos ou excomunhões exemplares. É claro que há alguns poetas tributários da lição concretista, dedicados a um trabalho em que a visualidade desempenha papel importante (como Arnaldo Antunes, Lenora de Barros e João Bandeira), mas que não chegam a formar um grupo. De modo geral, a diversidade impera; fica muito difícil mapear tendências. Aliás, a mera classificação também não seria de grande valia. Classificar nem sempre significa compreender. Ainda mais quando os critérios classificatórios são exteriores ao fenômeno em apreço. Veja, por exemplo, a antologia recente organizada pela Heloisa Buarque de Hollanda (*Esses poetas* – Uma antologia dos anos 90, RJ: Aeroplano, 1998). Os critérios adotados para compor um panorama representativo da poesia contemporânea foram ideológicos, talvez por importação direta da moda norte-americana dos "estudos culturais" (a meu ver, mais ideológicos que culturais). Selecionar representantes da poesia gay, da poesia negra, poesia judaica..., eis o que se pretendeu, a julgar pelas declarações dadas à imprensa. Desde quando Nelson Ascher e Moacir Amâncio podem ser reunidos como representantes de uma poesia supostamente "judaica"? O que há de judaico no trabalho deles? Também eu, então, sendo judeu, teria meu trabalho vinculado à tal chancela? Se for assim, na falta de um esquema compreensivo mais amplo, vamos sair criando categorias e subcategorias que nada explicam efetivamente. Por outro lado, acho também que é preciso desconfiar do clima cordial que, segundo alguns, distingue o debate poético contemporâneo. Haverá mesmo um debate? Os poetas estão acompanhando o trabalho uns dos outros e refletindo a partir daí? Tenho minhas dúvidas. Um amigo meu, o historiador e poeta Sérgio Alcides, diz que os poetas de hoje comportam-se como se vivessem na República Velha. Há algumas oligarquias que negociam entre si a alternância nos postos de poder. Alguns poucos telefonemas decidem quem irá aparecer na primeira página dos cadernos de cultura ou em determinado programa de entrevistas na TV. Todo mundo se cumprimenta, mas ninguém diz de verdade o que pensa sobre o trabalho alheio. Não que tal situação seja criada de modo consciente, deliberado, pois se trata de um sistema que ultrapassa as vontades individuais. Acho também que tudo isso se agrava com a deserção dos críticos a que aludi logo atrás. Apesar disso, penso que há uma dilatação real do espaço destinado à poesia (revistas, editoras, eventos) e que existe uma produção média de boa qualidade. Isso talvez gere bons frutos a longo prazo. Devemos lutar para manter esses espaços abertos sem tomar ingenuamente tal abertura como sinal inequívoco de excelência da poesia contemporânea.

A "apropriação" de outras formas de arte como o cinema, artes plásticas, música... enriquece a sua poesia ou, como dizem uns, é a forma de "não enfrentar as dificuldades com o texto a ser erigido"?

Não sei exatamente a que tipo de apropriação você se refere. Apropriação de procedimentos? Por exemplo, encadeamentos sintáticos que imitem a montagem cinematográfica ou a estrutura de um videoclipe? Ou simplesmente um diálogo com temas tomados de empréstimo às outras artes; poemas sobre escultores, pintores, músicos? Ou ainda poemas intersemióticos que inovam com relação ao "suporte" utilizado? Da mesma forma, não entendo direito o que você está chamando de fuga às dificuldades do próprio texto. Dificuldades de que ordem? Às vezes, o recurso às outras artes, longe de funcionar como um tipo de fuga, traz soluções para problemas pré-existentes e cria novos problemas. Mário de Andrade, por exemplo, no "Prefácio Interessantíssimo", vai buscar na música a justificativa para um "novo" tipo de sintaxe, contrapondo o verso harmônico ao verso melódico, dominante até então, segundo ele. Nada tenho contra nenhum tipo de apropriação extraliterária em princípio. Quanto à minha poesia, penso que dialogo com outras artes apenas na esfera temática. Em meu livro *Sistema de erros* lembro-me, à guisa de exemplo, do poema sobre o *Tiradentes* de Portinari.

O que é o Cálamo?

O Cálamo é um núcleo de criação, pesquisa e difusão de poesia, surgido no início dos anos 1990 a partir de oficinas literárias promovidas pela Secretaria do Estado de Cultura de São Paulo e com sede, até o ano passado, na Casa Mário de Andrade (atualmente reunimo-nos na biblioteca municipal Viriato Corrêa). É um grupo composto por pessoas de diferentes formações profissionais (engenheiros, médicos, jornalistas, psicólogos, advogados, professores de literatura, historiadores...) unidos pelo desejo comum de discutir e produzir literatura. Ao longo desta década, tal núcleo produziu alguns livros e uma série de recitais de poesia. Nos recitais, geralmente contamos com a ajuda de músicos e, eventualmente, de atores. Apresentamo-nos em teatros, faculdades, bares, divulgando a obra de autores como Jorge de Lima, Mário de Andrade, Manuel Bandeira, Tomás Antônio Gonzaga, Herberto Helder e muitos outros; além da produção do próprio grupo. Quanto aos livros, publicamos as seguintes antologias poéticas: *Lição de Asa* (SP: Iluminuras, 1993); *Vila Lira Rica* (SP: edição dos autores, 1995) e *Desnorte. Leituras poéticas em torno à obra de João Guimarães Rosa* (SP: Nankin, 1997). Afora tais antologias e projetos coletivos, alguns integrantes do núcleo têm publicado individualmente seus livros e veiculado seus poemas em revistas. É o caso, por exemplo, de Ruy Proença, que acaba de lançar seu terceiro livro, *Como um dia come o outro*, pela Nankin, e que teve poemas publicados em revistas como a *Poesia Sempre*, a *Cult*, a *Inimigo Rumor*, além de participar da *Anthologie da la poésie brésilienne*, publicada pela editora francesa Chandeigne no ano passado. Trata-se de um espaço aberto para a discussão de poesia e não de um movimento com plataformas estéticas redentoras; espaço no qual convivem metabolismos poéticos os mais diversos.

Você ministra oficinas literárias. A poesia se aprende na escola?

Sim e não. Volto ao que já disse: porque o poeta é um inventor de formas e não de fórmulas, porque não há leis gerais em poesia (embora cada poema encerre uma lei de formação, que vale apenas para ele), não se pode aprender poesia na escola da mesma forma que se aprende a solucionar equações matemáticas, ou da mesma forma que um marceneiro aprende a fazer uma cadeira. Por outro lado, há uma série de coisas que podem municiar o poeta para enfrentar os desafios da página em branco: noções de versificação, estudos filológicos, exercícios de interpretação literária, diálogo com outros poetas. São essas coisas que, em tese, uma oficina pode oferecer. O trabalho do poeta não é diferente daquele do músico, que deve se exercitar determinado número de horas por dia reproduzindo escalas, ou do ator, que deve estar com a voz e os músculos preparados para as exigências da cena. Se o poeta vai ser capaz de percorrer a distância que vai do exercício ao poema acabado, isso é uma outra história. Uma história que, em certa medida, independe do arbítrio pessoal do poeta. Mas que ele deve se "preparar" para esse "nascimento" incerto do poema, quanto a isso, não há dúvida. Ninguém se espanta com o fato de um atleta se exercitar continuamente para uma competição. Mas o poeta – que também pode ser considerado um atleta da linguagem, como o ator é, segundo Artaud, um "atleta dos afetos" – talvez porque lida com algo que está ao alcance de todos, as palavras, pode parecer, aos olhos de alguns, dispensado de um tal "treinamento". Daí que muitos imaginem que a mera alfabetização é condição suficiente para alguém se arriscar no trapézio da lira e se julgar poeta. Em contrapartida, ninguém vai se julgar músico se não souber solfejo. Tudo isso para dizer que as oficinas de criação literária oferecem oportunidades para o poeta se exercitar e trocar ideias com outros poetas; o que também pode ocorrer espontaneamente e de muitas outras formas. Só isso. Quem espera diplomas ou qualquer outra forma de garantia institucional, com certeza, vai quebrar a cara.

Qual o papel do escritor na sociedade?

É muito difícil responder a essa pergunta em poucas palavras. Insisto novamente quanto à perda da função social do poeta na modernidade, asssunto a que já me referi. Como nos explica Octavio Paz, a poesia moderna "se ha convertido en el alimento de los disidentes e desterrados del mundo burgués. A una sociedade escindida corresponde uma poesía en rebelión." Sem embargo, mesmo ocupando uma posição marginal na sociedade, a linguagem sobre a qual o poeta opera é social, são as palavras "da tribo" que recebem dele um sentido mais puro; para lembrar a máxima mallarmaica. Assim, seu papel segue sendo o de refontalizar, revirginar a linguagem purgando-a dos automatismos e opacidades a que a condenou o uso ordinário, pedestre. Arejar a linguagem como as minhocas arejam a terra, eis a missão do poeta, segundo o colecionador de inutensílios, Manoel de Barros. Agora, descrever de que forma isso ocorre em cada caso, isso é matéria para outras e mais longas conversas. Vou ficando, então, por aqui.

FABRICIO CARPINEJAR [RS, 1972]

Poeta, cronista, pesquisador e jornalista, tem diversos livros publicados. De teor autobiográfico, sua obra explora as múltiplas manifestações de afeto da contemporaneidade presentes nas relações familiares, nos casamentos e nas amizades.

Por que escritores têm tanta fixação na figura paterna?

Na nossa literatura recente, há o crescente interesse em equacionar a figura do pai, basta lembrar *Quase Memória/Quase Romance*, de Carlos Heitor Cony; *Armadilha para Lamartine*, de Carlos Sussekind; e a novela *Pequod*, do gaúcho Vitor Ramil. A fixação é necessária para libertar-se da própria imagem no espelho familiar. O pai é sempre um filho inacabado, e o filho, um pai precoce.

"Ao escapar de tua figura/ me tornei igual." Destino? Eterno retorno? Repetição?

É a trajetória circular. Toda fuga é uma renúncia que mais acentua o desejo do retorno. Torna-se necessário o enfrentamento. Por mais que ousemos seguir outros caminhos, estaremos com o mesmo impulso interior que nos deixa parados em movimento. Esses versos provam que, mesmo escapando do domínio da figura paterna, ela já está internalizada e, se não houver atenção, cometeremos os mesmos erros, os mesmos deslizes. *Carta ao Pai*, de Kafka, por exemplo, foi escrita para ser lida pelo próprio Kafka, não pelo pai dele. Kafka queria entender o pai que ele havia criado, introjetado, ao longo de silêncios e omissões.

"Só te amei/ sendo teu inimigo." Um inimigo conhecido é melhor do que um amigo? O pai é um inimigo íntimo?

O ódio é uma maneira de disciplinar o amor. É um apelo que reconhece a existência do interlocutor e a importância dos "contrários" para o amadurecimento.

Com quantas metáforas se faz um poema?

Não há limites, nem uma porção definida. A metáfora deve estar em equilíbrio com a mensagem, sugerir a atmosfera, sem oprimir o discurso. Consiste numa ação visual que reivindica, em seguida, uma reação de pensamento.

A imagem é um dos pontos altos em sua poesia. Qual a imagem mais corresponde à ausência de seu pai?

Vejo um livro de poemas como um caderno de gravuras. Visualizar é o mesmo que estar presente, corporificar. Jorge de Lima já dizia em *Invenção de Orfeu*: "como conhecer as coisas, senão sendo-as ?" Ver é participar. É ser responsável pela leitura do mundo e releitura da vida. Ter o compromisso com o destino das palavras. Na verdade, creio que ninguém lê poesia, é a poesia que lê nossa vida. À medida que escrevo, sou reescrito. Uma das imagens que mais correspondem à ausência do pai é a conversa com as camisas. Quando o pai partia em viagens, eu conversava com suas roupas. Carlos Nejar escreveu um poema, em *Os Viventes* (1979), sobre essa cena. Vinte e um anos depois, dou minha versão dos fatos, deixo de ser objeto de um poema, inverto a situação e assumo o foco de sujeito. Reescrevo a mesma lembrança sob a perspectiva do filho. Nejar havia deixado uma pergunta no ar: "O que procurava entre minhas roupas,/ a lágrima, algum amor banido,/ o instinto de me sobreviver?" Torno-me autor e dou a resposta: "Vestia tua camisa,/ copiando o ritmo dos teus traços,/ a respiração copiosa,/ sendo meu próprio e definitivo pai". Nesse sentido, a obra é afirmativa, a celebração de uma amizade, que mais se fortalece superando desafios.

"O sabor/ de um livro antigo/ está em jovem / esquecê-lo." Para que serve a tradição? É dever de vírus?

A tradição não significa redução, pelo contrário. O verdadeiro livro é aquele posto em prática. Não levaria nenhum livro para uma ilha deserta, pois os livros que amei foram absorvidos pela minha personalidade. O esquecimento não é algo ruim, depreciativo. Não há melhor gaveta que a memória; só conserva o que realmente merece. Tanto que não acredito no efeito do isolamento, da sublimação, do poeta ungido de Deus. Poesia é um exercício da sensibilidade, a narração do imaginário. Não adianta apressar-se, anotar um poema em trânsito com medo de perder algo genial. O que é bom, volta. Aqueles poemas que resistiram ao esquecimento e retornam merecem viver.

“Em tua biblioteca/ rastreavas, ensandecido, aquele morto encadernado.” A biblioteca é um cemitério de papel? O livro é um caixão de papel?

O conhecimento e a vida são válidos quando conjugados. Eu sou também um livro. Mas não quero atravessar séculos, entrar na posteridade como se fosse uma aposentadoria, apenas conviver e entender os homens e as mulheres de meu tempo. Ser contemporâneo da minha paixão – durar enquanto ela arde.

Quem é o poeta brasileiro? Como vive?

A poesia, infelizmente, é o salário mínimo da literatura brasileira. Hoje é mais fácil o poeta publicar um livro, porém as leis da distribuição são mais violentas e coercitivas. Da mesma forma que se nota uma quantidade maior de poetas, percebe-se a substancial diminuição das tiragens das edições desses escritores, que às vezes ficam na casa dos 500/300 exemplares. Pouco a pouco, tamanha a contenção, as editoras de poesia só farão uma tiragem para ser distribuída entre os críticos. O mercado, então, está mais disseminado. Não sei se posso qualificar de organização. Existe um aumento de público de poesia proporcional ao aumento de poetas. Aí, surge o dilema: quem compra poesia tem a pretensão de ser poeta ou é também poeta ou tem a pretensão de ser crítico ou é também crítico, transformando o espaço em antropófago. O que está em vigor como atitude lírica é o verso da primeira pessoa do singular. Os poetas da atualidade não são do contra, têm um maior nível de liberdade, sem a pressão de movimentos literários como ocorria nas décadas de 1960 e 1970, sem a necessidade de prestar contas a uma crítica social ou sofrer o patrulhamento de tendências. Escrevem a seu favor, demonstrando um grau avançado de narcisismo, o que viabiliza a construção de mitologias pessoais. Um dos grandes desafios continua a ser a questão da herança. Muitos dos jovens escritores buscam suceder um nome consagrado como forma de adquirir credibilidade. Isso é errado. No RS, o legado de Mário Quintana é emblemático e cobiçado. Quantos se insinuaram como o fiel herdeiro ou tentam fazer parte do seu inventário? O mesmo se passa em SP com Haroldo de Campos, em que uma geração se lançou em busca de um lugar ao sol na arena de concreto.

"A mãe remava/ em tua devastação,/ percorria os parágrafos a lápis/ O grafite dela, fino,/ uma agulha cerzindo." A mãe à moda Penélope é um referencial até hoje?

A paciência é uma virtude. E a figura feminina, longe de ser passiva, conhece a estratégia de se distrair e, com isso, ficar mais atenta. A distração é uma maneira de se concentrar. A mulher escreveu a história no corpo, o homem esqueceu de residir em si. O homem é um hóspede, tem vergonha de suas dúvidas.

"A loucura exige/ disciplina/ para não ser vista"?

Chesterton tem uma frase brilhante: "os loucos são aqueles que perdem tudo, menos a razão". Seguindo o raciocínio, é o excesso da razão que traz a loucura, não o imaginário. Sonhar liberta.

Quando um poema seu está pronto?

O poema está pronto quando abandonado. Isso é uma lição de Valéry. Senão, mudaríamos ele toda hora. O importante é que ele tenha o rigor da invenção sem nunca perder a espontaneidade da descoberta. Procuro contar uma história no livro de poesia, seguir um fio narrativo, um enredo, uma sequência de pensamento que forneça uma visão de mundo. Nada é solto ao acaso, como bilhetes sem destinatário. Há sempre um endereço e uma mensagem. Poesia não é catarse, desabafo, tecer cartas de amor. Poesia é invenção, laboratório da linguagem. É se inventar no ato de ressuscitar o idioma. Salvar uma palavra do desterro, fazer um vocábulo deixar a farda do dicionário e sair à paisana. Comparo os versos ao ato de esculpir. Não se faz um poema acrescentando palavras, assim como não se faz uma escultura acrescentando pedras. É burilando, lapidando, tirando os excessos, até permanecer somente o essencial, o necessário. O poema é tudo o que não poderia ser dito de outra maneira. É um silêncio sonoro. Há um rosto que espera ser descoberto na pedra bruta. O mais é menos na poesia; o menos é mais.

Em Um Terno de Pássaros ao Sul, "a armadura do mar, natureza enervada, barro assobiado, gastura do berro, flama da serragem", o que é o pampa?

O pampa é um jeito de se curvar diante do horizonte. No Sul, até o vento tem sotaque. Em *Um Terno de Pássaros ao Sul,* discuto a figura paterna; é a história de um homem resgatando o pai e anseia resolver os impasses da família. No caso, em vez de trabalhar com o mito do filho pródigo, levanto a figura do pai pródigo. É uma metáfora da difícil relação do Rio Grande do Sul com o Brasil. Imagino o pampa como filho de uma mãe solteira, que trabalhou fora, criou sozinha seu filho, foi para luta. O Brasil olha o Sul como um filho bastardo e desconfia que ele é a cara da Argentina e não consegue demonstrar seu afeto. É a síndrome da Capitu. Por isso, o refrão "Volta ao pampa, pai", no final, toma o seguinte apelo: "Volta ao pai, pampa".

"Lembro como se fosse amanhã." Como disse Renato Russo, é a "saudade que eu sinto/ de tudo o que eu ainda não vi"?

É a nostalgia pelo que poderemos ser, tudo o que foi visto nos prepara para o que virá. Somos adubo, rascunho, repasto. O futuro nos dá a possibilidade de reagir às lembranças e isso altera o passado. Nascemos com as respostas e a vida é encontrar quais são as perguntas que melhor nos definem.

Como vê a internet como espaço de divulgação de poesia?

A internet é um instrumento que privilegia a velocidade, não a informação. Isso é bom e ruim ao mesmo tempo. Ruim porque podemos entrar no surto da pressa e consumar leituras refletidas, rápidas, sem a devida reflexão, convivência e acompanhamento que nos dá o suporte do livro. Favorável, pois o poema passou a contar com elementos visuais que ultrapassam o sentido tátil, conferindo uma atitude cênica. É um teatro imaginário em que a sonoplastia e a cenografia acrescentam novas formas de lidar com o verso. Exalto iniciativas como o *Jornal de Poesia*, um dos pioneiros da internet na divulgação da poesia, dirigido pelo gosto apurado de Soares Feitosa.

Qual o papel do escritor na sociedade?

Formar para melhor informar. Inspirar antes de ser um inspirado. É preciso engajar-se na realidade emotiva do leitor; senão, nada vale estar engajado na realidade social. O poeta é um biógrafo coletivo. São minhas lembranças, porém, quando publicadas, são lembranças dos outros. Falar de minha vida é a forma que tenho de falar de todas as vidas que estão em mim ou que passaram pela água-furtada dos olhos. Não escrevo para me expor, mas para transpor os limites pessoais. É imprescindível sair do livro para entrar novamente nele.

FLÁVIA ROCHA
[SP/EUA, 1974]

Jornalista, fundadora e diretora de comunicação da Academia Internacional de Cinema. É autora do livro de poemas bilíngue *A Casa Azul ao Meio-dia/The Blue House Around Noon* (2005). Editora-chefe da revista literária americana *Rattapallax*, com sede em Nova York. Editou antologias de poesia brasileira para as revistas *Rattapallax* (EUA), *Poetry Wales* (País de Gales) e *Papertiger* (Austrália), entre outras.

A solidão é um fantoche pendurado no galho? O poeta precisa da solidão para escrever?

Toda atividade literária é solitária, no sentido mais abrangente possível da noção de solidão. É uma atividade autocentrada, a partir do ponto de vista do autor (não necessariamente sobre o autor). Poetas tendem a valorizar suas experiências de infância, aproximar-se de um estado pré-consciente, autorreferente, narcisístico até, em que a vida é experimetada pelo corpo e pela alma, simultaneamente (falo de corpo/alma como símbolos do físico/psíquico, não no sentido religioso). Na vida adulta, nossas inibições causam, supostamente, uma ruptura entre corpo e alma – uma ideia freudiana. Em *Songs of Innocence and of Experience*, Blake nos dá uma ideia do que é esse paraíso infantil, por que todos nós passamos (e depois deixamos) e que um dia nos permitiu o contato direto com o mundo natural e físico. Quando me refiro ao fantoche, e aos vestidos minúsculos, refiro-me a esse estado solitário ideal, encontrado somente na infância. Nossa percepção do mundo é o mundo que nosso corpo/alma sente. Nossa relação com o outro é limitada ao que o outro nos representa e nos acrescenta. Isso soa como uma concepção altamente narcisística, mas é possível que seja verdade: o poeta é um fingidor, nós já sabemos. Ao fingir-se outros, reinventa-se. O processo é sempre autocentrado. Quando o poeta deixa de ser poeta – várias vezes durante o dia – torna-se uma pessoa sociável.

Há muitos troncos de árvores atravessados em sua poesia? Qual a metáfora possível para esses troncos?

Talvez seja o símbolo de uma morte inocente, inexplicável. Para mim, um tronco cortado – a solene morte de uma árvore –, é uma imagem profundamente triste, um sentimento de perda irreparável. Tronco também representa experiência e história. Todas as camadas que se formam ao longo dos anos, maciças, que registram a idade de cada árvore. Uma vez, quando estava no colegial, meu professor de redação pediu que escrevêssemos um texto narrado sob a perspectiva de um cajueiro. Foi uma das experiências mais reveladoras que já me aconteceram, como se tivesse me sido mostrado um atalho, uma fórmula de comunicação com o mundo natural. Eu precisei ver com olhos de cajueiro e sentir o que o cajueiro sente. Eu entendi perfeitamente o que significa escrever ficção. Tudo o que escrevo é ficcional, algumas vezes com base no real, como o poema que você menciona, "Casa dos avós". Meus avós, que não cheguei a conhecer, moravam no Vale do Ribeira, em São Paulo, uma área de floresta. Uso um pouco desse imaginário, das histórias de infância do meu pai, das árvores que não conheci pessoalmente.

A natureza é um elemento muito forte da sua poesia? Qual a função de uma imagética naturalista para uma poética?

Existe essa obsessão de poetas líricos pela natureza... Eu me vejo, muitas vezes, tentando escrever algo mais urbano, concreto, desconstrutivista, tentando explorar as possibilidades estilísticas e conceituais mais facilmente associadas à poesia contemporânea. Mas sempre retorno à natureza, quase contra as minhas próprias forças, já que nasci e cresci em centros urbanos. Ainda não consegui explorá-la de uma maneira mais satisfatória, energética. Há muitos poetas contemporâneos que o fazem inteligentemente. Eu continuo tentando. Talvez seja o peso da tradição, a carga intuitiva, simbólica, metafísica envolvida. Talvez seja o silêncio. É onde está o silêncio.

Por que escreve poemas em inglês?

Estou tendo um longo namoro com a língua, que está presente no meu dia a dia. Sou casada com um americano, além de estar cursando um mestrado em criação literária, em inglês. O mestrado é, naturalmente, uma experiência no fio da navalha. Ainda não sei se é possível escrever em outra língua que não a nossa língua nativa. Estou buscando respostas, arriscando muito. Por enquanto, posso dizer que tem sido um exercício estimulante. Muito se perde, muito se aprende. Meus poemas em inglês são experimentos. Sou facilmente surpreendida na língua inglesa. É como andar numa rua escura, sem meus óculos de grau.

O poema "O rio" tem duas vozes: a tangente, o epicentro. O que tangencia o epicentro? Fale-nos sobre o poema.

Quando comecei a escrever "O rio", há aproximadamente um ano, esta era a única noção que tinha do que viria a ser: um poema em dois movimentos: um periférico, tangencial, e outro essencial, central. Escolhi o termo "tangente" (sempre fui fascinada por essa ideia matemática, altamente poética), partindo do princípio de que, a certo momento, precisa haver um contato, um ponto tangencial entre essas duas esferas de atuação. Todos os pequenos detalhes periféricos do nosso cotidiano tangenciam nossas principais atividades e preocupações, e interferem no modo como levamos as nossas vidas. O acúmulo desses detalhes ajuda a definir o caráter do que entendemos como relevante, aquilo que forma a nossa história. Já o termo "epicentro" carrega a ideia de movimento, de força, de atividade sendo gerada, o que me parecia fundamental na discussão que eu estava propondo. Ritmicamente falando, eu queria que fosse um poema sem muitos altos e baixos, sem drama, que corresse como um rio de águas tranquilas. Estava mais interessada num texto impressionista do que filosófico ou dramático, um texto que fundisse o natural e o urbano, sem realçar o contraste entre os dois universos. Acabei escrevendo um poema fragmentário, com uma vaga narrativa dando a continuidade ao fluir do rio. Provavelmente quieto demais...

No poema "Bailarinas", você cita Nabokov. Quais são as suas influências literárias?

Sou uma leitora voraz de romances, principalmente do século 19 e começo do século 20. Não perco um filme de época. Mas, falando mais seriamente... considero-me autodidata. Cursei jornalismo, que não enfatiza literatura. E estou ainda tentando recuperar tempo. Lembro-me de ter lido, por conta própria, na época de faculdade, os cânones: Balzac, Proust, Mann (*Morte em Veneza* está sempre nos meus pensamentos), Checkov, Stendhal, Kafka, Cortázar, Joyce, entre outros. Li Nabokov (*Lolita* é outro livro que não me deixa) mais atentamente em aulas da Columbia University – aliás, para o poeta e tradutor Richard Howard, com quem tive aulas sobre Nabokov (Howard foi aluno de Nabokov), *Lolita* é o maior romance escrito em língua inglesa do século 20. Ele tenta convencer todo mundo disso. Acho que me convenceu. Gosto de ler peças teatrais e, naturalmente, poesia. São muitos os poetas. Em português, Drummond, João Cabral, Quintana, Pessoa são adorados, muitos outros amados. Em inglês, Whitman, Stevens, Bishop, Rossetti, Dickinson, Ashbery... Em outras línguas, Lorca, Milosz, Szymborska, Montale...

Fale um pouco do seu trabalho na Rattapallax Press.

Faz dois anos que colaboro com a Rattapallax Press, preparando, com o poeta Edwin Torres e a pedido do publisher Ram Devineni, uma antologia de nova poesia brasileira e americana, intitulada *Cities of Chance* (com a parte brasileira bilíngue). Seleções da antologia estão sendo publicadas em março próximo, nos Estados Unidos, numa edição especial da revista literária *Rattapallax*. Faremos uma leitura no Baruch College, em Nova York, no do dia 19 de março, durante o evento Poetry Day (da UNESCO), com a presença de Robert Creeley, Marilyn Hacker, Amiri Baraka e Vijay Seshadri, entre outros. Está sendo agendado para junho o lançamento da *Rattapallax* no Brasil, com distribuição pela Editora 34. Estamos começando a organizar uma leitura em São Paulo, o espaço ainda está para ser definido. A partir desse número, eu passo a editar uma seção permanente, bilíngue, de poesia brasileira na *Rattapallax*. Um dos pontos interessantes do projeto é a inclusão de um CD de poesia e música em todas as edições. A edição brasileira/americana trará, além de poetas, música eletrônica e MPB.

Como anda a sua tese de mestrado para a Columbia University?

A "tese" é um livro próprio de poemas. Tenho até outubro para terminar. Vou ter de escrever muito ainda e remexer no que já existe... É um processo interessante e doloroso. Vou incluir poemas em português e inglês, e possivelmente traduções.

Fale um pouco sobre o ambiente literário em Nova York: como a poesia é vista nos EUA? É possível viver de poesia na terra do Tio Sam?

Nem aqui poeta consegue viver de poesia. A maioria sobrevive dando aulas em universidades, o que não é uma má combinação. As universidades americanas pagam bem e dão todo o espaço necessário para a criação literária. Nova York é uma cidade pulsante e, de muitos ângulos que se avalie, o maior centro editorial do mundo. A impressão que dá é que existe espaço para todo mundo, da editora independente à comercial, do poeta iniciante ao vinte vezes premiado. O resultado é um excesso de informação, que acaba diluída. É difícil acompanhar tudo o que acontece na cena literária americana. Algumas revistas e editoras acabam ditando o que significa ser um poeta de sucesso: a *The New Yorker*, por exemplo, ou os *journals Paris Review*, *Chain*, *Fence*, entre outros – que são lidos com atenção. São dezenas de leituras e saraus literários em toda a cidade, todos os dias, quase sempre divididos nas seguintes categorias:

poesia, ficção e não ficção. Também existem os eventos de apelo mais popular, como os de *slam poetry*, organizados na forma de concurso de poesia falada, com pequeno prêmio em dinheiro. Recentemente, a *Poetry Magazine* recebeu a doação de um milhão de dólares, um escândalo no mundo da poesia – a revista vai de vento em popa.

Você publica em diversas revistas brasileiras. Sobre o quê gosta de escrever? Como é o seu trabalho diário?

Gosto de escrever sobre assuntos de cultura, principalmente teatro, cinema e literatura, e também assuntos de política. Meu trabalho diário é bem caótico. Um dia por semana, faço um estágio na editoria de poesia da *The New Yorker*; tenho aulas três vezes por semana, para as quais tenho de escrever poemas e outros textos, além das leituras; o resto do tempo trabalho como jornalista freelancer e faço esparsas traduções. Venho improvisando por dois anos...

Você entrevistou gente como Alanis Morrisette, Paul Auster, Michael Cunningham, John Ashbery, Billy Collins. São gente como a gente: fale-nos das suas entrevistas.

Fazer entrevistas e perfis é talvez o que mais gosto em jornalismo. Sou fascinada pelos textos do americano Joseph Mitchell, que, por muitos anos, trabalhou na *The New Yorker*. Ele passava um longo tempo estudando os personagens que iria perfilar na revista, muitas vezes gente comum, que ele encontrava na rua, nos recantos de uma cidade que conhecia tão bem. Essas histórias pessoais, nas mãos de Mitchell, transformavam-se em emblemas de uma sociedade eclética, em constante formação. Escritores e artistas são gente cujas histórias pessoais e o modo como pensam interessam a todo mundo. Eles têm um poder de comunicação extraordinário, mesmo quando visivelmente tímidos, como John Ashbery, ou cautelosos, como Alanis Morrissete (que não se deixa ser fotografada a não ser produzida e controla todas as imagens que saem na mídia). Billy Collins é extremamente afável e foi buscar a mim e ao Ram Devineni na estação de trem próxima à pequena cidade onde vive, Somers, NY, na companhia de seu simpático cão. Paul Auster e Michael Cunningham são generosos com a imprensa e acessíveis, e parecem incansáveis, pelo volume de artigos que produzem, aparições públicas etc. Se levarmos em conta Joseph Mitchell, sim, são gente como a gente.

FLÁVIA SAVARY [RJ, 1956]

Dedica-se à literatura para crianças, jovens e adultos. É uma das fundadoras da Associação de Escritores e Ilustradores de Literatura Infantil e Juvenil (AEILIJ) e sua primeira-secretária. Com mais de 30 livros publicados, recebeu cerca de 80 prêmios, entre eles, Jabuti, FNLIJ, UBE, Funarte, Cepetin, Cruz e Sousa, e Cidade de Manaus. Também é ilustradora e dramaturga.

Você é escritora, ilustradora e dramaturga. Como é ser uma artista múltipla?

Para mim, foi uma descoberta, a um tempo curiosa e estranha, perceber que os artistas não eram todos multimídia, coisa que me parecia natural. Hoje, realizo que uns se sentem mais à vontade em um campo que em outro, seja na área de literatura, lidando com determinados estilos, seja nas artes plásticas, com a questão da linguagem, do suporte escolhido e, mesmo na dramaturgia, seguindo certos gêneros em detrimento de outros. Sendo muito intuitiva, sigo o simples parâmetro do que brota. Deixando fluir, acompanho a corrente com docilidade, o que me faz viajar por terras interiores bem variadas, na companhia de tantas personagens interessantes. Sem medo de ser feliz, diria que ser uma artista múltipla é ter mais e melhores chances de me divertir e maravilhar com meu ofício.

Qual arte foi a primeira que surgiu? Por quê?

A mesma que surgiu na humanidade, quando decidiu ou desejou perpetuar sua efêmera passagem pela Terra: o desenho. Com a honestidade que me parece justa, diria que foi de tanto observar meu pai desenhando em sua prancheta.

Walter Benjamin costumava dizer que o cinema é a maior arte. Entre as artes, qual é a grande arte? Qual – entre as suas artes – é a arte principal?

Essa história de "o maior", "o melhor", "o mais bonito" etc. não é um conceito da minha tribo. Prefiro o espaço aberto, acolhedor, onde sempre cabe mais um, no qual todos são bem-vindos. Se não fosse assim, talvez não me tivesse tornado a artista múltipla que você mencionou anteriormente. A grande arte é, sem sombra de dúvida, a própria vida que se cria e recria a cada instante. Com uma dinâmica de dor, beleza e gozo que nenhum autor copia sem o risco do congelamento. Entre as minhas artes – que, devo adiantar, ainda falta explorar inúmeras e novas modalidades, inclusive na vida –, a secretamente predileta seria o desenho.

Escrever para criança é diferente de escrever para adulto?

Não conheço nenhum autor que se invista de uma roupagem especial (por dentro ou por fora), ao escrever, a fim de entrar num clima infantil ou adulto, conforme o caso. Escrever é um ato de profunda honestidade e fidelidade ao que se propõe, ou seja, realizar seu ofício da melhor maneira que for capaz. A escolha das palavras, a construção de personagens, a elaborada carpintaria, o equilíbrio acertado do tempo, todo o trabalho pressupõe empenho igual. Há certos cuidados quando se trata da escolha de um vocabulário para faixas etárias específicas, mas até isso é questionável, pois a dificuldade inicial pode se tornar um motivador de intimidade com o dicionário, amigo de fé dos que gostam de ler.

Você esteve com uma exposição no SESC Teresópolis, de 30 de novembro de 2002 a 05 de janeiro de 2003. Por que batizou a exposição com o nome de *Visões de Paraíso*?

Visões de Paraíso foi (pra variar...) um evento múltiplo, que reuniu a exposição propriamente dita, mais o lançamento de dois livros, *25 Sinos de Acordar Natal* (composto de 25 contos sobre o Natal) e *Querido Amigo* (uma ode à amizade em forma de romance epistolar), ambos ilustrados por mim. Ainda contamos com a contação de trechos das obras e pastoris, conduzidos pela atriz e arteterapeuta Cristina Villaça e a mestria do violão de Júlio Alecrim. A exposição, dividida em três partes, fez uma releitura da arte barroca mineira, principalmente da obra do mestre Aleijadinho em seu primeiro módulo, com desenhos sobre madeira e papel. A segunda parte trazia fragmentos da infância de todos nós, recontada em ilustrações pinçadas ao acaso da miscelânea das muitas histórias ouvidas de nossos pais e avós. E a última, unindo ambas as partes da exposição, imagens de santos meninos. *Visões do Paraíso* pretendeu criar uma pausa de beleza em um mundo esmagado pela urgência que aponta, paradoxalmente, para o vazio; um chamamento ao despertar dos sentimentos mais candentes e necessários nos tempos atuais, sentimentos presentes em cada coração – profundo desejo de paz, esperança, solidariedade e delicadeza.

Visões do Paraíso é um convite de casamento entre céu e terra, em que os convidados – nós – somos todos chamados a fazer a festa para dela poder gozar.

Qual é a diferença entre escrever e pintar? O que há de comum nas duas artes?

Ambas são artes que visam à expressão, comunicar algo, mas creio que a sutileza seja mais fácil de ser alcançada por meio das palavras. Certas intenções, no desenho, são tão difíceis de se atingir que a própria direção da intenção acaba por se dirigir a outro ponto. Doma-se com menos rigor o desenho, eu diria, pelo menos no meu caso.

Quais são suas influências literárias?

Devo o nascedouro e a sobrevivência de minha paixão pela literatura a vários fatores: à constante imagem de meus pais lendo; às histórias narradas por minha avó, antes de dormir, mais toda a oralidade da cultura popular; aos gibis de antigamente, a Monteiro Lobato, aos contos de fadas e onde pudesse encontrar sinais do fantástico. Quanto a esse particular, Gabriel García Márquez foi o meu alumbramento – nunca mais fui a mesma depois de conhecer esse sujeito!

Como é ser filha da poeta Olga Savary? O que mais gosta na poesia?

Ser filha da poeta Olga Savary é, antes de tudo, ser filha da pessoa Olga Savary. Minha mãe é, segundo palavras de uma dedicatória que lhe fiz em livro que ilustrei de Ana Maria Machado, *Mandingas da Ilha Quilomba*, aquela "que me teceu a cauda de sereia". Os olhos de ver, a sutil percepção da urdidura do tempo, as lascas e pétalas que se desprendem das palavras, tudo isso aprendi com ela. Não há uma coisa apenas que goste mais na poesia como, de resto, não há uma coisa apenas que goste em tudo o mais. Aprecio a concisão da poesia, a musicalidade, o jorro contido, a explosão cortês, os jogos e o desbaratar de labirintos. As paralelas não se encontram no infinito, mas na poesia.

Seu texto é bem moderno. Você é uma escritora moderna?

Agradeço o epíteto, mas ele não tem significado para mim. Moderno, hoje em dia, é quase obsoleto – basta o tempo de enunciá-lo e já seu tempo é passado. Me considero, isso sim, uma escritora que tenta acompanhar, *pari passu*, o que acredita, pensa e ama no momento da escrita, buscando promover o encontro da vida e do trabalho. Agora, se o título contiver o sentido de moça, jovem, aceito-o de bom grado e afirmo, taxativamente, que sou moderna, claro!

Tem alguma epígrafe?

Uma epígrafe propriamente não, mas um trecho que chamo de "o poema de minha vida" – fragmento da "Prece para situações-limite", escrito durante uma febre, no inverno de 1623, por John Donne, poeta inglês. Ele diz, em tradução livre: "Nenhum homem é uma ilha, completa em si mesma; todo homem é um pedaço do continente, uma parte da encosta; se um torrão for levado pelo mar, a Europa fica menor, assim como um promontório ficaria, ou o solar de teus amigos, ou o teu próprio. A morte de qualquer homem me diminui, porque faço parte do gênero humano. Por isso, não pergunte por quem os sinos dobram. Ele dobra por ti." ("*No man is an Island, entire of itself; every man is a piece of the Continent, a part of the maine; if a Clod be washed by the Sea, Europe is the lesse, as well as if a Promontorie were, as if a Manor of thy friends or thine own were. Any man's death diminishes me, because I'm involved in Mankind. And therefore never send to know for whom the bells toll. It tolls for thee."*).

Qual o papel do escritor na sociedade?

Muitos: desde os mais evidentes aos mais sutis, e não necessariamente desempenhados pelo mesmo agente, mas por vários, conforme os temperamentos, as histórias e as afinidades. O escritor, bem como qualquer outro artista, deve consolar, mas também acordar, sacudir; nutrir e esvaziar, alegrar e comover, fazer sonhar e promover vida. Aliás, a vida, sobre todas as demais questões que se levantam, é a maior e é ela que deveria servir de norte a tudo o que se faz. Ao que se vive, responde o ofício, se ambos são pra valer.

Para que serve a arte?

Creio que, de certa forma, a resposta está embutida na resposta da pergunta anterior. Sendo questão extremamente ampla, escolheria duas frases (compatíveis com minha inclinação pela literatura infanto-juvenil), início e fechamento do *Manifesto Visões*, proposta lançada quando de meu vernissage *Visões do Paraíso* (vide pergunta 5): "Arte, vida e sonhos somados deveriam dizer, apenas, SIM, vale a pena!" e "Brincar é ensaio de coisa séria".

GABRIEL KOLYNIAK [SP, 1985]

É escritor e editor. Formado em Letras pela PUC-SP, é responsável pela Editora Córrego e pela Biblioteca Roberto Piva. Lançou os livros de poemas *Partilha* (Nankin, 2008), *Da casa à hospedaria* (2011) e *Discórdia* (2013).

O curso de Letras é importante para quem quer ser poeta?

Não acredito que qualquer faculdade seja imprescindível para quem quer ser poeta. O curso de letras é interessante para quem gosta de pensar e estudar a literatura, a comunicação e a linguagem – é nessa medida que ele me interessa.

Como Roberto Piva entra na sua vida?

Conheci o Piva através do Marcelo Marcus Fonseca, ator e diretor de teatro – aliás, um grande ator. O Marcelo, na época, estava dirigindo e protagonizando *Os Cenci*, do Artaud. Na sua versão, chamava-se *Beatriz Cenci*. Eu quis conhecer o Marcelo, e o Marcelo me deu o telefone do Piva – eu era, e continuo sendo, louco por Artaud, e o Marcelo me disse que o Piva poderia me ensinar bastante sobre o assunto. Então eu fui conhecer o

Piva e nós ficamos amigos, principalmente porque eu gostava muito do Pasolini e ele também – isso foi no começo de 2001. Temos nos falado durante os últimos dois anos e posso dizer que o Piva foi uma das pessoas mais inteligentes com quem eu me deparei em minha vida, e uma das que mais me ensinaram coisas a respeito de poesia, arte e vida.

Com quantas metáforas se faz um poema?

Velha armadilha.

Qual influência tem da geração beat?

Os beats me influenciaram demais nos meus primeiríssimos textos. Isso foi uma coisa, aliás, sobre a qual um grande amigo meu me deu um toque importante: eu gostava de escrever coisas do tipo "lambendo uma garrafa de conhaque São João da Barra o rótulo cadavérico" etc e achava o máximo, e isso é puro clichê e pose de proto-Burroughs. Então eu passei a evitar esse tipo de referência explícita aos beats. O que ficou foi a percepção de que a música, especialmente o jazz, é vital para a poesia que eu quero produzir.

Como trocou os gibis pelos livros? O gibi é uma boa iniciação à leitura?

Esta "troca" dos gibis pelos livros não foi exatamente uma troca – simplesmente eu encontrei os livros, que passaram a coexistir com os gibis. Com o tempo, os gibis foram perdendo a importância gigantesca que tinham na minha vida. De qualquer maneira, posso dizer que a leitura d' *O Matrimônio do Céu e do Inferno*, do Blake, me tocou o bastante para que os livros se tornassem interessantes, de fato, para mim. O gibi é, com certeza, um ótimo iniciador para a leitura – mas não somente isso. Qualquer um que tenha lido uma edição do *Sandman* poderá concordar comigo.

Para que serve a poesia?

Difícil responder numa paulada só. Acho interessante o fato de que cada poeta e cada teórico e cada crítico atribua uma função para a poesia – isso só atesta o fato de que a poesia serve para o que for feito dela. Pessoalmente, faço da poesia uma experimentação, tanto a leitura quanto a produção. Termo absolutamente vago e absolutamente preciso – experimentação.

Como é ser músico no Brasil? Como começou na gaita? Quem são suas influências musicais?

Comecei a tocar gaita pela mesma razão que a maior parte dos meus alunos me procuram – o fascínio com o instrumento. Encontrei um professor meio que por acaso: eu fui a um show gratuito do Nuno Mindelis, mas cheguei cedo demais, quando ele ainda estava passando o som. Então eu fui até ele e o convidei para um café. Conversamos por uma ou duas horas, e em dado momento eu perguntei se ele dava aulas de guitarra – ainda não tinha pensado na gaita. Ele me disse que não tinha nenhuma possibilidade de me ensinar, porque ele aprendeu sozinho e não tinha noção alguma do que fazer para ensinar alguém a tocar – porém, me falou que o seu gaitista, que também era guitarrista, talvez me ensinasse. E esse gaitista-que-também-era-guitarrista me falou que não dava aulas de guitarra, mas dava aulas de gaita blues. E eu achei interessante a ideia de tocar gaita blues, e fiz as aulas. Deixei para lá a guitarra, para a qual eu nunca tive talento, e me joguei na gaita. Aquilo que pode se chamar de "meu estilo" é basicamente formado pela escuta incessante de gaitistas como Paul Butterfield e Little Walter, de jazzistas como John Coltrane e Ornette Coleman, de bandas de rock infindáveis. Esse "meu estilo", é importante dizer, não diz respeito apenas à gaita: são importantes professores de poesia o já citado John Coltrane, o baterista Art Blakey, a cantora Anita O'Day e o Villa-Lobos. Quanto a ser músico no Brasil, eu vivo de aulas particulares, e é isso que é para mim ser músico de blues no Brasil.

Para quem daria um Nobel?

O tipo de pergunta para a qual eu não tenho resposta.

Tem algum mote?

O interessante de escrever poesia é a possibilidade de estar sempre se alterando, sempre criando novos motes, novas epígrafes – o último poema é um epitáfio, aquele que não muda, o último mote. Por isso, apenas cito um trecho da *Prosa do Observatório*, do Cortázar, uma beleza: "Veja, no parque de Jaipur se alçam as máquinas de um sultão do século dezoito, e qualquer manual científico ou guia de turismo as descrevo como aparelhos destinados à observação dos astros, coisa certa e evidente e de mármore, mas também há a imagem do mundo como pôde senti-la Jai-Singh, como a sente aquele que respira lentamente a noite ruiva onde se deslocam as enguias; essas máquinas não foram erigidas apenas para medir roteiros astrais, domesticar tanta distância insolente; outra coisa deve ter sonhado Jai Singh alçado como um guerrilheiro de absoluto contra a fatalidade astrológica que guiava a sua estirpe, que decidia dos nascimentos e dos defloramentos e das guerras; [...] e tudo o que mediu e classificou e nomeou, toda a sua astronomia em pergaminhos iluminados era uma astronomia da imagem, uma ciência da imagem total, salto da véspera ao presente, do escravo astrológico ao homem que de pé dialoga com os astros".

Qual é o papel do escritor na sociedade?

Qual escritor? São tantos.

GLAUCO MATTOSO [SP, 1951]

Poeta, ficcionista, articulista, ensaísta, tradutor e letrista. Continua sendo aquele poeta satírico e fescenino entrevistado por Rodrigo de Souza Leão, que participou de seu CD intitulado *Melopeia: Sonetos Musicados* (2001). Em colaboração para o caderno *Ideias*, do *Jornal do Brasil*, Rodrigo escreveu uma resenha para o livro *A Aranha Punk* (2007), de Mattoso.

Quais seriam, em sua opinião, as reais perspectivas da poesia no mundo contemporâneo?

A pergunta é ambiciosa e sua resposta exigiria, no mínimo, a inclusão num livro impresso em cuchê e encadernado em couro, ou, então, um diploma manuscrito em gótico com iluminuras nas capitais e moldura com arabescos, já que o convite a discorrer parece sabatina de colégio. Mas, como sou insubordinado, e por isso me tornei poeta, trato de desobedecer, pelo menos em parte, o regulamento. Respondo, portanto, não em lauda mínima ou fonte obrigatória como proposto, e sim ilustrando minhas posições com sonetos, a exemplo do que faço nas crônicas e ensaios (em que intercalo prosa e poesia) para as colunas virtuais que assino em diversos sítios. Dito isto, passo à primeira resposta ressalvando que a poesia não tem perspectivas reais, só tem perspectivas imaginárias. Quanto à contemporaneidade do mundo, poder-se-ia dizer da poesia o mesmo que se diz da política, ou seja, que, quanto mais muda, mais continua sendo a mesma. Os poetas sempre foram, desde os primórdios da civilização macacal, menos compositores que intérpretes da realidade, isto é, reelaboram a palavra para reforçar seu eterno significado sob uma aparência de invenção. Na prática, nada se cria (porque tudo é recriado) e nada se copia (porque cada poeta é seu estilo individual), mas tudo se apropria (isto é, se ajusta como roupa às medidas de quem veste e à moda que veste os outros), de modo que, na atualidade, o tamanho do guarda-roupa poético continua ocupando o mesmo espaço do quarto e da casa que ocupava há séculos. Isto significa dizer que, em tese, o poeta é onipotente e, na prática, não passa dum visionário. E, como de médico e de louco todo mundo tem um pouco, todo poeta tem seu público e ao mesmo tempo o público leva os poetas a sério só de vez em quando, nos momentos de delírio. Esse é o alcance da poesia: surtos e transes. A poesia não vacina, a poesia vaticina. A poesia não cura, a poesia anestesia. A poesia não é uniforme, é fantasia. Não é escudo nem colete antitiro, é máscara. Seu território e sua fronteira são, portanto, tão curtos quanto um feriadão de Carnaval. Se entendermos a expressão "reais perspectivas" como um espaço físico num tempo histórico, posso ilustrar este tópico com dois sonetos topográficos e cronológicos:

SONETO 148 CASEIRO

Poema é como um plágio involuntário,
evoca alguma coisa que foi dita
sem ter na consciência que repita
chavões tradicionais do adagiário.

Se digo que sou falso plagiário,
ninguém na panelinha me acredita.
Mas, se parafraseio alguma cita,
daquilo já me julgam proprietário.

Ideia não tem dono, só inquilino.
Se existe estelionato do intelecto,
na lei do inquilinato me vacino.

Já residi num prédio de concreto.
Morei também num mote fescenino,
mas hoje não motejo, só soneto.

SONETO 510 MALOCATÁRIO

Soneto é um apertado apartamento
num vasto condomínio de inquilinos.
A mesma planta e vários seus destinos:
um drama urbano em cada pavimento.

Dois quartos, pouca luz e muito vento,
que podem ser alcovas ou cassinos,
paróquias parcas, clubes clandestinos,
abrigo do autor brega ou do briguento.

Agora virou zona, mas um dia
foi casa de família e regra tinha:
conversa só começa se o pai pia.

Além da comezinha escrivaninha,
só tem privada, cama, mesa e pia.
Sem sala, o papo acaba na cozinha.

Como os artistas, entre eles especificamente os escritores, e, entre eles mais especificamente ainda os poetas, poderiam intervir neste mundo?

Se considerarmos que a arte é uma fantasia, ou seja, uma espécie de faz de conta, podemos entender que a realidade é que interfere (a sério) no artista e este devolve a interferência fantasiando, isto é, brincando. No caso, faz mais sentido chamar um artista de "arteiro", como um moleque fazendo arte. Quanto ao poeta, sua brincadeira está justamente em jogar com o sentido próprio (sério) ou figurado (brincalhão) das palavras, donde, na minha opinião, um poeta ser tanto maior quanto mais satírico. Se a intervenção do poeta é devolver a seriedade transfigurada em ridicularidade, a poeticidade da palavra dependeria de sua elasticidade caricatural (além da natural plasticidade), cabendo ao poeta apenas o trabalho de esticar ou soltar o elástico, como ilustro neste soneto:

SONETO 187 CLASSICISTA

Os gregos e latinos são modelo
e herança do poeta gozador.
Difícil não nos é fazer humor;
difícil é deixarmos de fazê-lo.

Partindo de Aristófanes, que fê-lo
em fase de apogeu e de esplendor,
passando a Juvenal, onde o sabor
picante em Marcial ganha cabelo...

A sátira é fatídica ao poeta.
E se me perguntarem se é difícil
fazer a poesia mais direta,

Direi que são os ossos do meu vício.
De duas, uma: ou fácil seja a meta,
ou é quase impossível nosso ofício.

Quais seriam, no seu modo de ver, as principais linhas de força e de fuga da poesia atualmente produzida no Brasil? De onde viemos e para onde vamos?

"Linha de força" para mim é fio elétrico, e "linha de fuga" equivale a uma saída de emergência. Se isto sugere que a poesia brasileira entrou num curto-circuito e que precisamos duma escapatória, eu diria que concordo, mas apenas em parte. O impasse acontece se o poeta pretende vincular-se a alguma corrente ou escola, mas a escapatória, neste caso, é apenas provisória: trocar de camisa, despindo a do time campeão do ano passado e vestindo a do campeão deste ano. Como os campeonatos são cíclicos e rotativos, esta solução meramente prorroga o impasse. Parnasianos que viraram modernistas voltarão ao parnasianismo na geração 45ista para, mais tarde, voltarem ao modernismo, seja através do concretismo, seja através do marginalismo, dependendo do grau de formalismo ou informalismo de seu background ou underground. Drummondianos que viraram cabralinos amanhã poderão estar combatendo a escravatura como Castro Alves ou defendendo a independência como Gonzaga, dependendo do engajamento mais momentoso. Já para o poeta cuja cosmovisão é menos relativista, o impasse se reduz a um pêndulo bem mais universal à história da poesia: oscilar entre o heroísmo e o humorismo, entre o épico e o epigramático, entre Camões e Gregório, caso em que me coloco. De onde viemos? De Portugal; portanto, de Camões. Para onde vamos? Para Pasárgada, ora! Ou, então, para Maracangalha, como Caymmi, aliás conterrâneo de Gregório, de quem, aliás, Bocage é póstero. Quero com isto dizer que os poetas não alinhados e inenquadráveis (tipo Augusto dos Anjos ou Zé Limeira) nunca dependeram nem dependerão de "linhas de força", assim como poetas cotucadores de onça com vara curta (e grossa) e mexedores em casas de marimbondos (de fogo) (tipo Gregório ou Emílio) nem têm para onde nem por que fugir, dispensando, portanto, as "rotas de fuga". São estes, os não alinhados e os cotucadores, personalidades individuais demais, portadores, por si mesmos, de tanta complexidade e tamanha problemática que passam ao largo dos impasses sazonais do revezamento escolástico, com ou sem diluição pós-isto ou pós-aquilo. Pensando nos alinhados, nos desalinhados, nos deselegantes e nos absolutamente desleixados, fiz o seguinte soneto recapitulando alguns momentos dessa trajetória da poesia local:

SONETO 394 BELETRISTA

Na história da poesia brasileira
Gregório, como um sátiro, desponta.
Dirceu canta Marília, que não conta.
Gonçalves Dias trepa na palmeira.

Rabelo é Zé, não tem eira nem beira.
Escravo, ao Castro Alves, vira afronta.
Bilac eleva e leva a lavra em conta.
Delfino é preso ao pé, mas mal o cheira.

Augustos são vanguarda: Alguém os siga!
Oswald e Mário apupam: Pau no apuro!
Drummond, Bandeira, ombreiam, bons de briga.

Cabral é cabra cru, cerebral, duro.
Se Piva quer viver na Grécia antiga,
Mattoso, em trevas, vive no futuro.

Como você situaria a sua própria obra no contexto atual? Fale sobre suas potencialidades e limitações.

Eu me situo com a maior tranquilidade (ou inquietação) entre os cotucadores não alinhados, já que me filio a Gregório e, por tabela, a Camões, e sento no bonde ao lado de Emílio (embora não seja gordo como ele e não lhe dispute o assento). Por conseguinte, minha potencialidade está na razão direta da minha limitação: esta consiste em não poder superar Gregório ou Bocage na sátira e na satiríase, mas, em compensação, incorporo e canibalizo modernidades e universalidades que aqueles precursores jamais sonhariam, por mais premonitórios que fossem, donde minha atualidade e, destarte, a potencialidade ainda bem aquém da exaustão, já que, por enquanto, só lidero o ranking sonetístico dos vivos (perto dos setecentos contra mais de mil de Delfino entre os mortos), de acordo com o livro dos recordes. Mas ainda há pano para manga, sola para língua, merda para nariz e cegueira para desabafo, de modo que, antes do final da década, terei ultrapassado a marca delfiniana. Enquanto isso, contento-me em apresentar minha árvore genealógica e meu atestado de antecedentes, ou melhor, de antecessores, nestes dois sonetos intransitórios e intransigentes:

SONETO 326 PATERNAL

Por que Deus nunca é mãe? Por ser severo?
O homem necessita autoridade.
Só ama a quem receia, essa é a verdade.
Por isso amava um Pai, temia um clero.

Não é o rigor paterno que venero,
mas sim a sapiência duma idade
que já conhece Cristo, Buda e Sade,
Homero e Judas, Sócrates e Nero.

Camões na poesia sirvo e amo,
"mas não servia ao pai, servia a ela",
pois sou filho bastardo desse ramo.

Em meio à numerosa parentela,
me sinto até caçula quando chamo
Bocage de titio, mana a Florbela.

SONETO 533 GENIALÓGICO

Não brigo com baianos ou concretos
por causa de paulistas ou troianos,
nem brigo com tupis ou paulistanos
por causa de antropófagos diletos.

Só brigo por mim mesmo e meus projetos
exóticos, insólitos, insanos,
que não acham piloto noutros planos
e são dos regabofes só dejetos.

Sou individualista por demais
e menos engajado que um vidente,
de vez que cego estou... para os normais.

Mas como sou humano, de repente
alguém também sem mestres e sem pais
me esbarra e reconhece por parente...

GRETA BENITEZ [PR, 1971]

Publicou os livros de poesia *Rosas Embutidas* (1999); e *Café Expresso Blackbird* (2006). Participou das revistas literárias *Zunái*, *Oroboro* e *Et Cetera*. Participou dos eventos literários II Simpoesia e Artimanhas Poéticas.

Você é uma poeta muito premiada. Como foi esta jornada – dentro da poesia – até ser a poeta que é hoje em dia?

Sempre escrevi para mim. Pensava em frases e construções que achava interessantes, então eu anotava porque gostaria de lembrar delas depois. "Exata", por exemplo, foi toda "escrita" na minha cabeça no caminho da faculdade para minha casa. Nunca imaginei que essas coisas tivessem interesse para mais alguém, já que era tudo tão íntimo, tão parte de meu momento pessoal. Mas as pessoas que liam acabaram me convencendo a participar de concursos. Então comecei a acreditar que eu estava escrevendo alguma coisa que pudesse interessar aos outros.

Qual a importância de ter um site na internet?

Em primeiro lugar, sem dúvida, a divulgação. Sem internet, com certeza muito menos gente me conheceria e eu não teria acesso a muita coisa que me faz feliz. O alcance do livro não se compara com o alcance da rede, com seus mecanismos de busca e os anéis, que fazem aquela teia de links sobre um assunto determinado. Além disso, essa é uma mídia sem censura e barata, o que a torna um excelente local para encontrar o que a mídia convencional se recusa e não tem interesse em divulgar: o realmente criativo, inusitado, inovador. Não digo que tudo que está na net é ótimo, é claro, mas o interessado não tem tanta dificuldade em encontrar o que é bom. Sites como o do Frederico Barbosa são de incomensurável utilidade, já que ele é um profundo conhecedor de literatura e indica outros sites muito interessantes, inclusive de poetas novos e pouco conhecidos.

O que é ser uma garota com ideias bizarras?

Na verdade, isso é um jeito charmoso de expor a minha eterna inadequação. O que foi causa de sofrimento na infância começou a ser motivo de orgulho na adolescência e que, hoje, eu administro. Sempre eu: aquela que não gostava das mesmas coisas que os colegas, aquela que via beleza onde os outros viam terror, aquela que percebia desgraça onde os outros só viam ridículo. E sempre aquele olhar crítico. Aquela "desconfiança" no bom sentido. Quando diziam: "Ah, porque fulano é péssimo". Eu: "Será mesmo? Deixe eu ver." Nunca aceitei ideias preconcebidas.

Você tem a música num lugar muito especial dentro da sua existência. Fale sobre música. Quais os CDs que escuta? Qual o tipo de música que ouve? Em que a música influencia na sua poesia?

A música cria atmosferas. E, destas atmosferas, crio situações, personagens. "Pesadelo", foi escrita sobre um tema instrumental do Tom Waits. Lembro que a primeira coisa que pedi quando criança foi um rádio. Isso porque papel e lápis sempre estiveram por perto, claro. Então ficava eu, menininha, com meu radinho azul, ouvindo, ouvindo. Não sei explicar, era uma necessidade mesmo. Depois tive uma vitrola daquelas clássicas, alaranjadas. Comecei a ouvir Scott Joplin e Beatles. Daí pra frente, só piorei. Considero música o meu vício maldito. Fui para os guetos, locais perigosos, corri riscos procurando música marginal, sem divulgação. Sem ela, passo mal! Costumo ouvir jazz quando me sinto desprotegida; ele me traz conforto. E ADORO blues, a música mais sexy. E sempre estou procurando. Agora, estou muito interessada nos africanos. Eles são lindos.

Sua profissão é escrever textos aplicados? Qual é a sua profissão? Poesia é profissão?

Poesia, em primeiro lugar é trabalho. E trabalho pesado. Eu sou publicitária e não quero viver de poesia. Quando há dinheiro envolvido, existe a necessidade de se curvar à vontade de outros, fazer concessões ao mercado, preocupar-se com o que querem comprar; enfim, escrever pensando no "consumidor final" em vez do leitor atento e sensível. Isso é muito triste. Quero escrever o que eu quiser, o que eu gostar, com liberdade. Ainda mais sabendo que tenho companheiros que querem ler isso mesmo. Sempre digo: "Me vendo barato na publicidade para poder ser cara na poesia." Na publicidade, tudo bem: querem mudar, mudo, querem mexer, mexo. Mas, por favor, nunca, jamais se metam com minha poesia. Isso eu não permito.

Para que serve a poesia?

Para enfeitar um momento. Fazer um domingo menos chato. Consolar uma pessoa que sofre. E para promover deslumbramentos que nenhuma droga é capaz.

Os heróis de HQ participam de seus poemas. Qual o objetivo de misturar HQ e poesia?

Eu gosto muito da estética dos quadrinhos. Não sou uma grande leitora, muito menos uma expert em HQ. Mas gosto muito das possibilidades de criar atmosferas através de traços, cores e texto. Acho incrível a capacidade desses artistas em dar expressão aos personagens. Acho que tento "roubar" um pouquinho disso para minha poesia, no poema "Meu Herói":

Pinto as unhas
os olhos
e o coração de preto
Encho o pulmão de fumaça e ar
esperando o dia
em que o Batman
vem me salvar

Trabalho este arquétipo do herói, que na HQ é tão presente. Todos nós temos momentos em que um herói se faz necessário. E quase sempre esse herói somos nós mesmos. Todo ser humano é herói todo dia. Todo mundo se salva de si.

Por que você escreve em inglês? A pátria não é a sua língua?

Minha pátria é o Universo. Minha pátria é o tudo. Escrever em inglês e francês é muito interessante, porque, procurando a estética do som em outra língua, eu consigo chegar a imagens, ideias e emoções que, em português, eu não chegaria. Mas claramente a língua portuguesa é infinitamente mais precisa do que a inglesa, o que enriquece qualquer escrito.

Billie Holiday num rádio de pilha é o pitoresco do contraste? Fale sobre o poema.

Este poema nasceu de um momento de solidão, quando no rádio tocou a Billie e me senti melhor. Um pequeno renascimento dentro de um dia morto. Ele fala de como as pequenas coisas captam as grandes também. Tudo está interligado. É como um anúncio de cerveja com a atriz famosa no bar mais obscuro do interior do estado mais distante. E que alguém sempre vai chegar até você. Seja do jeito que for.

Qual o papel do escritor na sociedade?

Traduzir emoções.

HELOISA BUARQUE DE HOLLANDA [SP, 1939]

Crítica literária, pesquisadora e editora, é organizadora das antologias *26 Poetas Hoje* (1975); e *Esses Poetas: Uma Antologia dos Anos 90* (1998). Professora de Teoria Crítica da Cultura, da Universidade Federal do Rio de Janeiro (UFRJ), publicou diversos livros de ensaios como *Impressões de Viagens* (1992); *Horizontes Plurais – novos estudos de gêneros no Brasil* (1998), *Pensamento Feminista: Conceitos Fundamentais* (2019); entre outros.

Há mais de vinte anos, você lançava uma coletânea com os poetas mais expressivos da Geração Mimeógrafo. Há menos de um ano, está nas livrarias uma outra coletânea com poetas dos anos 1990. Quais as diferenças entre essas duas gerações? Como foi o processo de seleção? Alguém ficou de fora?

A diferença básica é que, de uma explosão de paradigmas e modelos em direção a uma maior liberdade no uso da propria ideia de poesia, passamos, nos anos 1990, a uma certa reconstrução do estatuto da poesia e do trabalho mais especificamente literário com a linguagem. Para mim, os dois momentos são igualmente importantes e muito mais próximos entre si do que possa parecer à primeira vista. O processo de seleção desses poetas foi bem dificil porque a quantidade de boa poesia que encontrei foi inesperada. Diante disso, escolhi os trabalhos que me pareciam refletir de maneira mais direta a atmosfera cultural dos anos 1990. Muitos excelentes poetas ficaram de fora, o que é o destino de qualquer antologia ou seleção (e também seu limite e sua graça).

Ainda falando da coletânea, a poesia gay tem tanta importância a ponto de ser uma vertente e figurar numa coletânea de tanto prestígio?

Acho que a poesia gay é hoje tão inovadora e importante como foi a poesia das mulheres nas décadas de 1960-1970.

Recentemente, a revista *Veja* publicou um artigo comparando poetas e vespas, dizendo, num tom de chacota: "quem diria, a poesia ainda existe". Até que ponto esta matéria corresponde à realidade?

Essa matéria foi uma matéria reportagem sem grandes interpretações sobre a atual poesia. O saldo positivo que vejo nela é que se confirma o fato de que poesia hoje é, definitivamente, notícia e que está ocupando um espaço inédito na grande imprensa, seja de que cor ela for.

O poeta brasileiro, cada vez mais, é um erudito. Ele traduz, tem pós-graduação, escreve ensaios e resenhas. Tamanho preparo esbarra na falta de divulgação de seus trabalhos e na ausência de possibilidade de viver da poesia. Ainda assim, fora do mercado, existem poetas. O que move alguém para o caminho da poesia? Qual é o feitiço? A poesia só traz problemas?

Adoraria responder essa pergunta mas, infelizmente, não sou poeta.

Concorda que a prosa brasileira está num nível de qualidade bem abaixo do que a poesia? Quem seria o Drummond da prosa?

Acho que nossa literatura anda uma caixinha de surpresas. Eu diria que a poesia estava na frente há pouco tempo atrás e agora me deparo com jovens ficcionistas de primeiríssima qualidade aparecendo. Drummond é Drummond; sou muito fã dele, não consigo achar similares.

Dizem que a crítica "migrou" para as universidades. A universidade está de portas abertas para ajudar os poetas?

Acho que, se as universidades não abrirem suas portas para os poetas, eles vão começar a invadir as universidades (aliás, já começaram!).

Você ainda continua com a ideia de criar uma editora?

Eu já criei essa editora há mais de um ano: ela se chama Aeroplano, em homenagem ao poema de Luiz Aranha.

Qual a importância de João Cabral para a poesia brasileira? O que é moderno na pós-modernidade? A pluralidade estilística pode ser um problema?

João Cabral é um poeta fundamental, que já definiu a fronteira: antes e depois de Cabral. A poesia brasileira não teria o nível que tem sem esses grandes modernos. Quanto aos possíveis problemas da pluralidade estilística pós-moderna, ainda não temos recuo de tempo suficiente pra avaliar seus efeitos. Por enquanto, ela vem se mostrando saudável e democratizante. A história dirá melhor.

Ana Cristina Cesar ainda é um enigma? Como encara acusações de plágio que ela recebe? E recebeu recentemente?

Não. Cada vez mais, chega-se perto dessa grande poeta dos anos 1970. Quanto ao plágio referido, tendo sido Ana Cristina minha orientanda de mestrado, diria que ela fez um upgrade super bem-vindo do meu trabalho.

Quais os poetas que cabem dentro da Heloisa?

Muitos, mas não todos.

Aos poucos, todos os poetas "fortes" estão entrando na internet. O que a rede pode fazer pela poesia?

Tanto, que não dá ainda para prever. No momento, posso dizer que ela está abrindo canais de divulgação, que é um ponto terrível de estrangulamento de nossa produção poética.

Quais os sites mais interessantes da WWW?

Tenho mais de 2.500 selecionados, curtidos e comentados. Visite a biblioteca virtual de estudos culturais, link do site: www.ufrj.br/pacc

Tem algum mote, algum poema que a acompanhe pela vida?

O "oldie" dos Beatles, que funciona com precisão: "Let it be...".

Qual o papel do escritor na sociedade?

Ser escritor.

HORÁCIO COSTA [SP, 1954]

Tem 13 livros de poesia em português, publicados no Brasil, e vários no exterior. Foi traduzido em dez línguas e ganhou o Prêmio Jabuti por *Bernini* (2014). Doutorou-se nos Estados Unidos, em Yale, e foi professor titular da Universidade Nacional Autônoma do México. Atualmente dá aulas de Literatura Portuguesa na USP. Foi presidente da Associação Brasileira de Estudos da Homocultura (ABEH).

Em muitos dos seus poemas, há a presença da astronomia. É mais fácil falar de estrelas, do cosmos, do que dos humanos? Ou a busca por uma metáfora é uma viagem pelo desconhecido espaço sideral?

Você está dando uma das possíveis respostas. Mas a sua interpretação é demasiado metafórica. Como muitos intelectuais do século presente, eu sou fascinado pela cosmologia. Não há mês que não leia algo sobre ela. Não entendo muito o que leio, principalmente as formulações teórico-matemáticas. Mas os conceitos que a cosmologia contemporânea maneja são fundamentais para mim, para o meu viver poético. N'*O Livro dos Fracta*, a cosmologia – as várias vertentes da cosmologia contemporânea, melhor dito – fornece o grande intertexto, para lá das inúmeras citações ou mesmo colagens que remetem ao universo mais propriamente literário. A interação entre ciência e arte, cada vez maior quando se pensa na "grande arte", que acompanha a ponta das pesquisas no primeiro mundo, foi o que eu tinha na mente ao lançar os meus fragmentos. Não se deve esquecer também que eu segui a esteira de Severo Sarduy, a quem o livro está dedicado, que, em Paris, mantinha semanalmente um programa radialístico sobre cosmologia na ORTF, o que não lhe impediu de escrever algumas das obras literárias mais importantes da América.

Por que escolheu poemas de três linhas como formato para a poesia em *O Livro dos Fracta*?

Foi uma tentativa de inventar um "princípio métrico" um tanto aleatório: a medida eram três linhas do campo de visão do meu computador de então, um Macintosh Classic. No fim das contas, toda métrica tem algo de aleatório, não? Funciona para manter a palavra poética dentro de certos limites. Quanto mais rigorosa a métrica, melhor para comprimir a voz. Na época do computador e da informática, eu escrevi direto no meio e me impus este limite falso-métrico, mas que creio que funcionou para o que eu esperava dos meus fracta: concisão diccional e multiplicidade semântica.

Pelo menos em *O Livro dos Fracta*, você é minimalista. Dizer o máximo, no mínimo espaço, foi seu objetivo?

Como acabo de dizer, foi.

Depois de ler *O Livro dos Fracta*, não sabia para onde iria a sua poética, já que o começo foi bastante radical. A surpresa é que, em vez de evoluir para o estetismo, você surge com outro formato. Como é ser um poeta eclético no Brasil?

Não sou eclético. Sou pós-moderno. Eclético é a avó.

Em 1996, você completou 40 anos. O vaga-lume (do poema "Quadragésimo") é suficiente para iluminar uma vida?

Completei 40 anos em 94. Agora, acabo de completar, no mês passado, 45. A luz do vaga-lume é suficiente para iluminar a minha vida, e a tua também, e a dos teus vizinhos e a dos nossos concidadãos etc.

A maioria de seus poemas foi escrita há algum tempo. Como é o seu processo criativo?

Eu tenho um livro esperando para ser publicado e não o quero publicar agora. É bastante longo. Vou publicá-lo quando puder e quiser: por enquanto, estou deixando que *Quadragésimo* faça o seu percurso em português. Escrevo com frequência, e não publico tudo o que escrevo. Não corrijo demais o que escrevo. Volto a revisar os poemas integralmente à hora de sua publicação. Não releio os meus livros. Não sei nenhum poema meu de cor. Não leio para muitas pessoas o que escrevo. Só para amigos íntimos. Muitas vezes, não aceito convites para publicar inéditos em revistas. Prefiro o livro de poesia como bloco. Não gosto muito de livros monotemáticos. O livro de poesia sempre foi reunião de materiais literários heteróclitos até que a indústria dos prêmios foi fundada há algumas décadas e, a partir de então, os poetas, especialmente os mais jovens, começaram a perseguir certas noções de unidade diccional que garantiam uma melhor resposta dos júris.

IOSIF LANDAU

[ROMÊNIA/RJ, 1924-2009]

Romeno, veio para o Brasil em 1940. Aposentou-se e começou a escrever aos 70 anos. Publicou 11 livros, entre eles: *Comissário Alfredo* (1995); *Os Anjos Também Morrem* (1997); *Eles, Eu, Outros* (1999); *Confissões* (2001); *Abelardo e Outros Contos* (2004); *O Diabo Vestia Seda* (2006). Sob o pseudônimo Dominique Lotte, foi uma das escritoras suicidas.

Wordsworth escreveu que o menino é o pai do homem. Até que ponto isto é verdade? Fale-nos da sua infância na Romênia.

Romênia, um belo país, de natureza exuberante, montanhas, planícies e mar. Subsolo rico, petróleo, ferro e ouro. Rico em trigo e frutas. O Danúbio no seu delta no Mar Negro, berço dos esturjões, o caviar abundante. O camponês alegre, sadio e belo. A música folclórica maravilhosa, os ciganos com cítaras e violinos, insuperáveis na sua maestria. A capital Bucarest, apelidada de Paris dos Bálcãs. Um reinado de opereta, castelos suntuosos, palácios resplandecentes. É como me lembro da última vez que o vi, em 1938. Mas lá viviam judeus, pequenos lavradores, comerciantes modestos e alguns ricos industriais, e, onde vivem judeus, há antissemitismo, pogrons, morte e terror. Romênia, o país de opereta, era o país mais antissemita da Europa. Sem me alongar num assunto tão penoso, minha família, lá nascida e de várias gerações, fugiu para escapar da morte e desembarcou no Brasil em 1940. Nascido de pais ricos, vivi em conforto e usufruí com tranquilidade do que lá havia de belo; superprotegido, me escondiam da feiura da maldade, mas não por muito tempo. No ginásio, apanhava quase diariamente; "judeu sujo" era como me apelidavam, aprendi a reagir sem entender as agressões, não fui criado num ambiente religioso, fui uma criança feliz, um adolescente confuso. Ser rico tinha muitas vantagens; o dinheiro usado como propina e defesa junto às autoridades poupou a família de tragédias. Tenho saudades de minha infância.

A poesia é um jogo lúdico?

A poesia que comecei a escrever tardiamente, aos 75 anos, veio rasgando minha alma como um "uivo": tristezas, dores, arrependimentos, saudades, miscelânea sem nexo e sem ordem, um desabafo do "mal vivido" interior, um lancinante desespero por um "não futuro", impotência de um "não reviver", choro e desespero, um pavor, um pesadelo, um manto infame de minha existência.

São 62 anos de Brasil. Por qual Brasil se apaixonou? O que lhe trouxe da Romênia para o Brasil?

Desembarquei no Brasil em 17 de dezembro de 1940, vindo da fria Inglaterra, das bombas nazistas sobre Londres, depois de atravessar o Atlântico num navio inglês, driblando os submarinos alemães. O Sol esplendor, o céu cor de anil, o mar azul, os corpos morenos, o contraste de feio do antes com o belo presente me enfeitiçaram, me fizeram brasileiro, carioca, num piscar de olhos; nasci naquele instante, com um pensamento impossível na mente: "já passei por aqui antes, conheço esse paraíso, tive outra vida?". Em poucas palavras: aprendi a língua em dois meses, completei o ginásio, fiz amizades no esporte, fui boêmio carioca, me naturalizei brasileiro em 1945, me formei em Engenharia, casei com brasileira nata, tive quatro filhos, conheci o Brasil como poucos, ajudei a torná-lo maior ainda, minha paixão pelo país avassaladora, nunca mais retornei ao Velho Mundo, sou um brasileiro patriota, deixo oito netos como sementes, serei enterrado nesse solo com muita honra. Vivi parte da era getuliana, do grande Juscelino, do louco Jânio, do indolente Goulart, da Redentora, do retorno à democracia, do contraditório FH. O Brasil é imutável na sua grandeza, mesmo nas suas imperfeições, mesmo na sua constante imaturidade, na revelação da podridão de parte das suas elites, na insegurança na qual o povo se debate, nos contrastes sociais, com FMI ou sem, venceu a inflação, vencerá a fome, o analfabetismo, a pobreza será menos evidente, terras serão distribuídas, sei, sei, tenho certeza, vou morrer feliz, meu Brasil, te amo! Da Romênia, nada traria; se pudesse, para lá levaria o maravilhoso povo brasileiro.

Seu primeiro livro foi *Comissário Alfredo*, publicado pela editora Record em 1995. Começou tarde ou foi publicado tarde?

Comecei minha aventura de escritor em 1990, depois de aposentado. A oficina literária de Flávio Moreira da Costa foi meu aprendizado. *Comissário Alfredo* foi terminado em 1993. A procura de editora, a edição do livro levou dois anos. Estafante.

Por que escolheu, sendo um poeta beat, o romance policial para trabalhar na prosa?

Quando comecei a escrever romances, escrever poesia nem passava pela minha cabeça. O novo romance policial, representado por Raymond Chandler e Dashiell Hammett, me fascinava, uma ruptura total com o romance policial clássico. A versão cinematográfica em preto e branco, *film noir* e, portanto, *roman noir*, com intérpretes superlativos como Robert Mitchum e Humphrey Boggart, aumentaram minha paixão pelo anti-herói, por detetives da laia de Philip Marlowe. A característica principal do herói detetive particular (*private eye*) é o desrespeito à estrutura rígida da lei, a ausência quase absoluta do desejo da riqueza, é misógino em relação às mulheres, o amor pouco lhe importa, se a criminosa o quer seduzir ele a rejeita com frieza, tem ética toda especial quanto à honestidade, anda armado, sofre muito castigo físico, responde com violência, é amigo dos pouco privilegiados, como os jornaleiros, taxistas, barmen e prostitutas, sempre resolve os casos em que a polícia fracassa, pode ser equiparado ao samurai ou a um Lancelot da era moderna. No *film noir* ou no *roman noir*, a ação se desenvolve sempre no ambiente urbano das grandes cidades, no *bas-fond*. Acrescentei no Comissário Alfredo também a narrativa de *road movie*, o Brasil comporta essa alternativa. O Alfredo é um *gum-shoe* (apelido oriundo do uso de sapatos com sola de borracha pelos detetives) brasileiro com fortes tintas do nosso grande herói Macunaíma. Esse tipo de literatura, ainda considerada no Brasil como subliteratura, pode ser lida como simples passatempo, mas quem procurar ler "entrelinhas" ou quem possuir alguma sensibilidade encontrará nela um espelho da sociedade onde vivemos; os marginalizados têm as mesmas qualidades e defeitos de todos os humanos. A poesia beat, embora em mim latente depois da leitura do "Uivo" e "Kaddish" de Ginsberg, me surgiu como um desafio ao classicismo, que, com raras exceções, é um tanto enfadonho, e a quebra de regras como rima e métrica; aliás, devo confessar: sou completo e absoluto ignorante na matéria. O verso livre é a minha praia.

Quais os escritores que fizeram parte da sua existência? Quem é o escritor brasileiro?

Em várias etapas de minha vida, o ídolos escritores se revezaram. Na infância, Jules Verne e Karl May; na adolescência, Alexandre Dumas; na pré-maturidade, tentei alguns filósofos como Nietzche, Rousseau, Descartes, um total fracasso; na maturidade, muitos e todos, mas agora posso falar com segurança: Hemingway, Camus, Malraux, *la crême de la crême* e, nos novos (vivos), Updike, Philip Roth e Paul Auster. Os escritores brasileiros sem menor dúvida: Rubem Fonseca, Trevisan, Campos de Carvalho, Clarice Lispector e Flávio Moreira da Costa. Não sou adepto, embora sejam mestres e isso não contesto, de escritores clássicos do passado; o anacrônico não me seduz.

Qual uso faz da internet?

Internet, um imenso e proveitoso instrumento de pesquisa, uma instantânea resposta a tudo que preciso, em todos os campos: história, literatura, filosofia, religião, ciência, política, opinião e mídia. Uma "mão na roda".

Qual o segredo de tanta vitalidade poética na idade em que você está?

Vitalidade, vigor, energia sobram em mim. Excedo e exagero em tudo o que faço, sou um passional nato. Assim sou (fui) nos esportes, nos amores, nos prazeres, nos ódios e rancores, nas amizades, na profissão e, agora, na escrita: tenho seis livros publicados e, nesse ano, mais três serão lançados. Vitalidade poética, não tenho certeza ao que se refere... às ideias, às palavras, ao agredir meu passado, ao zombar da morte, ao arrependimento, ao horror do presente, à tragédia humana, à contestação de ideais sem consistência, ao não tolerar as religiões? Estou confuso, me perdoe... Sei apenas que pensamentos se avolumam na minha mente, remoem o passado, não entendem o presente, afastam o futuro e se derramam quase em transe sobre o "papel".

Com quantas metáforas faz um poema?

A metáfora poética não tem a intencionalidade da científica; ela é expressiva, e não explicativa. Assim, o poeta pode falar de um corpo magro como "transparente" e, às vezes, uma pluralidade de leituras é admissível, como é utópica uma leitura "total" ou compreensão única pelos leitores. A metáfora usada por um poeta é pouco provável de ser usada por outros. A beleza da metáfora poética prende-se ao seu caráter único e irrepetível. Sem saber como te responder e, para a minha própria elucidação, reproduzi o texto teórico; portanto, fica a pergunta sem resposta e, para ultimar, usarei uma metáfora em gíria: sou uma besta quadrada. Falando sério por um instante: se uso muito, poucas ou apenas duas metáforas por poema, não sei, nunca teria sido intencional e jamais as detectei.

Em "Fantasma", você diz: "Sou fruta madura/não serei colhido, nem provado/não mais existo, nem serei lembrado." É uma paranoia de todo escritor morrer inédito? Por que todo Nobel de Literatura tem mais do que 60 anos de idade?

Não sei se é paranoia de todos os escritores morrerem inéditos, mas tenho uma certeza: reconhecimento "extenso" eu nunca terei e, para falar honestamente, não me preocupo muito com esse fato, me é suficiente ser apontado, aqui, acolá, como escritor. Todos os prêmios Nobel com mais de 60 anos, qual a razão? Apenas posso especular. Talvez seja preconceito, uma regra não escrita, uma casualidade ou merecimento, mas sei de um escritor que o recebeu aos 44 anos, em 1957: Albert Camus.

"Preciso reescrever a história de minha vida, uma cópia para Deus,/ outra para o Diabo." O que há em Deus que falta no Diabo? Não são eles (a ideia de Deus e de Diabo) uma coisa só? Por que uma cópia para Deus e a outra para o Diabo?

Está aí uma metáfora, talvez, Deus e Diabo, a totalidade, um círculo fechado, uma cópia em mim, outra para fora, lá sei eu, o que me seria importante é me colocar em preto – branco, admirado – odiado, lido – ignorado, Deus – Diabo.

Por que os beats tornaram-se surrealistas?

Os poetas beats eram homossexuais, beberrões, nômades, sofridos e drogados. O grande representante do grupo, Allen

Ginsberg, vinha de uma família de emigrantes judeus pobres, a mãe morreu louca; o poema "Kaddish" foi escrito em sua homenagem. Era homossexual, seu amante era Neal Cassidy, também poeta e ex-ferroviário, amigo de Kerouac, autor da bíblia beat, *On The Road*. Ginsberg confessava que a droga libertava sua inspiração; mais tarde, sua mística religiosa budista influenciou também sua escrita, a absoluta revolta contra o establishment careta americano os tornaram "livres" nas ideias e no comportamento. Borroughs matou a mulher, Neal foi preso e encarcerado. Cultuavam o jazz na sua nova faceta, o bop, e, como Charlie Parker criava sua obra drogado, assim os beat o faziam. Viveram sua realidade própria, contestadores, chafurdavam no lixo da sociedade, romperam todas as regras, eu diria que nasceram surrealistas. O valor deles como uma nova realidade poética foi reconhecido mundialmente.

Como vê o escritor beat Salinger? *O Apanhador* é uma obra de arte?

Desculpe contrariá-lo, Salinger não foi um escritor beat. Como indivíduo, era excêntrico, até algo atormentado por seu pai ser judeu e a mãe católica, e por ter participado como combatente na 2ª Guerra Mundial. Escreveu apenas um romance, *The Catcher in The Rye, O Apanhador num Campo de Centeio*. Salinger o escreveu na primeira pessoa, um *tour de force*, por ser o herói um adolescente de 16 anos, com a sua linguagem própria. Holden é corajoso, foge da escola e perambula por Nova York, envolve-se com um mundo estranho, motorista de táxi, duas freiras, um ascensorista, três garotas de outra cidade, uma prostituta e uma antiga professora. Holden é um menino normal; anormal é o mundo que o rodeia e, apesar de jovem, possui uma certa sabedoria, percebe que a sua delinquência é mínima comparada com a delinquência dos adultos que encontra no seu caminho. Em Nova York, tenta escapar de si mesmo por meio de bebida, sexo, boates, cinema, sem sucesso. A maestria de Salinger consiste em que, apesar de nos apresentar um adolescente aparentemente desequilibrado, ele nos induz a perceber que se trata de uma boa pessoa e de mente sadia. Holden é resgatado pela sua irmã Phoebe, também uma linda figura. O que dizer? Só lendo, uma obra-prima.

Tem alguma epígrafe que o acompanhe pela vida?

Epígrafe que me acompanha pela vida? Essa pergunta me fez pensar, teria mesmo? Me fez refletir sobre o meu comportamento através dos anos e concluo que meu lado pessimista, trágico, prepondera e me lembrei do que Nietzsche escrevera, não me lembrara mais das palavras exatas, as lera há muitos anos, as procurei aflito, angustiado, precisava encontrá-las, tive sorte, respirei aliviado, as reli e tive certeza e aqui estão: "Como todos estamos condenados a morrer, é óbvio que quando ou como não importa". Sou do tipo do cara compenetrado e sério quanto aos meus deveres, mas ao mesmo tempo rebelde quando posso e, nesses momentos de liberdade, me vem à mente a resposta que eu dava aos amigos que se preocupavam comigo e me admoestavam: "Não me preocupo com o que os demais pensam!", uma honesta bravata. Meses atrás, um amigo quis que eu lhe explicasse o significado da obra de Franz Kafka, pedi um tempo, hercúlea tarefa, busquei interpretações e conceitos, cansei, entendi mas não compreendi, deixei meu amigo na mão, mas, na minha impaciente busca, li uma frase de um ensaísta que denominava Kafka fabulista do século do Holocausto e resumia a obra dele nessas poucas palavras, aparentemente ditas pelo próprio: "A esperança é infinita, mas não para o homem" e eu gamei na hora. Já confessei minha paixão pelo poeta beat, Allen Ginsberg, a maior estrela. Ele inicia seu poema "Howl",

"Uivo", com as seguintes palavras (permitam – se reproduzir em inglês, soa mais forte): *"I saw the best minds of my generation destroyed by madness"*. ("Vi as melhores mentes da minha geração destruídas pela loucura"). Aquilo penetrou no meu cérebro e nunca mais me deixou, um quase mantra, repetia sem cessar, *"I saw... I saw..."* o que significava? Talvez nada, apenas palavras dedicadas a Carl Solomon, brilhante e louco, internado num hospício. Na minha concepção, se coincidente com a dele pouco importava, ele e eu vivíamos num século doido, dominado por colonizadores, exterminadores como Hitler e Stalin, a quantos enlouqueceram, trucidaram milhões e milhões, adultos de mentes brilhantes, adolescentes que seriam geniais, crianças, quantas delas cremadas e fuziladas que teriam um futuro de imortalidade, tantas best minds of my generation destroyed by madness, mentes destruídas pela loucura... Sem dúvida, é essa minha epígrafe.

Qual o papel do escritor na sociedade?

O papel do escritor, eu diria, plagiando Hemingway, é escrever livros para serem lidos. Por quem? Não apenas por professores doutores que não descartam o livro antes das dez primeiras páginas por não entender nada. Se livro é cultura, que seja democrático, e não elitista. A tendência dos escritores é de se isolarem e, quando tentam se engajar, irem para a rua, fazem bobagem (é meu ponto de vista), visitam Yasser Arafat, se intitulam representantes do Parlamento Internacional dos Escritores, e o genial Saramago emite analogia idiota, comparando a política de Sharon com o extermínio organizado de Auschwitz. Concordo que, em tempos de crise, fica difícil para o escritor fingir que o mundo não está pegando fogo. Entretanto, pelo menos um devia ter ficado em casa.

ITALO MORICONI [RJ, 1954]

É crítico e curador literário, poeta, editor e professor. Autor de *Ana Cristina Cesar: o sangue de uma poeta* (1996); e de *Como e por que ler a Poesia Brasileira do Século XX* (2002), também organizou um volume de cartas de Caio Fernando Abreu e importantes antologias de literatura e poesia brasileiras, como *Os Cem Melhores Contos Brasileiros do Século* (2000); *Os Cem Melhores Poemas Brasileiros do Século* (2000); além de *Destino: poesia* (2017).

Proust, Rimbaud, Oscar Wilde... Como encara o fato de os maiores escritores de todos os tempos serem homossexuais?

Não sei se todos os maiores escritores foram homossexuais. Os que vieram antes do século 19, como Shakespeare e Platão, certamente não eram homossexuais, embora mantivessem relações eróticas com outros homens. Pois, como Foucault mostrou em sua *História da Sexualidade*, o termo "homossexual" como definição de identidade de uma pessoa só apareceu no século passado, embora práticas homoeróticas e fenômenos de travestismo sejam inerentes à espécie humana. Seja como for, levando em conta que a categoria "homossexual" ainda é vigente como forma de classificar pessoas com base em suas preferências eróticas, se pegarmos os três escritores citados por você, pode-se observar que da vida de Rimbaud não se sabe o suficiente para garantir que todas as relações mantidas por ele na maturidade africana tenham sido relações homoeróticas. Quanto a Oscar Wilde, que provavelmente era o mais desmunhecado dos três, não era homossexual, e sim, bissexual. Depois de ter sido vestido como uma menina pela mãe até a idade de 8 anos, Wilde cresceu, casou-se, fez filhos na esposa e, paralelamente, levou intensa vida de prazeres com prostitutos, marinheiros e jovens trabalhadores musculosos em geral na animadíssima vida gay da Londres de final do século 19, isso até se apaixonar por Lord Douglas. A grande dúvida que permanece é saber se Wilde era passivo ou ativo nas centenas de relações homoeróticas que manteve ao longo de seus longos anos de vida dupla. Tudo indica que ele alternava os papéis.

Há uma dicção costurando e caracterizando a cultura gay?

Sim, há uma dicção gay. Eu citaria o escritor americano Edmund White como autor de uma obra exemplar dessa dicção. Oscar Wilde certamente é um precursor e também o Proust mencionado por você. Mas, assim como a cultura gay, tem inúmeras subculturas dentro dela; existe uma diversidade de dicções que se somam a essa dicção básica de White, Wilde e Proust. Como dicções gay alternativas, cito os exemplos de Jean Genet, Pasolini e, no cinema, Fassbinder e Derek Jarman, além do próprio Pasolini, que foi misto de escritor, cineasta e animal político. Pode-se também dizer que toda a cultura dos musicais hollywoodianos é gay, assim como a televisão, estimulando a atividade masturbatória livre de crianças abandonadas em seus quartos, instaura uma dicção gay (ou "queer" – viada) na cultura de massas como uma das linguagens dominantes de nosso tempo. No Brasil, temos uma literatura gay, mas não sei se existe uma dicção gay, como na literatura anglo-saxônica.

Você concorda com Harold Bloom? De quais poetas fortes descende? É angustiado por alguma influência?

Concordo com o quê de Harold Bloom? Harold Bloom deve ter uns 12 a 15 livros publicados e ideias as mais variadas sobre os mais variados tópicos. Você se refere à teoria da ansiedade da influência, ou seja, ao Harold Bloom dos anos 1970. Acho-a uma teoria superpertinente para ajudar a entender as relações entre gerações de poetas, mas acho-a também parcialmente furada por seu caráter anglocêntrico e falocêntrico. Minha angústia de influência se dá em relação a Drummond, Caetano Veloso, Ana Cristina Cesar e Cazuza. Tenho também uma angústia de influência em relação aos meus dois grandes mestres da PUC, o Costa Lima e o Silviano Santiago.

A metáfora e a linguagem conotativa não fazem mais um poema. É necessária alguma atualização dos conceitos ligados à linguagem poética? Essa atualização passa pelo conceito de modernidade e pós-modernidade?

Não concordo com sua primeira frase, de que a metáfora e a conotação não fazem mais um poema. Podem até não fazer, mas colocar isso como um dogma não corresponde em nada à realidade atual. Alguns dos poetas mais jovens em circulação em várias culturas (conheço basicamente brasileiros, americanos e portugueses, um pouco de hispano-americanos), pelo contrário, mostram a vitalidade do uso da metáfora como tática de arte verbal. Quanto à atualização de conceitos, é uma necessidade permanente. Desde o fim do Renascimento, nunca se passam 30 a 50 anos na cultura ocidental sem que haja uma necessidade de revolução conceitual. A revolução conceitual contemporânea já aconteceu e as discussões sobre pós-modernidade representam uma tentativa de pedagogizar, de popularizar essa revolução conceitual.

Hoje em dia, o poeta novo fica, com a falta de movimentos literários, sem uniformidade e modelo. Tal fato é positivo ou negativo?

Acho que é um fato. Positivas ou negativas são as reações ao fato. Minha reação é basicamente positiva, como seria positiva se o fato fosse outro. Não sou conservador; por isso, minha tendência raramente é negar o presente em nome de um passado.

Você poderia fazer um panorama rápido da poesia brasileira atual? Em quais vertentes literárias estão os poetas atuais?

A poesia dos anos 1990 apresenta duas vertentes básicas. Uma vertente esteticista, representada por poetas como Carlito Azevedo, Claudia Roquette Pinto, Nelson Ascher, Josely Vianna Baptista, o Jorge Lúcio. De maneiras muito próprias, podem ser incluídos nessa vertente poetas como Paulo Henriques Britto e Lu Menezes. A outra vertente seria uma vertente neoconservadora, metafísica, representada por Alexei Bueno, Bruno Tolentino, Marco Lucchesi. Talvez Ivan Junqueira se encaixe desse lado. Paralelamente a isso, existe um aprofundamento e diversificação da vertente feminista/feminina, com a própria Claudia Roquette Pinto, Clara Góes e muitas outras. E, como emergência temática marcante nesses anos 1990, aparece a poesia gay, que é um belo rótulo, mas que eu prefiro chamar de homoerótica masculina. Nessa nova voz, incluo-me eu mesmo e poetas como Antonio Cicero e Valdo Mota, mas nós três temos abordagens bem diferentes, que qualquer leitor poderá verificar por conta própria. Gosto também de poetas mais dionisíacos, como Waly Salomão, e das sensualérrimas Hilda Hilst e Olga Savary.

Você está na antologia da Heloísa. O que o qualificou para pertencer à obra?

Esta seria uma pergunta que você deveria fazer à Heloísa. De qualquer modo, não acho que a participação numa antologia de contemporâneos tenha qualquer coisa a ver com sistemas escolares de "qualificação", doutoramentos, titulações e coisas assim. Como não sei fazer autopropaganda chinfrim, devolvo a você a pergunta: o quê, em sua opinião, me qualifica ou desqualifica para a antologia?

Há algo de positivo no fato de a crítica literária concentrar-se nos meios acadêmicos?

Há algo de negativo?

Acho que sim. Não o fato em si, mas a crítica ficar restrita à universidade, convenhamos, é uma ação limitada, ou não? Ou apenas os escritores da trindade UERJ, UFF, UFRJ é que têm importância? A meu ver, este fato é nefasto. Quando não há o diálogo, alguma coisa está errada.

Não defendendo o Wilson Martins, pelo contrário, há só ele. O resto é resenha paga, entrevistas de escritores estrangeiros, fofoca, badalação...

O problema não é a crítica ficar restrita à universidade; o problema é não haver, no Brasil, um tipo de imprensa cultural que faça a ponte entre universidade e público culto em geral. Nisso, a grande imprensa paulista é muito melhor que a carioca, particularmente a *Folha*. Pena que eles privilegiem a USP. Quanto aos escritores, não acredito que os preferidos da comunidade acadêmica sejam os únicos que apareçam; pelo contrário, a crítica universitária gosta de escritores sofisticados e complexos, como João Gilberto Noll, Zulmira Ribeiro Tavares, ou transgressivos, como Hilda Hilst e Caio Fernando Abreu etc., e pouco se ocupa de escritores populares e que aparecem muito mais na imprensa, como João Ubaldo, Veríssimo, Jô Soares etc. O exemplo dado por você, Wilson Martins, é bastante infeliz. Nada mais típico de uma certa universidade que Wilson Martins, que foi professor da New York University durante décadas e, depois de aposentado, passou a escrever essa coluna dele no Globo, uma coluna que eu não considero que seja uma coluna de crítica, e sim uma crônica-resenha semanal. Não entendo sua colocação sobre resenha paga. Que as resenhas (inclusive no caso de Wilson Martins) substituíram a crítica literária na imprensa brasileira, não resta dúvida. Mas você deveria dizer: resenhas mal pagas. As resenhas que a imprensa publica são muito mal pagas, em matéria financeira. Resenhas são espaço publicitário, só que, no campo da Literatura, publicidade é uma coisa muito mais complicada que no mercado maior. Sim, porque você pode querer fazer a publicidade de uma ideia e, de repente, uma resenha pode ser o espaço ideal para isso. Hoje em dia, acho mortífero para uma pessoa interessada profissionalmente em literatura ficar fora, alheia ou antagônica em relação à universidade. Até a linguagem dessa pessoa vai ficar defasada e antiquada. Na medida em que a grande imprensa está fechada para debates intelectuais mais profundos ou extensos, o único lugar em que ainda existe um mínimo de vida inteligente e de paixão por ideias é a universidade mesmo.

Hoje mesmo, dia 12 de abril, *O Globo* publica uma matéria sobre o possível fim do livro. A internet será o carrasco da palavra no papel?

Não sou futurólogo, portanto não posso produzir uma resposta para sua pergunta, assim, de estalo. Mas há bibliografia, e crescente, sobre o assunto. O último número do *New York Review of Books* traz um interessante artigo do Robert Darnton sobre o assunto. Outro que tem falado sobre isso é o Umberto Eco velho de guerra.

Você fez um perfil da escritora Ana Cristina Cesar... O fato de ter falecido jovem potencializa a curiosidade sobre seus escritos. Alguns a acusam de plágio?

Não existe plágio na escrita de Ana Cristina. O que existe, conforme já demonstrado não apenas pelo meu, mas por vários livros e teses sobre a poeta, é um processo intenso de intertextualidade, apropriação, pastiche e paródia. Nisso, ela não inova em nada, apenas segue o modelo estabelecido por um dos poemas paradigmáticos da modernidade do século 20: "*The Waste Land*" ("Terra Desolada") de T. S. Eliot. Em meu livro, analiso as relações entre as poéticas de Ana e de Eliot.

Você tem um mote, alguma epígrafe que o acompanha pela vida? Qual?

Acho que não tenho. Desde criança, sou um contumaz leitor de páginas, e livros, e jornais, e revistas e um devorador de filmes e todos os demais tipos de mensagens. Diante de tal quantidade de informação, não dá para escolher uma única frase e transformá-la em fetiche. Vivo em constante movimento, constante tumulto e exaltação mentais.

Qual o papel do escritor na sociedade?

Existem diferentes tipos de escritores, que correspondem a diferentes visões de seu papel na sociedade. Minha fidelidade, minha paixão primeira se dirige àqueles que são indisciplinadores de almas. A definição é de Fernando Pessoa.

JOÃO SILVÉRIO TREVISAN [SP, 1944]

Escritor de literatura ficcional, ensaística e infanto-juvenil, com 13 livros publicados, entre eles *Devassos no Paraíso – a homossexualidade no Brasil, da colônia à atualidade* (2000). De 1999 a 2005, manteve atividades de pedagogia literária no site do SESC-SP, como o programa semanal *Balaio de Textos*. Foi aí que conheceu o Rodrigo, em um debate em que seu texto foi esculhambado pelo público e defendido por Trevisan, que apontou sua inventividade e radicalidade.

Você insiste muito na ideia de projeto literário. Não vivemos mais tempos em que as musas nos fazem escrever belos poemas e cartas de amor?

Eu insisto que a musa morreu de fome... por falta de pagamento dos direitos autorais. Mas também morreu o beletrismo que, em geral, acompanha a ideia de "inspiração". Intuição e talento são fundamentais para uma produção literária significativa. Mas é grosseira ingenuidade (quando não pretensão) achar que a literatura é ditada pelas musas. O resultado mais patético é que esse tipo de "escrito inspirado pelos céus" pode não passar de vômito confessional.

A literatura tem alguma função específica? Há quem diga que a poesia não serve para nada. Para que serve a literatura?

Graças às finadas musas, a poesia não tem função, e por isso mesmo tem tanta importância. Ela serve para nos permitir um gozo raro: aquela experiência de liberdade quase absoluta, a possibilidade de escolher qual a melhor das inutilidades que nos ajudará a viver uma momentânea totalidade. É uma maneira de encontrar o sublime através das dores da carne.

Poderia nos falar sobre o *Balaio de Textos* e a sua Oficina Virtual no site do Sesc SP?

Essas são experiências de treinamento de escritores iniciantes, de todas as idades. A internet me permite trabalhar com gente de todo o Brasil e do exterior, inclusive. Atualmente, tenho uma brasileira de Viena participando da oficina.

Em que a internet pode ajudar a projetar e a fazer um país e um mundo onde, pelo menos, haja uma maior igualdade entre os seres humanos?

Não sei, francamente, se a internet pode realizar esse milagre.

Em *Ana em Veneza*, você mistura estilos de época, escritas de época. Qual a importância para um escritor e para o projeto escrever em diversas dicções?

O escritor é um mestre do disfarce. Muitos procuram um estilo, equivalente a uma determinada persona, que os mascara. Eu gosto de usar muitas máscaras, gosto da imprevisibilidade. Para mim, cada novo projeto é um recomeço da minha literatura. Se eu ficar usando a mesma máscara, temo ficar entediado e, pior ainda, mentir para mim mesmo. Afinal, eu sou muitos, trezentos, trezentos mil.

Qual a importância de Nietzsche na sua formação?

Talvez tenhamos os dois o mesmo imenso amor pela radicalidade, pelo paradoxo humano e pelo dionisismo instalado no âmago do intelecto.

O que deve haver em um texto para que você admire o autor?

Radicalidade, paradoxo humano e dionisismo.

De quais escritores fortes descende?

Francamente, não sei. Meus autores prediletos não são necessariamente aqueles que mais me influenciaram. Acho que tanto na vida quanto na literatura fui obrigado a criar meu pai dentro de mim.

Até que ponto nós vivemos num mundo colonizado intelectualmente pela França e pelos EUA? Por que não existe um grande filósofo brasileiro?

Se estamos falando em filosofia tal como se pratica na Europa, não temos no Brasil. E isso não me parece fazer nenhuma diferença. Mas, se falamos em poesia, musicalidade popular e alegria de viver, isso está no Brasil, não na Europa. A cultura americana, que conquistou o mundo inteiro, é o túmulo da metafísica e da sensualidade, mas é a pátria do blues, do jazz e dos musicais. As comparações são tolas, sempre.

Quem é o poenauta? Quem é o escritor brasileiro? Qual o perfil do novo escritor brasileiro?

Infelizmente, o perfil do novo escritor brasileiro tem se relacionado mais com um fator de mídia do que de literatura. Tenho assistido a um festival de vaidades cada vez mais intensas. Acho que escritores/as são sempre muito narcisistas. Mas tem gente nova que está ganhando dos mais velhos, nesse quesito.

Tem algum mote?

Amar sem reservas, amar o Amor.

A cultura gay pode enfrentar o reacionarismo de direita e esquerda que, por exemplo, assola a França?

Se pode, não sei. Mas deveria. Nós, homossexuais, somos sobreviventes de vários e quotidianos holocaustos históricos. Seria lamentável se massacrássemos os diferentes, repetindo a fórmula fascista e intolerante de tantas culturas e governos que vêm nos massacrando secularmente.

JOSÉ MENDONÇA TELES

[GO, 1936-2008]

Escritor, cronista, professor, foi secretário de Cultura de Goiânia e presidente do Instituto Histórico e Geográfico de Goiás. É autor do Hino Oficial de Goiás e escreveu mais de 30 livros, entre eles: *Memórias Goianienses* (1986); *A Vida de Pedro Ludovico* (1992); *Dicionário do Escritor Goiano* (2000); e *Crônicas Vilaboenses* (2005).

Como foi o primeiro contato com a literatura? Quais sensações tinha ou tem ao lembrar da infância? Há algo especial quando Marcel comia biscoitos, no *Em Busca do Tempo Perdido*, de Proust? Escrever é lidar com o lúdico?

Morando numa cidadezinha do interior, onde o tempo não passava na janela, eu corria minha liberdade pelas ruas de meus 9 anos, sem lenço e sem documento. Um dia, a professorinha do grupo escolar me ensinou a declamar "Meus oito anos", de Casimiro de Abreu, numa festinha de homenagem ao santo padroeiro da cidade. Fui muito aplaudido, tomei gosto pela coisa e nunca mais me esqueci "da aurora de minha vida/ de minha infância querida/ que os anos não trazem mais!" A infância, para mim, é um momento lúdico, terno, uma caixinha preciosa guardada no armário da solidão, daí o meu poema: "Olhei fundo nos meus olhos/ vi que o tempo tem um fim/ Fui lá dentro chorar a infância/ fechei as portas de mim". Lembro-me diariamente dela, pois tenho mania de caminhar de ré, para frente. Se Marcel comia os seus biscoitos, como os biscoitos de minha mãe! Aqueles biscoitinhos fritos de quebrar desjejum e carinhosamente colocados na mochila da escola. Ah, minha mãe, em que metáfora do Universo você se escondeu? Eu sou um maior abandonado, um menino grande que perdeu o seu brinquedo na memória do quintal! O lúdico é uma porta para se chegar no terreiro da memória. Quem entra não quer sair, pois há tantos jogos, tantos entretenimentos. Sair para quê? Para ver o Sol nascer quadrado, viver preso nas artimanhas da sociedade capitalista? No lúdico, o tempo é construído com tijolos de liberdade.

Dizem que livros são como filhos, gosta-se igualmente de todos. Há algum (livro de sua autoria ou não) predileto?

Tenho 24 filhos, isto é, livros. Todos foram gerados com muito amor, tesão e orgasmo. Não tenho queixas deles, cada um vem cumprindo seu dever de mostrar que é gente, que tem uma meta a cumprir, isto é ensinar que nem só de pão vive o homem. O livro é um agente espiritual. Amo meus filhos e eles me amam. São carnes da própria carne.

Para o texto ser revolucionário, deve haver conteúdo e forma revolucionários, ou com apenas um dos ingredientes a revolução pode ser feita? Existe novidade hoje em dia?

Revolucionar, no meu entendimento, é o que fica após o processo depurativo. Machado de Assis, Drummond, Bandeira e Vinicius são revolucionários no conteúdo e na forma, pois levaram sua literatura ao encontro do povão, que os consagrou, depurando-a. Nada há de novo debaixo do sol. Se há novidade, está debaixo da Lua, inspiradora de poetas e exegetas.

O senhor é angustiado por alguma influência? Harold Bloom aponta Shakespeare como o inventor da modernidade. Concorda?

Não tenho nenhuma angústia. Sou um escritor simples, da aldeia, que vive no seu cantinho em Goiânia, Goiás, brincando e brigando com as palavras toda manhã, mesmo sabendo que é uma luta vã. Se Harold Bloom diz que Shakespeare inventou a modernidade é preciso saber, primeiro, quando começou a modernidade. É coisa do século 15 (época do notável dramaturgo) ou dos tempos de hoje?

Walter Benjamin erra quando hierarquiza a arte dizendo que o cinema é a maior delas?

É opinião dele, respeito-a, mas também tenho a minha: a maior arte é a literatura, que deixa tudo registradinho, letra por letra. Em cima dela, os cineastas fazem sua festa, soltam foguetes!

Quem é o escritor brasileiro?

É um sonhador, que está sempre escrevendo uma obra-prima, enquanto a prima obra.

**Qual uso faz da internet?
O livro acaba?
O desmatamento também?**

A única coisa que aprendi no computador foi digitar meus textos. Não pretendo sair disso, por enquanto. Quanto mais o homem se moderniza, mais sente falta do antigo. O livro será sempre o antigo, e o antigo tem sabor de eternidade. Já o desmatamento terá o seu fim quando chegar às margens do rio ou do mar oceano.

Qual epígrafe personifica o senhor e sua obra?

Acho que se enquadram bem nos dois tercetos do soneto "Debaixo do tamarindo", de Augusto dos Anjos:

"Quando pararem todos os relógios
de minha vida, e a voz dos necrológios
gritar nos noticiários que eu morri,

Voltando à pátria da homogeneidade,
abraçada com a própria eternidade
a minha sombra há de ficar aqui"!

O papel do escritor na sociedade é ser, como diria Erza Pound, antena da raça?

Concordo em gênero, número e grau, e acrescentaria mais um pau: ou seja, uma luzinha na ponta da antena para alumiar os lugares onde a raça assenta praça!

JULIA DEBASSE

[RJ, 1985]

Artista visual e compositora, frequentou aulas na Escola de Artes Visuais do Parque Lage e foi selecionada para os workshops de jovens artistas na Casa Daros (2008). Já participou de dezenas de exposições coletivas no Brasil e no exterior, além das individuais *Primeira Comitiva* (2013), *Ao Meu Prezado Predador* (2014), *Altar* (2017), entre outras.

A música de trabalho de vocês é um folk e você diz, no release, que tem influências de Pena Branca e Xavantinho. Em que momento se fundem a viola caipira e o violão folk para formar o seu folk? Fale sobre as suas influências.

Quando eu comecei a ouvir rock and roll, eu tentei procurar as origens daquilo. E foi aí que eu achei o blues e a música country. E eu só ouvia isso, cara: blues, country e folk. Sabe, isso é música de raiz nos Estados Unidos, música de raiz do interior. Se você pega um disco do Led Zeppelin ou, ainda mais óbvio, se você pega um disco do Bob Dylan, tudo lá, cara: o folk, o blues, o country. Você pega uma música tipo, ah *House of the Rising Sun*... Não tem autor... Essas músicas "folk" não tem autor. E eu fiquei me perguntando qual era a música sem autor que existia no interior do Brasil. Aí, eu fiz pesquisa e achei essas coisas maravilhosas da música caipira... Tonico e Tinoco,

Palmeira e Biá, Elomar... E é o fim da picada, porque ninguém dá valor a essas coisas. O Renato Teixeira é um sujeito que tenta fazer essa ligação musical entre a cidade e o campo... Eu adoro as coisas do Teixeira. Ele é um poeta incrível, melodias belíssimas... Ele fez mais ou menos o que eu estou tentando fazer... No interior, tem essas coisas, de a vida ter outro ritmo, as canções são mais reflexivas, que nem as minhas são. É isso que eu tento achar, sabe, essa coisa reflexiva...

Por que começou escrevendo para depois aprender a tocar? Tal fato dá mais qualidade literária ao seu trabalho?

Eu simplesmente achei primeiro o que me emocionava através da poesia. Essas coisas de sensibilidade são estranhas. O meu trabalho tem boa qualidade literária por causa disso. Porque eu me importo com isso. É uma coisa de trilhar um caminho até o subconsciente, tanto tocando quanto escrevendo... Tem muita gente que não sabe disso e não se importa com isso, aí escreve umas letras que são uma bosta. Eu me importo. Eu acho importante uma música ter uma letra boa e eu sei escrever bem, quer dizer, eu faço o meu melhor.

Letra de música é poesia?

É sim, é sim, é sim e vou morrer antes que me convençam do contrário. A forma é a mesma. É verso. Existem diferenças, mas é isso aí, é poesia, sim.

Por que, desde o começo, sabia que não era música, e sim uma compositora?

Porque eu queria tocar as músicas que eu sabia, as músicas que eu gostava e as minhas músicas. Eu nunca tocaria numa banda de cover, assim, só por tocar. Eu não quero ser guitarrista ou vocalista de nenhuma banda que não seja a minha. Por exemplo, você conseguiria imaginar o Zé Ramalho como um vocalista ou um guitarrista para alguma banda, cantando as músicas de outra pessoa? Eu não sou uma guitarrista excepcional, eu não sou uma cantora particularmente boa. A única coisa que me diferencia são as músicas que eu faço: não são os meus solos ou um agudo ou outro. Onde eu faço a diferença é compondo. Nisso, eu sei que eu sou boa.

Você viajou muito pelo Brasil. Saiu pelo mundo lutando pelo seu sonho. O que você perdeu e o que você ganhou com isso?

Bem... Eu perdi algumas coisas. Não consegui meu diploma do científico ainda, porque larguei a escola. Isso me fez perder alguns amigos. Eu nunca aprendi a trabalhar em grupo direito. Eu não sei o que eu ganhei, mas acho que o mais óbvio é a experiência de lugares novos, de pessoas novas. Eu não sei direito o que eu perdi ou o que eu ganhei, porque talvez eu tivesse perdido e ganhado essas coisas de outra forma.

Você afirma que gosta do funk carioca. Qual o vaso comunicante do funk com o seu trabalho?

Cara, eu cresci com o funk. Eu dançava a *Dança da Bundinha* nas festas. O funk carioca é uma das maiores formas de comunicação social que existem no Brasil. O funk é a música "folk" carioca. O funk é o que o samba é, ou foi, em outros tempos. Eu fiz uma versão violão e voz do *Rap do Silva*, mas agora o funk não encontra muito espaço musical no meu trabalho. Mas eventualmente vai. Esses caras que fazem essa música são bons compositores, alguns deles são poetas de marca maior... Tipo no *Rap do Silva*: "O funk não é modismo/ o funk é necessidade/ é pra calar os gemidos/ que existem nessa cidade."

Você gosta tanto de cinema que vai prestar vestibular para cinema no fim do ano. O sonho de todo mundo é Hollywood?

No meu caso, não, mas eu acho que eu não sou padrão pra nada. (risos) Hollywood é uma instituição do cinema americano. Hollywood produz filmes bons, mas, hoje em dia, produz mais merda do que filmes bons. Independentemente disso, o que diabos nós aqui no Brasil temos a ver com Hollywood? Isso é o que eu não entendo... Tem que ser aqui, cara. Hollywood tem uma visão das coisas diferente do cinema nacional. É que nem o Oscar... Foda-se se o filme nacional ganhou o Oscar ou não. O Oscar é um prêmio do cinema americano, é muito compreensível que eles não deem tantas estatuetas para filmes estrangeiros... Cinema e música são parecidos, são as artes que acontecem em tempo real. Eu gosto de imagens pra cacete, eu pinto também, eu adoro imagens. Até escrevendo música, é cheio de imagem. Minha família por parte de mãe é cheia de cineasta. Sempre tive muito contato com isso. Mas meu problema com cinema é que é um negócio muito "equipe"... Eu trabalho melhor sozinha ou com poucas pessoas.

Você acredita em escrita feminina? Em música feita por mulher e por homem?

Acho que isso existe na medida em que você se posiciona em um desses lados, independentemente de você ser homem ou mulher. O Chico Buarque, por exemplo... Ele não é mulher, até onde eu saiba, e escreve diversas músicas excelentes pelo ponto de vista feminino. Eu raramente escrevo do ponto de vista masculino, eu simplesmente acho o universo feminino mais rico mesmo... Resumindo, as coisas que são ditas não são influenciadas pelos cromossomos y e x... Porém, o jeito que você diz essas coisas é influenciado pelo seu sexo.

Como vê a internet sendo um forte meio de divulgação de cultura?

É até um certo ponto, né... De uma forma social, não. Ninguém tem computador, quer dizer, a maior parte das pessoas não tem dinheiro pra isso. Mas, de uma forma individualista, para a cultura de um indivíduo, é o meio mais forte de divulgação. Você só atinge quem está procurando. Para mim, a internet foi útil pra cacete.

Suas letras têm a acidez dos tempos pós-modernos. Onde foi buscar, em tão pouco tempo de vida, tamanha compreensão das coisas?

Mesmo que as coisas não aconteçam com você, as coisas acontecem ao seu redor. Se você prestar atenção, você vê todas essas coisas. Às vezes, é uma merda sentir essas coisas, mas sempre gera bom trabalho. Eu não compreendo muitas dessas coisas, eu apenas as escrevo. Ter um bom senso de humor ajuda, ajuda a ver a ironia nas coisas, isso independe da sua idade... A acidez é necessária para mim. É pra corroer até a verdade, até o osso... Eu vejo as coisas ao meu redor, e também as coisas que acontecem comigo, e tento botar essas coisas num plano maior. É um processo de acumulação estética. Ando por aí com um caderninho. Se eu estou andando na rua e passo por alguém que diz uma coisa que eu acho interessante, eu anoto. Se eu vejo uma coisa inusitada e bela, eu anoto. Tem muitas coisas que vêm em sonhos... coisas tipo espantalhos pegando fogo, zebras mortas na faixa de pedestre, cavalos brancos correndo por uma estrada negra, fantasmas dentro de bueiros... Essas coisas que eu não sei de onde vêm. Vai ver que Deus (ou Alá, ou Buda, como você quiser chamá-lo) manda pra você. Tem coisas que eu escrevo e que eu não entendo. Só vou entender anos depois. A respeito de eu ser nova... Bem, é o lema do vendedor de carros usados: "Não importa a idade, e sim a quilometragem".

Pelo que você largaria tudo o que está fazendo? Largaria a música pelo cinema, largaria a literatura pela música etc.

Não largaria a música, isto é, compor, por nada. Eu tento conciliar tudo, sabe, mas a música é o principal. É o que eu sei fazer melhor. Eu não sou uma escritora de prosa muito boa, também não sou boa cineasta... O meu negócio é com a música mesmo... Além do mais, é ali que eu consigo englobar todas as artes: a imagem de um poema e o som. O cinema é legal porque engloba todas as coisas também, mas eu gosto mais das artes solitárias.

Qual o papel da internet como meio de divulgação de cultura?

A internet, pra mim, tem um papel que é muito importante, que é o de pesquisa. As coisas que são regionais, por exemplo, deixam de ser regionais na internet, passam a estar acessíveis. A internet é um veículo que não se move; logo, você que tem que ir na direção das coisas e as coisas não vêm em sua direção...

Como se posiciona a respeito da pirataria no Brasil?

É uma pena que gente que trabalha em função da indústria seja afetada. Mas, ao mesmo tempo, é o fim da picada pagar 20 reais por um CD. A pirataria está, de certa forma, colaborando para que as coisas mudem na indústria musical brasileira. E tem algumas coisas que precisam mudar... The times are changing e é melhor esses caras acompanharem, senão eles vão dançar. Eu me sinto uma idiota pagando 20 pratas por um CD. Se eu vir o mesmo CD por 5 pratas, eu vou comprar o pirata... Não adianta propaganda... É incrível como a ética só entra em questão quando o que não é ético dá prejuízo... Mas o fato é imutável: quem não tem 20 reais e tem 5 vai comprar o CD pirata. É óbvio.

LAU SIQUEIRA [RS, 1957]

Publicou oito livros de poesia e participou de diversas antologias regionais, nacionais e internacionais. Atualmente, escreve resenhas para a revista *Mallarmargens* e crônicas para a revista *Crônicas Cariocas*. *A Casa Verde*, por onde publicou seus quatro últimos livros, tem a posse de toda a sua poesia já editada.

Qual a importância de Sérgio Castro Pinto na sua obra?

Sérgio Castro Pinto é um dos nomes mais importantes da poesia brasileira contemporânea. Um cara que já foi elogiado até por Drummond dispensa apresentações. Aqui na Paraíba, integrou o Grupo Sanhauá, uma "guerrilha estética" que esteve em sintonia com os movimentos de vanguarda dos anos 1960, como a poesia-práxis, por exemplo. Sérgio é importante e influencia a obra de qualquer poeta de bom senso. É um mestre. Eu penso que a influência, ou melhor, a fusão das influências de todos os bons poetas é sempre bem-vinda. Ajuda na construção (ou desconstrução) da identidade do poeta que é, na verdade, a sua capacidade de construir seus próprios caminhos nas constantes descobertas que nos proporcionam os mergulhos na linguagem poética. Fernando Pessoa dizia que "toda arte é literatura porque toda arte é dizer alguma coisa". Ezra Pound dizia que "poesia não é literatura". Esses conceitos, também, têm uma influência enorme, não só na minha poesia, mas nas minhas mais diversas formas de manifestação. Penso que Mário Quintana, meu conterrâneo, foi outro poeta importante na minha vida. Mas eu bebo em todas as águas. Mui especialmente nas águas barrentas das vanguardas. Portanto, além de Castro Pinto, me "alimento" de grandes poetas, grandes artistas, como o uruguaio Clemente Padin, o mineiro Hugo Pontes, o nosso saudoso Samaral, Chacal, Leila Míccolis, Cacaso, o nicaraguense Rubén Dario, Luiz Rabelo, Décio Pignatari, "The Campos Brother", Arnaldo Antunes, Vivaldi, Bach, Antonio Cicero, Leminski, Neruda, Maiakovski, Mário de Andrade, Antônio Mariano Lima, André Ricardo Aguiar, Águia Mendes, Augusto dos Anjos (esses quatro também paraibanos), ih, rapaz... São tantos... Bob Dylan, John Lennon, Ruy Espinheira Filho, Chico Doido de Caicó... Porra, todos, cara! Eu leio muita poesia, sempre.

A revista *Poesia Sempre* escolheu os 20 maiores poetas brasileiros no momento. Quem faltou? Quem está lá e não merece?

Eu penso que sempre se cometem injustiças quando se tenta escolher os melhores. Pelo menos, uma grande injustiça com os piores (risos). Porque a escolha se pauta sempre pelos padrões estéticos e até políticos (no sentido de percepção da vida e da poesia) de cada um ou de grupos. No ano passado, se não me engano, foi lançada no Brasil e nos Estados Unidos uma antologia bilíngue, *Nothing the Sun Could Not Explain – 20 contemporary brazilian poets*, organizada pelo Regis Bonvicino e Nelson Ascher. Eu não entendi por que eles deixaram de fora nomes como Manoel de Barros, Ruy Espinheira Filho e Hilda Hilst (para não citar outros). Que critérios eles utilizaram para a escolha dos que eles achavam os 20 mais representativos eu não sei, já que eles próprios incluíram seus nomes entre esses 20 (aliás, o Regis e o Ascher são ótimos poetas). Não sei como é que se faz para escolher os melhores. Isso não é concurso de beleza, cara, onde se mede peito, quadril, bunda... Seguramente, temos muito mais do que 20 bons poetas no Brasil. Ao escolher 20, estaremos excluindo, no mínimo, outros 40 ou 100 com o mesmo cacife. Isso de julgar e, pior, julgar o julgamento alheio, não é a minha praia. Eu escrevo poemas, apenas. Não mergulho nessas águas. Infelizmente, não conheço esta revista. Gostaria muito de conhecê-la e saber quem são os 20 que eles consideram melhores. Se faltou alguém? Ora, faltou eu!!! (risos).

O *Correio das Artes* publica muita poesia. Qual a sua importância para a poesia paraibana?

O *Correio das Artes* é, provavelmente, o mais antigo suplemento literário em circulação no Brasil. Penso que ele não é importante apenas para a poesia paraibana, mas brasileira, de um modo geral, já que, em suas páginas, você pode encontrar poetas de outros estados, como Claudio Feldman, por exemplo. É um espaço de resistência. Ultimamente, temos tido a sorte de contar com bons poetas... Mais que isso, com pessoas dignas que eu admiro bastante, como Sérgio Castro Pinto e, atualmente, Cláudio Limeira.

A poesia paraibana tem cara própria. Qual é?

Eu acho que não. A poesia é universal demais para ter uma cara definida. Talvez a poesia do nosso tempo tenha uma determinada cara e eu não sei qual é porque a observo com os meus quatrocentos mil olhos. Temos bons poetas por aqui... Talvez predomine a metalinguagem, mas não sei se posso, neste sentido, afirmar que isto seja "uma cara", porque todo mundo tá fazendo isso também por aí afora.

Como é seu processo de construção do poema?

Eu procuro a poesia em todos os meus atos. Então, geralmente, quando vou escrever, o poema já sai pronto porque ele ficou sendo burilado na minha mente, no estômago... no saco... Eu sinto uma necessidade biológica de escrever e viver poesia. Escrevo quase que diariamente um poema. Logicamente que escrevo muita coisa impublicável (aliás, penso que muito do que eu já publiquei é impublicável). Portanto, eu não tenho um método porque sou uma pessoa absolutamente inconstante, avessa à regras. Não fico me cobrando poemas. Eles chegam naturalmente. Dependo da Lua, talvez.

Em certo sentido, pode-se afirmar que você é minimalista?

Sim, mas somente em certo sentido. Como eu disse antes, gosto de beber em todas as fontes, portanto acabo expelindo o resultado desta anarquia estética. Aliás, eu penso que o minimalismo é uma das tendências da nova poesia brasileira. Não vou negar, eu curto isso pra caramba. E sei que é o "cocô de cabrito" ao qual se refere Alexei Bueno.

Quantos padrões estéticos deve ter o poeta?

Todos e nenhum. Eu penso que é necessário até conhecermos esses padrões para negá-los ou segui-los. No meu caso, pisoteá-los tantas vezes quantas penso que é necessário. Poesia é subversão, cara! A gente sempre acaba subvertendo a linguagem e a vida. Nem todo poema rigorosamente metrificado é de boa qualidade, nem todo poema visual, nem todo poema processo... Não quero, com isso, fazer a apologia do verso livre porque penso que tudo é muito relativo, menos a ideia de que tudo é relativo que é, digamos, absoluto (risos). Gosto quando Umberto Eco diz que qualquer obra de arte exige uma resposta livre e inventiva. Poesia é busca. Conheci Mário Quintana aos 80 anos e ele me disse que estava buscando, aprendendo... Aquilo me fascinou. Imagine eu, com 41, que certeza tenho de tudo isso? Nenhuma, lógico! Como é que eu posso me algemar nesses padrões?

O que é poesia?

Se eu soubesse o que é poesia, não era poeta, mas professor do Departamento de Letras (risos). Fico com a definição de Quintana: "poesia se resume na procura da poesia, assim como Deus se resume na procura de Deus".

O que a poesia tem de lúdico?

Tudo e nada. Depende de cada poeta ou até mesmo da leitura que se faz, não só da poesia, mas de qualquer obra de arte. A poesia não tem obrigações. A poesia apenas é.

O poeta Alexei Bueno disse ao *Balacobaco*: "O normal da nossa poesia atual é a poesia cocô de cabrito, sequinha, apertadinha e idêntica". Concorda ou discorda, por quê?

Olha, eu respeito o Alexei, mas acho isso meio deselegante. Faltou ele dizer que "o cocô" dele é o máximo porque não é de cabrito. Um tempo desse, ele foi criticado, pelo Nelson Ascher se não me engano, exatamente pela falta de concisão. Foi criticado por não fazer "cocô de cabrito", mas "cocô de vaca". Aquela coisa esparramada (risos). No mínimo, ele está sendo injusto, estreito, sectário... Não concordo porque acho que a gente tem que ser mais aberto. Ora, eu adoro os haicais da Alice Ruiz e "Salomão", um poema épico do Soares Feitosa. Eu até gosto de pensar que a minha poesia possa também ser cocô de cabrito. Tão bonitinho visualmente! Às vezes, as pessoas dão uma importância excessiva para a crítica porque leem a crítica com os olhos da vaidade apenas, e não das ideias que sempre acabam se fundindo ou confundindo aqui e acolá. Nesse caso, eu acho que não se deve confundir crítica com grosseria. Como dizia o grande poeta Honório K. Brito, "toda generalização é burra" (risos).

A polêmica é necessária? A poesia tem pouco espaço na mídia?

Não é que seja necessária. Às vezes, é apenas inevitável porque acabamos não resistindo às barbaridades que são ditas e escritas em nome de uma verdade absoluta regada por padrões estéticos, existenciais ou políticos aparentemente imutáveis. Quanto ao espaço na mídia, eu penso que é um defeito da mídia não publicar poesia e ao mesmo tempo publicar tanto lixo. Não uma carência ou uma necessidade dos poetas. Quem faz jornalismo cultural no Brasil, com raríssimas exceções, não tem capacidade investigativa. Prefere se acomodar e repetir, repetir, repetir e até polemizar sobre o que pensam que dá ibope, o que já está na mídia. Os poetas têm muitas alternativas, entretanto. Existe, hoje, a internet, uma mídia que pode ser bastante democrática. Existe, também, um número razoável de boas publicações de poesia circulando por aí, como *A Cigarra*, *Telescópio*, *Blocos*, *Garatuja*, *Duas Águas*, *Dimensão*... com até 100% de espaço dedicado à poesia. A grande mídia perde com isso porque está deixando passar ao largo e não está cumprindo o seu papel, já que não publica quase nada nessa área. A grande mídia, esse Big Brother de mil faces, é comprometida com os barões sem rosto que dominam a política e a economia, e eles não querem que mude porra nenhuma. Para eles, poesia não é um bem de consumo, de primeira necessidade. Querem continuar dando alfafa ao povo. Ratinho, Chitãozinho e Chororó etc. Por isso, todo poeta acaba sendo marginal mesmo. Não há como. Imagine Hebe Camargo entrevistando Hilda Hilst!

Como lida com a internet?

Não tenho mais computador pessoal, cara. Por isso, ando meio limitado a responder e-mails de amigos e da família. Estou respondendo esta tua entrevista aqui do meu trabalho, na correria. Isso, logicamente, influencia, mas não justifica o resultado porque, na essência, você e os leitores do *Balacobaco* podem ter uma ideia da essência do meu pensamento.

Tem algum poema que funcione como um "mote"? Alguma epígrafe que o acompanhe pela vida?

Não. Eu leio sempre muita poesia. Leio tudo. Até bula. Recebo livros de pessoas que nem conheço e leio até mesmo os que nem são assim tão bons. Essa insistência me levou a conhecer poetas excepcionais, como os baianos Ruy Espinheira Filho, Antônio Brasileiro... Estou em constante busca. Não me permito esses limites de ter apenas um poema como "mote" ou alguma epígrafe... No livro *O Comício das Veias*, eu usei como epígrafe uns versos de Maiakowski: "nós polimos a alma com a lixa do verso".

Qual o papel do poeta na sociedade?

Ainda bem que você me perguntou qual o papel do poeta, e não da poesia, porque eu acho que aí eu não saberia responder, talvez. Acho que o papel do poeta é o papel de qualquer cidadão. A gente participa e é responsável por tudo o que está aí. Infelizmente, alguns poetas se acham acima do bem e do mal e, como produto desta alienação vergonhosa, até condenam qualquer poema com temática social. Logicamente que não se deve estabelecer regras para a criação poética, nem se impor dicções líricas. Não tenho dúvidas sobre os muros que estratificam o nosso mundo. Os poetas, assim como todas as pessoas, ou estão de um lado ou estão do outro. Alguns preferem ficar comodamente em cima desse muro. Ou estão alienados ou estão lutando, como eu e como tantos poetas e não poetas, contra as exclusões sociais, indignando-se contra as injustiças e lutando contra isso que transforma um país como o Brasil numa cloaca cultural, social, política... Acho que o fato de ser poeta, massagista da seleção de vôlei feminina, jogador de futebol, crítico, jornalista não nos exclui do direito e até do dever de opinar porque opinamos sempre. Mesmo quando calados. A engrenagem social nos impõe que cada gesto seja um sim ou um não. Eu, por exemplo, tenho a minha posição muito clara, apesar de não ser partidária. Estou do lado das pessoas que lutam por igualdade e liberdade de uma forma universal e em qualquer canto do mundo.

LUCI COLLIN

[PR, 1964]

Graduada em Piano, Letras e Percussão, tem diversos livros publicados. Recebeu premiações em concursos de literatura no Brasil e nos EUA. Representou o Brasil no *Projeto Literário* da *EXPO 2000*, em Hannover. Participa de antologias nacionais e internacionais (EUA, Alemanha, Uruguai e Argentina) e tem artigos e traduções publicados em diversos jornais e revistas.

Você é uma transgressora?

Afirmando que sim, nós passamos a considerar que a literatura contemporânea – e isto é muito triste – tem regras determinadas a serem seguidas e eu estou, com o meu trabalho, infringindo, violando estas regras. Mas para transgredir efetivamente eu deveria estar criando elementos novos – e isso eu não faço, com certeza. Eu vejo que os meus escritos, antes de representarem transgressão, são apenas "regressão", não no sentido de "regredir", mas de "regressar", regressar a um experimentalismo que foi explorado pela linguagem moderna e depois covardemente abandonado por muitos pós-modernos confortavelmente estacionados na linearidade e num realismo que em nada correspondem à realidade. Fragmentação, cortes, sobreposição, exploração de temas não usuais, ironia, colagem, absurdo, manipulação sintática e semântica, como eu apresento nos meus textos, não é transgressão, não é novidade genuína, é uma tentativa de aproximação da maravilhosa desordem da realidade que não pode, por seu dinamismo, ser registrada tendo por base regras artificiais.

Você acredita em escrita feminina?

"Acreditar", nesta pergunta, é um termo impreciso para mim. Se você se refere a alguma ideologia do feminino que eu queira deliberadamente apresentar nos meus livros, a resposta é não. Não vejo necessidade de imposições das ideias "feminino" e "masculino" como contendoras – são existências altamente complementares, são princípios indissociáveis. Quanto ao escritor e sua habilidade, Henry James criou maravilhosos personagens femininos, Hilda Hilst, personagens masculinos muito complexos – assim a sensibilidade do artista parece ser assexuada.

Seus contos não têm enredo, pelo menos, não o enredo da forma tradicional. Por quê?

Porque o enredo, da forma tradicional, é um embuste. Se o leitor é hábil o suficiente para combinar, reagrupar, editar um enredo aparentemente disparatado, porque menosprezar, ou desconsiderar toda esta agilidade do leitor enquanto editor do texto? E por que determinar que enredo é apenas o que tem começo, meio e fim? Isto é fórmula de redação de vestibular, e quem segue fórmulas faz automaticamente uma escolha que passa pela condenação dos elementos-surpresa. Se você usar como tema, por exemplo, a solidão, e transformá-la em personagem do seu conto – não uma pessoa experimentando a solidão, mas a própria solidão, ou o medo, ou a saudade, ou a escuridão – não é injusto limitar estes personagens tão livres com um enredo prescritivo e que não gerará as emoções do inusitado?

Como é a sua relação com a linguagem em seus contos? Você busca uma nova linguagem a cada conto?

Quem me dera! Não busco, porque não encontraria. A minha relação com a linguagem é muito espontânea, liberal, rítmica, primitiva até. Não tenho ideias que elaboro para então apresentar sob a forma de conto ou poema – tenho impulsos de escrever. O que acaba acontecendo é que os contos aparecem de maneiras diferentes, com vozes diferentes, com técnicas e formas diferentes. Gosto muito de explorar o estranhamento, as ambíguas combinações entre palavras e frases que levantam duplos sentidos. Lastimo que, para nos proteger do desconhecido, muitas vezes abandonemos os caminhos da linguagem desestabilizadora, porque eles sim podem nos levar à reflexão e a um desconforto que, embora doloroso às vezes, pode ser muito mais – espiritualmente – profícuo.

Você se considera mais poeta ou mais da prosa? Por onde transita com maior facilidade?

Os gêneros são diferentes e eu me expresso de maneira muito diferente em cada um deles. Escrever poesia é um processo muito mais desafiador pela concisão que a forma demanda. Não me considero coisa alguma – acho isto precoce, mas gostaria de um dia me considerar poeta.

Como está a cena poética do Sul do país?

Em ebulição, como o restante do País. Novos nomes, muitos livros sendo escritos e isto é estimulante. Curitiba está cheia de bons novos escritores: Paulo Sandrini, Marília Kubota,

Nara de Sousa [Assionara Souza], Estrela Leminski, Fernando Koproski, Greta Benitez, entre muitos mais. Há também as revistas literárias (Rascunho, Etcetera, Oroboro, Coyote) que vêm dando visibilidade à produção literária do Paraná. Mas ainda é difícil romper esta invisibilidade de quem está fora do eixo (que agora, às vezes, vem incluindo Porto Alegre, para nossa alegria!). O Paraná deveria oferecer um fomento à literatura nacional através de um bom concurso literário – como foi o Prêmio Paraná no passado – que automaticamente desse aos escritores paranaenses chances de revelar suas produções num âmbito maior.

Por que escreve?

Porque o momento existe. Parafraseei claro.

Quais são as suas influências literárias na prosa e na poesia?

Como fiz boa parte da minha formação na música, tenho mais influências da linguagem musical possivelmente. Na literatura, contudo, gostaria que tivessem sido Ionesco, o Nouveau Roman, O. Lins – mas soa absurdamente pretensioso afirmar que foram. De qualquer forma, sempre li muito de tudo, dediquei anos a uma frequentação compulsiva da literatura, de Ovídio a S. Sheldon. Hoje leio com especial e renovado interesse Gertrude Stein, Gary Snyder, Jorge de Lima e a literatura francesa e brasileira contemporânea.

O que poderia ser feito para se aumentar o número de leitores de poesia no Brasil?

Escrever boa poesia. E é papel dos críticos revelar, discutir e estimular o que é bom.

Para quem daria um Nobel de literatura? Por quê?

Ressuscitando-a, para Gertrude Stein; absolutamente genial, séria, inovadora e muito superficialmente conhecida.

O e-book vai substituir o livro?

Falando em hiperficção, hiperdrama, holopoesia e afins, tomara que sim, porque eu tenho muita curiosidade (e esperança numa literatura mais dinâmica) de ver quem serão os escritores do século XXI, cuja cabeça deverá ser equipada com uma sensibilidade diferente, mais viva, mais abrangente, mais provocativa. É uma perspectiva animadora e mais compatível com a mente contemporânea. E também evitaríamos tanto desperdício de papel, matéria tão nobre.

Se pudesse fazer um pedido aos seus leitores, antes de ler um dos seus livros, qual seria?

Pedido nenhum – os leitores dão conta do que eu pretendo, percebem as minhas propostas. Acho que "pedir" implica uma postura de torre de marfim que eu abomino – o leitor não é nenhum desavisado e inepto e, por outro lado, o escritor, aliás artista nenhum, também não é esse semideus que vê coisas que só ele compreende. Pelo contrário, os leitores são parte essencial na revelação dos elementos do texto. Acho uma prepotência considerar o escritor um detentor de verdades superiores – o escrito é o visto por aí, e não o genialmente forjado pelo escritor. Captar e codificar o estético – o artista como antena da raça – é uma parte essencial da nossa existência, mas que deve ser encarada com humildade, porque pressupõe compartilhamento. A antena estar no alto é meramente uma condição estratégica e assim a sua superioridade.

Tem algum mote que a acompanhe pela vida?

Gosto deste pensamento oriental: "Aprender e esquecer muito, deliberadamente".

Qual o papel do escritor na sociedade?

Ser parte do complexo e delicado processo de sensibilização das pessoas, via apreensão estética, para a beleza da condição intrinsecamente filosófica das nossas vidas.

MARCELINO FREIRE

[PE, 1967]

Escreveu *Contos Negreiros* (2006), *Nossos Ossos* (2013), entre outros. Coordena oficinas de literatura e vários de seus contos foram adaptados para o teatro. Em 2006, criou e é curador da Balada Literária.

Como surgiu a ideia da *Coleção 30 Segundos*?

A coleção se chama *Coleção 5 Minutinhos*, homem. Bem, vamos lá, iniciar do começo. Eu tenho umas frases, uns "microcontos" que eu coleciono em um cadernão chamado "Quarto da Bagaceira". Queria desová-los de lá. Resolvi fazer um livrinho, de 8 por 6 cm, chamado *30 Segundos*, onde eu colocaria 30 desses microcontos para serem lidos no intervalo da novela. Exemplos: "Enforcado na corda bamba", "A vulva da vovó ficou viúva", "Ao pobre o horário nobre", "De dentro do ovo para dentro da gaiola", enfim. Daria esse livrinho para os amigos, parentes, serpentes etc. e tal. Comentei o troço com o escritor, amigo meu, o Nelson de Oliveira, que achou graça e rapidamente fez um romance em 30 "minicapítulos". Aí, pensei: vou convidar mais oito autores. Seremos em dez. Cada um com 30 segundos, dá cinco minutinhos. A coleção estava pronta. Convidei para ela os poetas e escritores que conheço e admiro. Eles toparam de cara. A coleção foi feita para ser distribuída gratuitamente, em lugares onde as pessoas estão esperando aqueles famosos cinco minutinhos. Estava feita e armada a provocação. Para nossa diversão e diversão de quem recebe os "30 segundos" nas ruas, filas, consultórios, salões de beleza. Na verdade, coisa assim surgiu na minha cabeça porque não paro o rabo na cadeira. Nem o olho na geladeira. Enquanto a ficção não vem, fico aprontando outras inquietações. Gosto disso, entende?

Você se considera um poeta visual ou um poeta concreto?

Nem uma coisa nem outra. Não me considero poeta. Aliás, não acho que o meu livro *EraOdito* seja um livro de poesia. Se ele é chamado um livro de poesia, então ele é um livro de poesia ruim, entende? O *EraOdito* é um livro de frases, de coisas transformadas. Feito para diversão. Feito, idem, para reflexão. Mas não tem a densidade da poesia, entende? É livro lúdico, só para jogar um pouco de merda na filosofia. Uma brincadeira gostosa. Sei que ali tem umas "iluminações" (seria isso?), algo parecido com poesia, mas, pra mim, não é poesia. Essa despretensão é que faz o barato do livro. Ele não quis ser poesia. Quis ser piada. E, embora pareça poema concreto, não é. Nunca li muitos os concretos. Costumo dizer que a coisa é mais MacConcreta. O Macintosh me ajudou a descobrir um monte de coisas. O computador é coautor do livro. Sem contar, é claro, o estupendo trabalho gráfico de Silvana Zandomeni, a minha companheira neste e em vários outros projetos. Maravilhosa Silvana!!!

Com quantas metáforas se faz um poema?

Não sei. Mais fácil responder com quantos paus se faz uma canoa furada. Não sei mesmo. Não é charme. Não sei. Tenho preguiça de pensar nisso. Também não costumo escrever poema. Tenho medo de poema. Vou improvisar uma coisa, assim, agora, em cima do poema: "Põe, ema, um ovo". Pronto, tá feito. Coisa ruim, não é, essa metáfora fora de hora?

Para que serve a poesia?

De novo, não sei. De novo, me bate a preguiça. A poesia não serve, sei lá. Não tem serventia definida. A poesia deve ser grande por isso. Porque não pensa em servir para nada. Não sei mesmo. Para que serve essa pergunta? Para isso, não é? Para me tirar do lugar? Fico deprimido, sério. Quem deve saber para que serve a poesia é quem lê a poesia. Olha, pergunta para o leitor desta entrevista. Para que serve a porra da poesia, hem? Para que serve a porra da poesia?

Qual Drummond entre os Drummonds você mais admira? Por quê?

Pergunta difícil de novo. Puta que pariu!!! Olha, gosto muito da palavra do Drummond. Daquilo coloquial. Ritmo sem mistério. Aquilo que vai e pronto. Gosto do Drummond da *Rosa do Povo*. Do *Claro Enigma*. Gosto do Drummond recitando os poemas. Aquela voz miúda. Gosto do José no Drummond, é isso. Zé no Drummond é o que mais gosto.

Interferir em frases alheias é um recurso pós-moderno?

Olha, esse "recurso", ou algo que o valha, não foi inventado agora. Todo mundo sempre meteu o nariz onde não foi cheirado. Foi o que eu fiz. Gosto de tirar as frases do lugar. Minha prosa é assim idem. Minhas palavras estão sempre onde não estão. Gosto de cuspir coisas para todo lado. Tirar o chão das coisas. Detesto o comportado. Para mim, escritor tem de esculhambar tudo. Desconstruir, entende? Ir no caroço das palavras e tirar uma casquinha. Gosto deste jogo. Não se engane com as minhas frases. O que você vê não é o que você vê. Gosto de desfocar. No meu livro de contos, *Angu de Sangue*, a palavra dança também.

Vai e volta, e reviravolta. O "ANGU" dentro do "sANGUe", reparou? Sou vidrado nisso. Adoro fazer isso. "Toda palavra lavra, toda palavra colhe", diz Jobalo, um grande amigo meu. Meu grande inspirador nessas coisas. Jobalo é artista plástico. Jobalo é quem me deu esse cheiro para o olhar. Jobalo foi quem fez as ilustrações do meu livro *Angu de Sangue*. Ele vive em Milão, agora. Mas a gente tá sempre trocando uns parafusos juntos.

Por que escreve?

Sempre digo e redigo: o médico medica, a clínica clinica, a sinfônica sinfonica e o escritor escreve. Escrevo porque escrevo. Porque gosto deste exercício. De ficar preenchendo um espaço no papel. Fazendo meu maracatu. Escrevo porque é o melhor que posso fazer. Deixar uns ciscos por aí. Escrevo porque este é o meu maior prazer. Não preciso pagar para escrever, entende? Todas as outras coisas eu preciso pagar para fazer. Sexo, inclusive. Escrever é livre. É barato total.

É angustiado por alguma influência literária? Quais são suas influências literárias?

Sou angustiado quando as pessoas acham que escritor só tem influência de escritor. Que porra é essa? Escritor é influenciado pela vida, entende? Viver é o melhor. Agora, acho sacanagem dizer que só Guimarães Rosa influencia. E Severino, o porteiro do meu prédio, como fica? Fico angustiado de ficar enumerando influências. Tudo me influencia. Não sou tapado, não sou burro. Tudo nos contamina: TV, cinema, pipoca, refrigerante. Peido influencia. Graciliano Ramos, Clarice, novela das oito. Biscoito, propaganda. Tudo vai se intestinando. Tudo.

Tem alguma epígrafe?

O silêncio. Já falei demais, entende? Agora, só o descanso. Mas, olhe, tenho um desejo para depois da morte, isso eu tenho. Quero virar nome de beco em Pernambuco. Qualquer beco. O mais fedido beco da minha cidade. Não é invenção de personagem-escritor, não. Falo sério. Quero o meu nome escrito em um beco. O beco mais vagabundo. Cheirado a mijo. Ficaria orgulhoso disso. Pode crer. E, repito: isso não é artifício de resposta, não. É a minha mais pura vontade.

Qual o papel do escritor na sociedade?

Essa pergunta tem a mesma resposta de uma outra, anterior. Aquela coisa de médico medicar, clínico clinicar. O papel do escritor é escrever e pronto. Tenho dificuldades, repito, para raciocionar sobre isso. Posso dizer, como já disse em uma outra entrevista minha, que o papel do escritor é higiênico. Higiênico. É isso. O papel do escritor é higiênico. E pronto.

PAULO DE TOLEDO [SP, 1970]

Autor dos livros *Torrão e Outros Poemas* (2018); *A Rubrica do Inventor* (2011); e *51 Mendicantos* (2007). Colaborou para as seguintes publicações: Revista *Babel*, *Ciência &amp*, *Cultura – SBPC*, *Artéria*, *Sítio*, *Coyote*, *Cult*, *Correio das Artes*, *Musa Rara*, *Cronópios*, entre outras.

Como você insere a sua poesia no contexto atual?

Se considerarmos (apenas para efeito de simplificação) a existência de duas vertentes na atual poesia brasileira, sendo elas a dos poetas "drummond-bandeirianos" de um lado e a dos "cabral-concretos" de outro, eu, como se pode observar nos meus trabalhos, me posicionaria na segunda vertente. Apesar disso, confesso que, quando crescer, eu quero ser o Cummings.

Você se considera um seguidor do concretismo?

Não. Assim como o Glauco Mattoso, ao fazer sonetos, não é seguidor de Petrarca. Sou, isto sim, um admirador da obra dos poetas concretos e incorporei muitas das ideias estéticas deles.

Qual a importância no concretismo para a sua poesia e para a poesia brasileira?

O concretismo me ensinou a entender a palavra como um objeto verbivocovisual. Com os concretos, aprendi que, para ser poeta, eu deveria ter controle sobre todas as dimensões da palavra. Aprendi que um "A", caixa-alta, vermelho, com 30cm de altura tem um significado diferente de um "a", caixa-baixa, preto, corpo 12. Quanto à importância do movimento para a poesia brasileira, penso que o fato de a poesia concreta ter existido há quase meio século e ainda incomodar tanta gente (e ser incompreendida por muito mais gente) demonstra a sua enorme relevância para a história cultural do Brasil.

Qual o tipo de evolução sua poesia traz à tona em comparação aos concretistas?

Nenhuma. Mesmo meus poemas que mais se assemelham aos poemas concretos são, na verdade, o produto de um conjunto de influências que vão muito além do "Plano Piloto".

Fale-nos de como utiliza o isomorfismo a serviço do poema? A forma é mais importante que o conteúdo?

Não, a forma não é mais importante do que o conteúdo. E vice-versa. Um poema sem conteúdo é como um ser humano sem alma: é oco. E um poema sem forma é como um ser humano sem corpo: é nada. Para um poema SER, ele precisa ser um organismo VIVO e, para tanto, precisa que forma e conteúdo sejam UMA SÓ COISA. Isomórfico. Quando produzo um poema, procuro fazer com que a forma se identifique o máximo possível com o conteúdo, ou seja, procuro fazer um poema que se aproxime o máximo possível de um ícone puro (vide Peirce).

O poema concreto tem que ser um poema onde a clareza é importante?

Penso que a "clareza" tem mais a ver com o "repertório" do leitor do que propriamente com o objeto estético. É claro que o poema concreto, como algumas obras de Mondrian, faz uso de elementos simples para a sua configuração, mas isso não faz do poema concreto uma obra em que a "clareza" seja indispensável.

Você também é contista e premiado. Como vê o cenário para o conto no Brasil atualmente?

Muita gentileza sua me chamar de contista premiado. Confesso que ainda não me sinto à vontade em me chamar de contista, apesar de fazer muito esforço para me tornar um. Quanto ao cenário do conto no Brasil, penso que há bastantes bons contistas, mas considero que ainda falta um pouco de ousadia formal. Um bom exemplo dessa ousadia é o jovem escritor João Filho.

Pra que serve a poesia?

Poesia, pra mim, é como a bola quando eu era moleque. Quando eu jogava bola com a molecada na rua, me sentia o "king of the world". Cada drible, cada gol era como se eu deixasse de ser apenas o filho do Ivo e da Sônia, morador do bairro operário do Macuco, estudante do "Auxiliadora", para me tornar um "Übermensch", alguém fora do mundo "cotidiano e tributável" (apesar de, quando moleque, nem conhecer essa palavra). Essa resposta é muito, muito pessoal. Ela só serve pra explicar a MINHA relação com a poesia. O que quero dizer é que fazer poesia sempre foi uma forma de eu "driblar" a vida mesquinha que eu e todo ser humano é destinado a viver (desculpem o pessimismo à Cioran desse finalzinho).

**Existe hierarquia em arte?
Qual a maior arte entre as artes?**

Não. Apesar disso, penso que a poesia é a maior entre as artes. Explico. As outras artes têm como material "signos" (aqui, no sentido peirceano) não convencionalizados (cor, som, mármore, metal etc.), i.e., "signos" aos quais não são aferidos significados prévios. Uma nota "dó" é só um som. Por outro lado, a palavra "dó" carrega previamente muitos significados. Ou seja, a poesia tem como material "signos" convencionais (signos simbólicos, como diria Peirce). E a grande arte da poesia é transformar esses "signos" convencionais em outra coisa, i.e., transformá-los em algo "singular", em algo que parece ter sido "ouvisto" pela primeira vez.

**O que é um poema sem luz? Qual
tipo de poema prescinde da luz?**

Vamos fazer uma brincadeira. Digamos que um "poema-luz" seja um poema de informação pura, i.e., um poema cuja informação seja completamente nova e para o qual não haja ainda uma metalinguagem que dele dê conta. E um "poema não luz" seja aquele totalmente redundante, sem nenhuma informação nova. Entre o "poema-luz" e o "poema não luz", há uma gradação na qual podem ser inseridos os outros tipos de poema com seus respectivos graus de luminosidade.

**O que deve existir num poema
para que seja seu?**

Me lembrei de quando eu tinha uns 11/12 anos, lá pela 5ª ou 6ª série, e a professora deu um pedacinho de papel (provavelmente rodado no mimeógrafo) para cada aluno com a seguinte pergunta, que deveria ser respondida secretamente: "Do que você mais gosta em você mesmo?" Depois que entregamos os papeizinhos para a professora, meus coleguinhas começaram a revelar suas respostas. Uns diziam que gostavam mais da beleza; outros, da inteligência; outros apreciavam suas belas pernas; outros, ainda, seus olhos etc. etc... Aí, eu revelei minha resposta: "Meu senso de ridículo". A molecada rolou de rir. Então, acho que é isso. O que meu poema deve ter é senso de ridículo.

Qual a importância da internet na veiculação de cultura?

Penso que a coisa mais importante é o barateamento da produção e da veiculação de cultura. Por isso, ser fundamental uma política pública para a democratização do acesso aos computadores e à internet.

Como diferenciaria poesia visual de poesia concreta?

Poesia concreta é o que está estabelecido no "Plano Piloto" e nos outros escritos nos quais os poetas concretos definem os princípios constitutivos dessa forma poética. Qualquer coisa que não siga as ideias lá propostas não é poesia concreta. Quanto à chamada poesia visual, confesso que tenho um "probleminha" com essa nomenclatura. Em minha opinião, para que uma arte seja chamada de poesia, ela deve fazer uso de signos verbais (ou simbólicos), ou seja, deve fazer uso de palavras/sílabas/letras. Qualquer obra que não faça uso de signos verbais não é poesia. Poesia é a arte de transformar o signo verbal em ícone. Se uma obra é composta apenas de signos icônicos, ela pode ser qualquer coisa, menos poesia. Eu prefiro chamar de arte visual muito do que se costuma chamar de poesia visual. Mas, quando o termo vinga, não há quem consiga mudar.

Qual o papel do escritor na sociedade?

Seu papel é o de adivinhar as perguntas.

PAULO HENRIQUES BRITTO

[RJ, 1951]

Escritor, tradutor e professor de tradução, criação literária e literatura no Departamento de Letras da PUC-Rio. Atualmente, pesquisa tradução de poesia e poesia brasileira contemporânea. É autor de dez livros (sete de poesia, um de contos e três de ensaios). Já traduziu cerca de 120 livros, em sua maioria obras de ficção, mas também textos ensaísticos e obras de poetas como Byron, Wallace Stevens e Elizabeth Bishop, entre outros.

Como foi o início do seu contato com a literatura?

É difícil dizer. Tenho muito poucas lembranças do tempo em que eu ainda não sabia ler. Minha principal atividade na infância, e em boa parte da adolescência, foi ler e escrever. Comecei minha leitura com gibis, depois engrenei no *Tesouro da Juventude* e nos livros infantis de Monteiro Lobato. Num certo sentido, o TJ e o ML foram as leituras que tiveram o maior impacto sobre mim.

O que o poema tem de lúdico?

Boa parte da especificidade da linguagem poética, creio eu, é justamente esse aspecto lúdico, a questão do ritmo, da rima, da onomatopeia, do uso musical e lúdico das palavras. Isso é o que há de mais básico na linguagem poética e talvez seja o que há nela de universal, ou seja, o que permite que classifiquemos como poéticas certas produções verbais de povos de cultura muito diferentes da nossa.

Quais livros fizeram parte de sua formação?

Num primeiro momento, como já disse, o *Tesouro da Juventude* e Monteiro Lobato. Depois, quando fui morar nos EUA, ocorreu meu primeiro contato sério com a poesia – Shakespeare, Emily Dickinson, Poe, Whitman. Li também muito Hawthorne e Dickens, além de histórias de detetives: Poe, Conan Doyle, Chesterton etc. Depois, já de volta ao Brasil, na adolescência, descobri Machado e os outros clássicos brasileiros, principalmente os prosadores, que sempre me interessaram mais que os poetas. Mas, por volta dos quinze anos, descobri Pessoa, o que foi para mim uma verdadeira revelação e que, pela primeira vez, me levou a tentar escrever poesia "a sério", ou seja, com pretensões literárias, e não como puro ludismo verbal, como eu fazia desde os seis anos de idade. Pessoa puxou os clássicos do modernismo brasileiro – Bandeira e Drummond. Por volta dos dezessete anos, outra descoberta importante: Caetano Veloso, que, por um lado, me fez atentar mais para a música popular – Chico Buarque, Gilberto Gil, Bob Dylan, Jim Morrison – e, por outro, me fez ler o *Balanço da Bossa (e Outras Bossas)*, de Augusto de Campos, mais um livro fundamental na minha formação, que me levou a me interessar por crítica e teoria. Outra leitura dessa época que foi da maior importância foi *A Interpretação dos Sonhos*, de Freud. Foi também nessa época que descobri o autor que até hoje é meu predileto, Kafka, além de Joyce, Beckett, Clarice Lispector, Graciliano Ramos, Cortázar, Gombrowitz, Sartre, Mário de Andrade, Campos de Carvalho... Mais para o final desta fase propriamente de formação, li alguns autores que foram marcantes para mim:

linguistas e pensadores, como Chomsky, Popper e principalmente Wittgenstein; romancistas, como Dostoiévski, Tolstoi, Melville, Flaubert e, acima de tudo, Proust; críticos-poetas, como Eliot, Pound e os irmãos Campos; e dois poetas fundamentais: Wallace Stevens e Cabral. Esses autores foram os últimos a ter sobre mim esse tipo de impacto que, depois dos vinte e poucos anos, dificilmente você volta a sentir, mesmo que você ainda venha a fazer muitas descobertas importantes.

Quando começou a escrever? Quais eram as sensações físicas e mentais?

Comecei a escrever por volta dos seis anos. O ato de escrever me dava muito prazer; antes mesmo de saber ler, eu já gostava de rabiscar folhas de papel, fazendo de conta que estava escrevendo. Era realmente um prazer físico e mental. Porém, com o passar das décadas, o prazer de escrever já não é mais tão intenso; o da leitura, porém, permanece inalterado.

Teve algum incentivador? Quem?

Por volta dos dezoito, dezenove anos, a pessoa que lia meus escritos e os criticava com mais frequência era um professor de português que eu tive no colegial, que tinha seus vinte e poucos anos, e que veio a se tornar um grande amigo meu, o contista sergipano Antonio Carlos Viana. Quando fui estudar cinema na Califórnia, aos vinte anos, comecei a escrever em inglês – mais contos e roteiros que poemas – e meu principal leitor era meu amigo Victor Livingston, que hoje faz montagem de cinema (entre outros filmes, montou *Amadeus* e *Crumb*). Alguns anos depois, de volta no Brasil, fiz amizade com o poeta e crítico Italo Moriconi – nós dois dávamos aulas de inglês no IBEU; ele leu e criticou muita coisa que eu escrevi e traduzi, principalmente poesia, nessa fase de início da vida adulta. Creio que esses três foram os mais importantes.

A concisão é uma de suas marcas. Fale um pouco.

A concisão é mesmo uma das minhas marcas? Em comparação tanto com os poetas que seguem na trilha do concretismo e descartam a sintaxe discursiva quanto com os descendentes da poesia-mimeógrafo dos anos 1970, que cultivam o poema-piada e o epigrama, o meu trabalho não me parece particularmente conciso. Eu diria que me situo bem na *mainstream* da poesia lírica contemporânea. Mas é claro que, uma vez que essa *mainstream* toda se desenvolve sob o signo de Cabral, sem dúvida a figura mais influente na poesia brasileira das últimas décadas, minha poesia tende mais para o seco que para o úmido. Nisso, tanto quanto na tendência à reflexão metalinguística, eu diria que sou um poeta bem típico da minha geração e do meu tempo.

Existe algo que os críticos não viram nos seus versos? Algo que nunca verão?

Essa aí só mesmo outros críticos, posteriores, para responder, se a minha poesia durar mais um pouco (espero que dure).

Quais os grandes poetas da atualidade?

Não me sinto capacitado a responder essa pergunta. Não sou crítico e não conheço tão bem a produção contemporânea quanto eu gostaria de conhecer. Apenas acompanho alguns nomes que me interessam na poesia brasileira e na de expressão inglesa. No Brasil, o único poeta vivo cuja grandeza me parece inquestionável é Cabral. Mas há muitos poetas que me parecem muito bons. Dos que conheço melhor da geração mais velha que a minha, entre os que mais admiro, eu citaria Ferreira Gullar, Ruy Espinheira Filho, Armando Freitas Filho e Ivan Junqueira. Dos da minha geração e mais jovens, eu citaria Alexei Bueno, Carlito Azevedo, Nelson Ascher, Cláudia Roquette-Pinto, Augusto Massi e Aníbal Cristobo, um argentino que mora no Rio e escreve em espanhol e em português. Mas certamente estou esquecendo outros nomes que eu admiro – para não falar nos que eu não li ou li pouco e mal.

A poesia brasileira vai tão bem assim?

Acho que já respondi essa pergunta no item anterior. Acho que vai bem, sim. Agora, é claro que a gente sempre fica querendo procurar quem é o novo Bandeira, o novo Drummond, o novo Cabral. A meu ver, não há nenhum poeta vivo da estatura desses três. Mas não é impossível que algum poeta dos que já estão produzindo agora venha a crescer, e se revelar um poeta realmente maior, ou que surja amanhã alguém assim.

Qual o maior poeta de todos os tempos?

Não sei. Dentro das minhas limitadas leituras – limitadas, entre outras coisas, pelo fato de que só domino português e inglês, embora leia mal e porcamente as outras línguas neolatinas –, os que me pareceram maiores foram Shakespeare e Dante. Em português, acho Pessoa superior a todos os outros, inclusive Camões. Mas insisto que não sou crítico, não sou um estudioso sério de literatura.

Quais são as suas influências?

De novo, uma pergunta que eu não sou a pessoa mais indicada a responder. Se você perguntar quais os poetas que eu já me vi consciente ou inconscientemente imitando, ou parafraseando, ou homenageando, a lista seria muito longa, mas os nomes principais seriam talvez Pessoa, Drummond, Bandeira, Stevens, Cabral, Dickinson, Shakespeare, talvez Byron, os poetas americanos e ingleses do pós-guerra, principalmente Ginsberg, Elizabeth Bishop, James Merrill e Philip Larkin. Eu teria que citar também poetas que só li em tradução, como Kaváfis, e muita coisa que li traduzida pelos irmãos Campos, como os provençais. Também teria que citar o impacto de alguns prosadores, como Machado, Kafka e Joyce. E, certamente, a música popular dos anos 1960, o rock, Bob Dylan, e a MPB, Chico Buarque, Torquato Neto, Capinan, Gil e principalmente Caetano Veloso.

O que falta para cair de vez nesta rede?

Também não tenho muito o que dizer sobre isso. Sou um usuário parcimonioso da internet. Praticamente, só uso a rede para a minha correspondência eletrônica, para importar livros e fazer download de obras clássicas armazenadas em bibliotecas eletrônicas.

Ninguém mais lê teoria literária. É algo ultrapassado?

Não sei se as pessoas leem menos teoria hoje que antes. Sempre foi uma leitura basicamente para especialistas – alunos, estudiosos, escritores. Creio que, no mundo acadêmico, as pessoas continuam a ler teoria, como sempre, e fora dele quase ninguém o faça, também como sempre. O que mudou, quanto a isso? A meu ver, nada.

O que é necessário para o fenômeno poético?

Acho que não sei responder essa pergunta. Eu teria que pensar muito e provavelmente diria bobagem. Com a palavra, os teóricos de literatura. Pedir a um poeta que se pronuncie sobre questões teóricas é o mesmo que pedir a um crítico que escreva uma sextina.

Em sua poesia, que questão técnica lhe agrada mais?

Gosto muito de explorar as formas fixas. Também adoro o verso livre, mas cada vez ele me parece a forma mais difícil e exigente de todas. Gosto de experimentar sobretudo com a rima, a assonância e a aliteração; em matéria de métrica, sou quase sempre fiel ao decassílabo. Mas gosto de fazer experiências com o decassílabo, utilizar formas inusitadas – no meu último livro, trabalhei com um decassílabo meio maluco, dividido em dois hemistíquios, com o acento recaindo na 2ª, 5ª, 7ª e 10ª sílabas. E há muitos anos que não consigo me livrar do soneto. Por isso, às vezes faço variações em torno da forma canônica, invento uns sonetoides diferentes.

O que é mais difícil em tradução?

Tudo. Traduzir é muito difícil. Mas, para mim, às vezes, dá até mais prazer que escrever.

Para traduzir, até que ponto é necessário o conhecimento total da língua traduzida?

Bem, "conhecimento total" não existe de nada, nem mesmo da língua nativa. É claro que é bom conhecer bem a língua de que se traduz, mas o essencial é conhecer muito bem a língua para a qual se traduz. Um tradutor que domine bem seu próprio idioma pode traduzir até de línguas que não conhece perfeitamente, munido de bons dicionários e consultando pessoas que dominem a língua da qual ele traduz.

A tradução do Rimbaud por Ledo Ivo é uma. Já Ivo Barroso manteve a métrica. O que há de comum e de diferente nestes dois casos?

Bem, não fiz uma leitura aprofundada e comparativa dessas duas traduções. Mas acredito que tradução de poesia deve sempre tentar se aproximar ao máximo da forma do original.

Quem foi e quem é o tradutor brasileiro?

Cada vez mais, um profissional reconhecido como tal. Quando eu comecei a traduzir, há vinte e cinco anos, a ideia de que ser tradutor era uma carreira como ser médico ou advogado era simplesmente inconcebível. Hoje, isso mudou para melhor, embora estejamos ainda longe do ideal.

Por que a tradução de poesia é um trabalho de poetas?

Traduzir é um trabalho de escritor. Para traduzir poesia, é preciso ter domínio passivo e ativo do arsenal de recursos formais utilizados pelos poetas. Ou seja, é preciso, num certo sentido, ser poeta. Porém, o tradutor não precisa ter o que dizer, só precisa saber fazer um poema. Já o poeta, para ser bom, tem que ter algo para dizer, na minha opinião.

Existe uma conduta, um pudor em "mexer" na obra alheia?

Quem tem pudor de mexer na obra alheia não pode ser tradutor. Traduzir implica mexer, e muito, no texto do outro.

Até que ponto a fidelidade ao texto inicial é importante?

Uma pergunta complexa demais para responder aqui. É uma discussão teórica das mais quentes no campo da teoria da tradução. Limito-me a dizer que, entre a posição tradicional, que estabelece uma diferença clara entre original e tradução, de um lado, e a postura de autores associados à desconstrução e ao pós-estruturalismo que tendem a relativizar ou mesmo negar essa oposição, de outro, tendo a me posicionar como um tradicionalista.

Qual o papel do escritor na sociedade?

Há vinte anos, eu diria que a principal exigência feita ao escritor era de caráter ético. Hoje, eu diria que o mais importante é de natureza técnica: ele deve escrever bem. O que mudou, além do fato óbvio de que não vivemos mais numa ditadura odiosa, é que me convenci de que a literatura é bem menos importante para a maioria das pessoas do que eu imaginava. A exigência ética, portanto, é mais premente para quem trabalha com televisão e cinema. A literatura afeta uma porção ínfima da população; e a poesia, uma parte muito pequena dessa porção ínfima.

RODRIGO GARCIA LOPES
[PR, 1965]

É poeta, romancista, tradutor, compositor, ensaísta e jornalista. Publicou os livros de poesia *Solarium* (1994); *Visibilia* (1996); *Polivox* (2002); *Nômada* (2004); *Estúdio Realidade* (2013); *Experiências Extraordinárias* (2015); e *O Enigma das Ondas* (2020). É autor do romance policial *O Trovador* (finalista do *Prêmio São Paulo de Literatura de 2015*). Em 2002, foi coeditor da revista de arte e literatura *Coyote*.

Você está confeccionando *Polivox*. Conte-nos o que vem a ser o projeto?

Polivox é um projeto poético que venho desenvolvendo há cerca de três anos. Consiste num livro de poemas que coloca em discussão, via poesia, algumas preocupações estéticas, existenciais e filosóficas que me interessam neste momento em que nos aproximamos do fim de século. Uma delas é a investigação sobre a hipótese de um poema longo, um épico da percepção, nestes tempos de internet e de explosão informacional. Também há o interesse em retomar o poema como um modo de investigação. Hoje, o ambiente em que vivemos está, como sabemos, constantemente invadido por simulações de vozes, fragmentos de narrativa, de "textos". Não há como fugir disso. No poema longo que leva o título, tento pensar o poema não como um objeto "bem-acabado" e autotélico, e sim em continuar algumas investigações de uma poética do processo iniciada na última parte de *Solarium*, de 1994. Nos aspectos formais, o livro vai servir para comprovar a validade de uma escrita poética polifônica hoje, em que não há métodos de escrita superiores aos outros. Como discute Peter Burger, uma das conquistas dos movimentos de vanguarda, apesar de seu "fracasso" em seu objetivo utópico de destruir a arte enquanto instituição e mudar a sociedade – muitas vezes tornando-se uma em si mesma –, a importância do dadaísmo, do surrealismo e dos dois futurismos foi fundamental para desconstruir e liquidar a ideia de que um estilo se sobrepuje aos demais e seja tido como "universal". Foi atentar ao perigo de enfatizarmos a poesia como algo separado da prática da vida diária, foi questionar a ideia burguesa de "autonomia" da arte, de tradição, de "rigor", foi detonar a ideia de "unidade", substituída pelo conceito de "montagem", fragmentação, por uma subjetividade mais esquizofrênica e alegórica. Meu projeto parte desses princípios. No poema "Polivox", por exemplo, tento compreender o poema como um hiperespaço, onde a linguagem está o tempo todo sendo intersectada e fragmentada por outros discursos, outras "vozes". Isso é o que vejo ocorrer nos textos de Burroughs, por exemplo: o texto como zona de turbulência, interzone. Vox, aqui, se refere não tanto a ideias românticas de "a voz do poeta", à expressão de um eu lírico, mas sim como um instrumento polifônico, sempre outro. O objetivo é criar uma estereofonia no texto poético. Também é preciso problematizar o conceito de voz, que é o que quero neste livro. Concordo com o poeta norte-americano Charles Bernstein quando ele afirma que voz deve ser uma das possibilidades da poesia, e não sua essência.

Conseguiu ser o "xamã" para incorporar várias "entidades" poéticas? Como é/foi o seu processo criativo?

A ideia do poeta enquanto xamã é ancestral, tanto quanto a prática da poesia, e foi formulada de diversas maneiras no modernismo internacional. Está presente na poética visionária de Blake, mas sobretudo em Rimbaud. Está presente, de forma sutil e mais apolínea, nas "máscaras" poundianas e seu dito de que os poetas são as antenas da raça humana. Está presente em Artaud e na "Teoria do Duende", de Lorca. Entre estas possibilidades, eu ficaria com Jerome Rothenberg e sua ideia mais humilde do xamã não como um título a ser conquistado (pois isso implicaria uma mera atualização romântica da ideia do poeta enquanto "gênio" e "inspirado" dos românticos), mas no sentido em que ele lhe dá numa entrevista à revista Medusa: como um modelo para a configuração de sentidos e intensidades através da linguagem. A criação de poemas envolve múltiplos aspectos: não é só trabalho, estudo, meditação e, claro, a vida, enfim, mas uma atitude crítica e poética em relação ao mundo e às linguagens que nos cercam. Poesia é, para mim, não só a arte da linguagem, mas uma forma de percepção do mundo. Às vezes, o poema é fruto de uma ideia, uma intuição perseguida inicialmente em pensamentos e que carregamos por um tempo até colocá-la no papel. Noutras, o poema acontece quando estamos "distraídos" e, neste sentido, o acaso é muito importante: chame esse fenômeno de insight, "satori", transe, possessão... Em todo caso, o elemento dionisíaco é muito importante para o processo poético. A poesia brasileira sempre tendeu mais para a mente do que para o corpo, ao menos como ela é lida canonicamente hoje, e é preciso enfatizar, por exemplo, a fisicalidade da mente. Não há dúvida de que o/a poeta é, em muitos aspectos, semelhante ao "cavalo" dos rituais afro-brasileiros. Ele/a serve de veículo, um médium, para que a linguagem e a beleza ritualística da poesia se manifestem. É o fenômeno da glossolalia, falar em linguagens diferentes. Seria mais uma espécie de superconcentração da sensibilidade no momento de escrever um poema. Ou, como diz George Oppen, poeta do objetivismo americano: o poema como um "teste da sinceridade", um ato perceptivo. Não me guio tanto pelos temas. Como já dizia William Carlos Williams, qualquer assunto pode ser digno de ser transformado em poesia.

O livro é dividido em três partes, "Polivox", "Olhares" e "Experiências extraordinárias" em que busca, em cada uma delas, a especificidade de forma e conteúdo. Poderia falar um pouco sobre cada uma das partes?

Polivox traz poemas experimentais, mas sob uma perspectiva pós-concreta, no sentido da tradição poética brasileira. Nele, estão presentes não só o poema longo que eu falei, "Polivox", mas experiências com o *cut-up* burroughsiano, o hipertexto, a colagem, o fluxo de consciência. Já em "Olhares", trabalho com formas bem antigas de poesia. O *vers de societè* e a tradição fescenina do epigrama – influenciados pelas traduções de Marcial para o livro que estou preparando –, bem como os haicais da persona do poeta Satori Uso. Criei este poeta japonês que teria imigrado para o interior do Paraná para uma página de literatura que editava na *Folha de Londrina*, em 1985. Como não podia publicar meus próprios poemas, achei mais prático inventar um poeta e uma sensibilidade, inventando todo um percurso para a poética de Uso. Por isso, costumo dizer que, à maneira dos heterônomos de Pessoa, Uso é uma sensibilidade distinta da minha, física e juridicamente falando. Portanto, o livro trabalha com a ideia de polifonia não só em termos de diversidade mas na presença de outras "vozes", como as de Uso e Marcial. Estes são dois epigramas da seção "Latrinália":

Agora ele é esteta, já que doutor
não pareceu seu forte;
Quando fala em rigor
logo pensam em "rigor mortis"

**

Este mau cheiro, Anaximandro,
Não vem de mim, cagando, e sim
de sua mente pensando.

Você visou erigir somente a parte estética dos poemas? As questões humanas são sempre as mesmas?

Sim e não. Por um lado, estamos num momento único na história humana, tão ou mais complexo do que o *fin de siècle* passado ou qualquer outro período. E impossível fazer qualquer futurologia quanto ao que vai acontecer, mesmo porque a eventualidade de estarmos próximos de um contato com outras civilizações – quando a NASA decidir abrir sua caixa-preta – mudará radicalmente a visão que temos do ser humano. Sexualmente, a aparição da AIDS nos fez regredir a um período pré-Revolução Sexual. Hoje, estamos descobrindo que globalização significa, cada vez mais, americanização. Ao mesmo tempo, as guerras religiosas e limpezas étnicas, a influência massificante da mídia, a pornográfica miséria e injustiça sociais brasileiras não são coisas que podem passar batido. Há temas eternos porque nossa experiência aqui como animais humanos, com nossos mecanismos de cognição, passa por experiências frequentemente em conflito: o amor, o desejo, a alegria, o medo, a morte, a consciência política e ecológica, além do problema fundamental para nós, poetas, que é o da comunicação humana.

Será a poesia a arte da escuta? O que é mais importante para o poeta: escutar a si ou ouvir a pluralidade de vozes existentes?

Os dois.

Pode-se dizer que os poemas "Canzone" e "Millenium #1" derivam do mesmo tronco poético. Mas esteticamente são bem diferentes, concorda?

Sim, na minha poesia eu me recuso, entre outras coisas, a adotar uma ideia fechada de lirismo. Em muitos poemas, eu sou um poeta lírico, mas não um lirismo careta, "condoreiro", sentimentaloide, mas um lirismo no sentido musical, de melopeia, bem como de uma visão de vida, como forma de percepção do mundo, um lirismo de nosso tempo. Um "delirismo", se quiser. Todos se esquecem que Cummings, por exemplo, que nos acostumamos a ver como um poeta "concreto", era um poeta que, atrás do arcabouço técnico e da desconstrução da sintaxe, era profundamente lírico, às vezes até piegas. O que é preciso é expandir o terreno lírico e permitir que este lirismo dialogue com outros discursos, com outras formas poéticas, com estados que aparentemente podem não ser a princípio considerados "líricos". Até mesmo poetas como Augusto e Haroldo têm momentos de intensidade lírica, não é? Ao mesmo tempo, acho ridículo que alguns poetas jovens hoje continuem com uma ideia velha de poesia, atrelados a pressupostos românticos, parnasianos, como se não tivesse nenhuma revolução poética desde Mallarmé, Blake e Rimbaud, além das energias liberadas pela contracultura. É simplesmente ridículo. Este "fenômeno" poético, assim como a canonização do concretismo, bem como do Tropicalismo segundo Caretano Verboso, coincide com a ascensão ao poder de um representante de uma elite acadêmica e aparentemente "cabeça" ao posto político mais importante do país. Só agora a ficha está começando a cair. Estamos caindo na vala de extermínio do academicismo. Voltando a falar de lirismo, acho que o poeta que se afasta demais de uma visão lírica de poesia ou abandona a prática de uma vez, como Rimbaud, ou então passa a atacar a poesia como tendo como sua maior deficiência justamente o lirismo (como ocorreu com a poeta norte-americana Laura Riding, por exemplo). A sensibilidade poética talvez seja mais bem explicada como um equilíbrio yin/yang entre pensamento e emoção, lucidez e a outra lógica da poesia, mente e corpo. Neste contexto, você ter citado o "Canzone" é ilustrativo disso que estou falando. Pensei o poema para ser recitado numa performance com "cama sonora", meio Idade Média e meio jazz, e nele tento traduzir, em minha experiência, a visão de um período muito anterior ao nosso, o Duecento de Guido Cavalcanti, sobretudo a visão da mulher, do ser humano mulher, porém transposta para nossos dias. Outros dois poemas dialogam diretamente com Cavalcanti em *Solarium*: "O Amor é Uma Mulher de Olhos Invisíveis" e "Balada". Já "Millenium" toca no ponto do "horror ao vazio" neste fim de século simultaneamente viciado e entupido de imagens, da crise da linguagem e da comunicação, da superficialidade que mina qualquer profundidade, evocando o *horror vaccui* barroco.

O haicai tem forma específica. Existem puristas que estabelecem uma métrica, uma temática e uma certa visão contemplativa para a existência do haicai. Como encara esta vertente mais conservadora? Fale sobre "Miragem de uma imagem".

O haicai deve ser entendido não só como um poema escrito em estado de "zen", mas como um dos muitos instrumentos poéticos à disposição do poeta. De certa forma, a proliferação de haicais na poesia brasileira nos últimos anos atenta para um facilitarismo e fraqueza expressiva. Qualquer coisa é chamada de poema. Um dos efeitos disso, acredito, pode ser explicado pela influência de Alice Ruiz e Leminski na poesia jovem brasileira. Mas mesmo eles não escrevem ou escreviam só haicai, mas foi esta parte da produção deles que acabou pegando. (E, já que estamos falando de *lyrics*, ambos também são excelentes letristas). O haicai tem um problema: enquanto forma, pode ser facilmente transformada em maneirismo repetitivo. A razão de eu publicar uma seção de haicais no meu livro tem mais a ver não com uma filiação a uma voga, já que eles foram escritos há 15 anos, mas para me ver livre do fantasma do Satori Uso.

Você só é poeta quando está escrevendo um poema?

Obviamente não, é preciso ser poeta *full time*, mesmo que não estejamos escrevendo poemas. A busca do sentido nunca para, pois a mente e o corpo trabalham 24 horas por dia. Buscamos um sentido para aquele objeto logo ali, para uma sensação, para aquela imagem, assim como nos sonhos a mente fecha portas que ela mesma abriu, enquanto segue compondo. O poeta pode não estar fisicamente, num papel, fazendo poesia, mas num certo sentido ele está escrevendo e compondo o tempo todo. Acredito na poesia não só enquanto um belo objeto mas enquanto um processo. Uma forma de conhecimento. A poeta Laura Riding tem uma frase muito bonita com relação a isso: "fazer um poema é como estar vivo para sempre." Ou como ela diz: "para escrever e ler um poema é preciso superar uma tremenda inércia." Não acredito, como diria Leminski, em poetas de fim de semana. A resposta mais contundente para este tipo de questão é que, como ele dizia, "para ser poeta é preciso ser mais que poeta". Não basta apenas dominar o código, é preciso algo mais, paixão, intensidade, percepção, alegria de viver, consciência histórica, sob o risco de sua poesia ser formalmente OK, mas não dizer porra nenhuma. Voltando à questão da concisão e do haicai, uma ideia poundiana que herdamos via concretismo, por exemplo, é que poema bom é poema curto e imagista. Esta visão tornou-se um paradigma ou "norma" que muitas vezes se traduz numa brevidade que não diz muita coisa (em vez de estar falando o máximo com o mínimo de palavras) e parece estar como que bloqueando a aparição de outras possibilidades poéticas por aqui – isso se dando via inflação de haicais ou na canonização do poema curto e "técnico". Na minha opinião, quase sempre é a falta de fôlego que restringe, hoje, um poeta, necessariamente, ao poema curto. Concisão não é só uma questão de quantidade mas de qualidade. Num poema curto, como ocorre hoje em muitos poemas concretos e em poetas contemporâneos brasileiros, você pode ser conciso e não dizer coisa alguma. Fica aquela sensação de que "concisão", muitas vezes, é desculpa para a falta de fôlego e estreiteza de visão do poeta, para uma falta do que dizer camuflada de brevidade. Este, aliás, é o tema de um poema recente meu, "Dizer," que polemiza com isso. A personalidade do poeta e a personalidade do poema são, de certa maneira, especulativas. Se você, enquanto pessoa, é um bosta, um ressentido, as chances de sua poesia ser ressentida e uma bosta se tornam bem maiores. Claro que há sempre a chance de um bosta se safar da acusação de "ruim" apenas pelo domínio de uma técnica: é que isto passou a bastar, no Brasil, para valorizar um poeta como sendo "bom" ou " ruim". É o que ocorre hoje com os poetas de terno e celular. Se você vive trancafiado numa sala com ar-condicionado num apartamento nos Jardins escrevendo poemas com uma visão meramente literária ou burguesa em mente, a consequência imediata é a incapacidade de enxergar o que está fora do texto, além da página.

Como podem conviver tantos estilos dentro de um poeta só? Esta é a "missão" do poeta na pós-modernidade: trazer ao presente o futuro recriado, o "tempo redescoberto"?

O ser humano é, por natureza, uma sensibilidade em conflito, não é? Como querer, então, que os produtos culturais de uma mesma pessoa sigam uma ordem ou método determinado? Eu não aceito isso. Geralmente, os "cítricos" são incapazes de ver diversidade na opção estética não como um "vale-tudo" mas como uma opção estética! Nos cansamos de regras. Geralmente, o poeta acha um "estilo", um maneirismo, e se cola nele para o resto da vida como um cão a um osso. E a isso, muitas vezes pra desculpar a falta de visão e outras possibilidades, costumam dar o nome de "método". Os críticos, por outro lado – se é que ainda existem críticos de poesia no Brasil que mereçam esta designação –, estão sempre a buscar valores como "unidade", "coesão", "forma". Para mim, como disse Charles Olson, "forma é uma extensão do conteúdo". Ou seja: cada poema é uma aventura diferente da que a precedeu. Por isso, cada um pede uma forma adequada para sua investigação que é, ao mesmo tempo, irrepetível. Como faço questão de enfatizar, quando digo "diversidade" poética não é no sentido de uma concessão liberal-democrática, uma variedade festeira política e poeticamente correta, e sim como o sentido de "conflito", "divergência" e " dissidência" que a palavra carrega etimologicamente.

Como é o poema feito atualmente no Brasil? O que está em voga?

O poema feito atualmente no Brasil, ao contrário do que querem os neoformalistas e neoacadêmicos, é mais diverso, conflituoso e plural do que seríamos capazes de visualizar. Só tenho certeza de uma coisa: o que está em voga não é a poesia.

SIMONE CAMPOS [RJ, 1983]

Escritora e tradutora. Estreou na literatura aos 17 anos, com o romance *No Shopping* (2000). Depois, vieram *A Feia Noite* (2006); a ficção científica on-line *Penados y rebeldes*; e o livro de contos *Amostragem Complexa* (2009). Seu livro interativo *OWNED – um novo jogador* (2011), inspirado na cultura dos videogames, saiu em papel e em meio digital. Em 2014, publicou *A Vez de Morrer* (romance) pela editora Companhia das Letras.

Você enfrenta algum preconceito por ser uma escritora tão jovem (25 anos)?

Quando produzo algum efeito literário mais elaborado, as pessoas tendem a pensar que foi por acidente ou porque vivi aquilo. "Ela é muito nova, não pode dominar a técnica ou ter a imaginação para isso". Como muitos autores jovens se inspiram mesmo na própria vida, e com orgulho, as pessoas ficam predispostas a acreditar nisso e eu acabo no mesmo saco, por mais que esperneie dentro dele. Já fui acusada de autobiografismo em relação a uma libertina branquela (*A feia noite*), a uma morena pobre que parte para o exterior (*Elidu*), uma lésbica apaixonada (*Bondade*) e uma patricinha rica (*No shopping*). Quer dizer, basta usar a cabeça para ver que não é possível. Se bem que, no fundo, é um elogio: consegui tornar aquele personagem real para o leitor...

Como foi ganhar a bolsa Petrobrás Cultural? Qual a importância deste incentivo para escritores?

Foi ótimo – embora a burocracia me enerve. A importância da bolsa é que te dá o tempo para trabalhar. Fazer sucesso com o primeiro ou segundo livro não te dá o dinheiro para comprar o tempo. Então você rascunha na beira do caderno na aula, para o trabalho e digita algo, escreve de noite quando chega em casa... e assim o livro anda muito devagar! Claro, andar depressa demais também não adiantaria, porque é preciso fermentar as ideias um pouco – quanto vinho verde há por aí... E você não precisa escrever o tempo todo. Ler, pesquisar e observar também é importante. E até não fazer nada.

O rótulo geração 90 cabe bem para definir a sua produção? Qual a característica e o que há em comum entre os escritores contemporâneos?

É um rótulo. Eu nunca escapo dessa sensação de ser uma das 15 debutantes: no fundo cada uma é um indivíduo singular, é meio chato levá-las assim em bloco para a festa. A maioria topa isso pelo bem dos álbuns de fotografia e da memória fraca das tias. Eu publiquei em 2000, então, estou entre a geração 90 e a 00 – até saí na antologia Geração 90 e numa matéria chamada "Geração 00" com meses de diferença. Para definir o que qualquer uma das duas têm em comum, eu precisaria abraçar o rótulo, generalizar e ler todo mundo, e não acredito em fazer nenhum dos três.

O seu primeiro livro é sobre um shopping. O que é fascinante neste universo e como foi a elaboração do livro?

Mundos artificiais são extremamente fascinantes, tanto pela sua dinâmica interna como na sua relação com o exterior. Shoppings. Internatos (vide Harry Potter). Seitas. Clubes. Grupos de apoio (Clube da Luta). A pesquisa no shopping era uma pesquisa que qualquer um podia realizar facilmente e que apesar disso era uma inovação. Mas só sendo adolescente para ter aquela visão de terreno.

Qual a importância da internet para o escritor atual?

É o canal de divulgação ao alcance de qualquer escritor. E quando se disseminar mesmo o e-book, vai ser mais importante do que nunca. Agora, o escritor, pelo menos o brasileiro, tem que perder essa ideia de "maldito" e começar a divulgar direito o trabalho, sem depender tanto de assessoria de imprensa. O que não significa aporrinhar a paciência de todo mundo para ler o original dele, e sim atraí-los para essa leitura de forma criativa.

Qual a influência da música, da pintura e outras artes no seu trabalho?

Às vezes, parece que estou pintando com palavras, especialmente no início dos textos. Uso muitos verbos de ligação, estabelecendo um clima, uma temperatura, e também uso muitas cores e luzes diferentes. A música entra como insumo – eu escrevo ouvindo música, chego a coletar algumas que têm a ver com o tema e fazer listas – e como fonte de ritmo. Todo texto tem que ter ritmo. As outras artes contribuem aqui e ali, como a arquitetura na hora de imaginar a disposição de um apartamento, algo muito importante no caso do *A feia noite*. O quarto da Maria Luiza fica de frente para um paredão, escapa do sol. Tive que criar uma planta baixa, pensar em pontos cardeais. Mas isso não fica aparente na história – e nem pode ficar. A pesquisa tem que ser invisível.

Acredita em escrita feminina? Escrita tem sexo?

Às vezes tem, mas não está condicionado ao sexo do autor ou do leitor. É algo arquetípico. A Patrícia Mello e a Ana Paula Maia escrevem livros de macho, em que acontecem coisas sujas e criminosas. E Alan Warner e Chuck Palahniuk já escreveram, pelo menos um livro cada um, com mulher em primeira pessoa. No entanto, eu gosto de todos. Ou seja, no fundo, classificar não ajuda muito: toda literatura é meio hermafrodita.

Como você definiria seu estilo de escrever?

O único jeito de defini-lo é dizer que ele é mutante, maleável: um estilo Zelig. Ele se molda ao tema que escolho. Ele se torna o personagem e o cenário. Ou seja, o leitor tem a impressão de que estou sempre escrevendo algo muito diferente. Por um lado, é bom, garante a originalidade, mas por outro, deixa o leitor sem chão, porque ele pode gostar muito de um texto e ver pouco ou nenhum reflexo dele no próximo.

O e-book tem futuro?

O e-book é o futuro. Assim que inventarem um leitor digital decente, o livro em papel vai começar a virar o que virou o vinil: item de colecionador. Isso não é ruim: vai salvar muitas florestas. Mas o mercado vai virar de cabeça para baixo, é claro. Vai ser uma seleção natural mais estrita para autores e editoras.

Quem é o escritor brasileiro?

O escritor brasileiro não desiste nunca. O escritor brasileiro é, antes de tudo, um forte. Às vezes, até os que deveriam desistir, não desistem. Alguns querem ser escritores pelo desgosto com a sociedade, pelo fato de poder trabalhar longe dela e ao mesmo tempo garantir seu sustento por ela, e outros estão deslumbrados com a sociedade, mas vão fingir que não, até para aparecer mais.

Estamos na periferia do mundo literário, e não conseguimos ser exóticos o suficiente para ser publicados "lá fora". Aí nos voltamos para o mercado interno, que só agora está começando a florescer, e temos que adivinhar do que o público gosta, porque todo mundo finge que sabe, mas só se apoia em dados externos ou posteriores como listas de best-seller. Aliás, a maioria dos escritores brasileiros é alérgico a marketing, quer dizer, não gosta nem de pensar em leitor, editora, divulgação.

Qual o papel do escritor na sociedade?

Depende do escritor. Dá para escolher seu papel, quer dizer. Se vai ser um ser político, apolítico, um ermitão ou mais um escritor de mesinha de bar. Mas acho que é escrevendo, e não sendo, que se tem mais poder para influir no imaginário de uma sociedade; disseminar ideias subjacentes que geram, mais tarde, as mudanças. Além do mais, aqui no Brasil, o escritor tem um dever extra a cumprir: levantar a bola da literatura, torná-la mais disseminada, especialmente, escrevendo bem.

VIRNA TEIXEIRA [CE, 1971]

Publicou os livros *Visita* (2000) e *Distância* (2005). Tem colaborações em várias revistas, suplementos literários e *e-zines* como tradutora: *Oroboro*, *Inimigo Rumor*, *Zunái*, *Suplemento Literário de Minas Gerais*, *Pop Box*. Traduz, principalmente, poetas de língua inglesa: Robert Creeley, Mina Loy, Edwin Morgan e Delmore Schwartz (Escócia), entre outros; além de poetas de língua espanhola (Alejandra Pizarnik) e francesa.

Qual é a relação da sua poesia com a fotografia?

Muito próxima. Gosto muito de fotografia. Muitas vezes eu construo um poema a partir de uma imagem. Alguns poemas do meu segundo livro, *Distância*, surgiram da observação direta de trabalhos fotográficos, como os da americana Nan Goldin.

Sua escrita é minimalista?

Minha escrita é concisa, objetiva. As palavras são depuradas, para criar um efeito máximo. Se fosse definir esteticamente minha escrita como minimalista, penso que seria algo como "minimalism with a heart". Tenho, aliás, dilatado um pouco os versos em poemas mais recentes, enriquecido as imagens, porém continuo concisa.

Você é tradutora. Traduzir é recriar?

Depende do que você quer dizer com recriar, com a liberdade desse processo. Traduzir é um ato de criação, de certa forma. Eu prefiro sempre ser servil no meu trabalho como tradutora, procurando respeitar ao máximo a prosódia, o ritmo e a sintaxe dos poemas que traduzo.

Qual a importância da poesia americana para a sua formação?

Sempre li muita poesia americana: Emily Dickinson, Elizabeth Bishop, Gertrude Stein, Marianne Moore, Robert Creeley, Lorine Niedecker, para citar alguns nomes. Diria que a poesia norte-americana sempre teve um papel mais central na minha formação, apesar de ser uma leitora regular de poesia brasileira. Mais recentemente, tenho lido muita poesia britânica, que é em grande parte, com exceção talvez dos poetas românticos, desconhecida no Brasil.

O que o fato de ser neurologista ajuda ou atrapalha a poeta que é?

Um bom neurologista deve ser detalhista, e ao mesmo tempo objetivo e conciso. O sentido da visão também é essencial nessa especialidade, que escolhi justamente por gostar de observar. O exame neurológico começa no momento em que o paciente entra na sala de consulta. Percebo que também aplico essa metodologia na minha escrita. Então eu diria que ajuda, complementa. Há também a liberdade de me deslocar entre essas duas atividades, o que me permite talvez um olhar diferente, de fronteira. O que atrapalha mesmo é o tempo, que é curto para conciliá-las.

Walter Benjamim dizia que o cinema era a maior das artes. Qual é a maior das artes para você?

Pergunta difícil, pois sou uma grande apreciadora de cinema. Creio que a maior das artes ainda é a pintura.

Você foi muito bem no Prêmio Funalfa. Conseguiu ser uma das finalistas. Qual a importância dos concursos literários? Como foi sua experiência?

Inscrevi-me no prêmio Funalfa como uma tentativa de publicar meu livro. Visava principalmente esse objetivo. Até conseguir um espaço junto a alguma editora, o que leva tempo, você tem que financiar o seu trabalho, se quiser publicá-lo. Fui uma das cinco finalistas do prêmio Funalfa de 2004. Não consegui a publicação, mas a experiência funcionou como uma espécie de termômetro, de avaliação da minha escrita. Fiquei contente com o resultado.

Com quantas metáforas se faz um poema? Fale de seu processo criativo.

Com um mínimo de metáforas. Meu processo criativo começa com uma observação externa que capta o meu olhar, ou com uma imagem interna, como uma memória, por exemplo. A partir desta observação traço um diálogo, que pode ser descritivo ou narrativo e que procura ao mesmo tempo deixar margens para a interpretação do leitor. Dentro desse processo eu incorporo: fotografia, cinema, artes plásticas, música, percursos urbanos, um pouco da paisagem. Estar em lugares diferentes, viajar, sempre estimulou esse processo. Representa a possibilidade de regular o olhar de longe, como um foco: daí parte da ideia de *Distância*.

Você está lançando seu livro em diversas cidades do Brasil. O poeta tem de ir onde o povo está?

Gosto de viajar e de conhecer pessoas, de me deslocar, fazer contatos. Lançar o livro em várias cidades foi também uma forma de unir o útil ao agradável. Ir onde o povo está, por que não?

Para quem daria um Nobel de Literatura?

Daria um Nobel de Literatura para o poeta escocês Edwin Morgan: pela impressionante versatilidade e habilidade técnica e temática da sua escrita. Além de poesia, escreveu ensaios, escreveu e traduziu peças de teatro e traduziu poemas de mais de doze línguas diferentes para o inglês, sempre com uma qualidade excepcional, com muita originalidade.

Qual a epígrafe ou mote que acompanha pela vida?

Gosto muito de citações. Uma delas é de Tennessee Williams: *"Time is the longest distance between two places"*.

Poesia tem função? Qual o papel do escritor na sociedade?

Há coisas mais importantes do que a poesia, como diz o poema de Marianne Moore. Mas nela há lugar sobretudo para o que existe de genuíno: este é o seu papel.

Poeta, filósofa, psicanalista e especialista em elaboração e implementação de políticas públicas. Publicou sua tese de doutorado *Nietzsche e a Grande Política da Linguagem* (2005), além de diversos livros de poesia, filosofia e psicanálise.

VIVIANE MOSÉ

[ES, 1964]

As diversas variações do poema "acho que a vida anda passando a mão em mim" acabam voltando ao mesmo lugar inicial. A alusão ao eterno retorno nietzschiano é proposital? Fale sobre o poema.

O eterno retorno nietzschiano não é uma simples repetição das coisas. Ao contrário, é a porção mais complexa e difícil do pensamento de Nietzsche. Em meu poema, a repetição tem apenas uma preocupação sonora. O poema inicialmente era "acho que a vida anda passando a mão em mim". E só. Como tenho o costume de escrever coisas muito curtas, pensei em estender um pouco, explorar mais a frase. Então "a vida anda passando", "a vida anda em mim", "há vida em mim". E o retorno à primeira frase é, este sim, apenas um recurso sonoro, estético, e não conceitual. No entanto, é inegável a presença de Nietzsche em meu trabalho. O primeiro texto que escrevi sobre Nietzsche, que se chamava *Nietzsche, Artaud e a Arte*, foi minha monografia de graduação em 1987. Na verdade, estudo este pensamento desde que entrei na universidade, aos 17 anos. A frase "acho que a vida anda passando a mão em mim” é profundamente marcada por esta influência, mas não intencionalmente ao eterno retorno, e sim à relação íntima que Nietzsche estabeleceu com a vida, que nele diz respeito às intensidades, ao choque de forças, e não à cultura. Dizer que “a vida anda passando a mão em mim” é, para mim, dizer que as intensidades estão ao meu lado, que a vida está me querendo. Ao mesmo tempo, percebo que “a vida anda passando”, percebo que estou morrendo. E esta ideia, a de morte, não me parece tão ruim. Mas não sei se este tipo de explicação é bom pro poema. Acho mais rico que ele exista sozinho.

Como é fazer amor com o tempo?

É comê-lo ao mesmo tempo que ele me come. Olhá-lo nos olhos e pedir que me presenteie com sua sabedoria. É pedir que me conte seus segredos. Que sopre coisas em meu ouvido. É parar de lutar contra ele. É perceber sua beleza, mesmo quando dor. Nietzsche musicou um poema de Lou Salomé, que termina mais ou menos assim (não tenho aqui a referência literal): “vida, quando não tiver mais nada a me dar, me dê sua dor”. Acho esta a máxima afirmação do tempo. Tempo é vida.

Tempo derretido é poema? O que é o poema? Com quantas metáforas se faz um poema?

O tempo não se cristaliza. Ele é sempre adiante. E o poema, por ser vazio, aberto, por não ser um conceito, é uma moldura vazada onde o tempo flui. Então, o poema é um tipo de retrato do tempo. Um retrato móvel, indefinido. Acho que todo bom poema é um ato de amor com o tempo. Ou um namoro. Ou um tipo qualquer de relação. O poema nos permite ver o tempo no espelho. E não a nós mesmos. É mais ou menos assim que penso.

A sua religiosidade e ligação com o Espírito Santo é a mesma ligação de Adélia Prado?

Eu nasci no estado do Espírito Santo, em Vitória. Esta é minha única relação com o Espírito Santo. O que é bastante. Eu sou aquela terra. Aquela gente. Em meu corpo tem um vento que eu trouxe de lá. Vitória é o chão onde piso mesmo quando piso em outro chão. Além disso, sou apaixonada por palavras: acho Vitória do Espírito Santo um nome lindo para um povo.

"E eu, que não sou Clarice nem nada, fui mal forjada,/ não tenho bons modos nem berço." Qual influência tem de Clarice Lispector? Quais suas outras influências?

Eu amo Clarice Lispector e Jorge Luis Borges. São palavras que me estimulam à vida, que tocam diretamente em meu corpo. E tenho profunda admiração por João Cabral de Melo Neto, Guimarães Rosa, Manoel de Barros e Arnaldo Antunes. Não sou profunda conhecedora de Literatura. Leio apenas por prazer. O que me dedico a estudar é filosofia. Acho que meu poema é mistura disso tudo.

Você acredita em linguagem poética feminina?

Não.

Qual a sua relação com o mundo masculino? Em "Ana", há uma revolta contra os homens?

O poema "Ana" é um poema de que gosto muito. Se você perceber, ele descreve uma trajetória ascendente de afirmação da beleza até o impossível: a Ana era tão linda, mas tão linda, que eu, como poeta, não tinha mais aonde levá-la; o poema se tornou impossível. Então, fiz com que sua beleza fosse comida pelo tempo. Quem come Ana é o tempo. Eu adoro os homens, por isso utilizei a metáfora do sexo ("por falar em sexo quem anda me comendo é o tempo") para me referir à afirmação máxima da vida, que é a afirmação do tempo. Quanto à minha relação com o mundo masculino, devo dizer que desconheço o mundo masculino; conheço apenas um mundo, o mundo, que tem homens e mulheres coexistindo. Estas diferenciações são reducionistas e polarizadas.

Em que o fato de ser psicanalista ajuda a sua visão de mundo e, consequentemente, a poesia?

A psicanálise é uma atividade clínica que exerço há bem mais de dez anos. Acho que o que mais aprendi em consultório foi conviver com a dor. Sem dramas. Sem novelas mexicanas. No mais, as histórias humanas são muito parecidas umas com as outras.

Você tem experiência em falar seus versos em público. Qual a importância do CEP 20.000?

É uma fonte de vida, experimentação, criação. É a melhor coisa (no que diz respeito à poesia) que vivi desde que cheguei ao Rio de Janeiro e continuo vivendo. Foi ali que desenvolvi minha forma de falar. Por ser um centro de experimentação, o CEP não está sujeito a julgamentos, não é um espetáculo, então pode ser muito bom ou muito ruim. Mas é, antes de tudo, fértil. Muitas pessoas que hoje se destacam na cultura carioca, não só na poesia, passaram por lá, mesmo que não admitam.

Walter Benjamin erra quando hierarquiza cultura?

Não conheço muito bem Walter Benjamin.

Para que serve a poesia?

Para ser lida, ouvida e degustada.

Por que escreve?

Sempre escrevi, desde criança. Mas não pensava em ser escritora. Queria ser cantora, mas não deu certo. Acho que escrevo porque minhas mãos escrevem. Então resolvi, há alguns anos, seguir esta obsessão, me dobrar sobre ela, dando-lhe um contorno estético mínimo. Acho que daí em diante minha escrita cresceu, se sentiu em casa e hoje abusa de mim. Isto não quer dizer que eu escreva bem. Quer dizer que o que escrevo hoje é o melhor que posso. É só mesmo isto que posso.

Qual o papel do escritor na sociedade?

Não se sabe hoje muito bem o que é um escritor e o que é a sociedade. É isso que ando tentando entender. Mas ainda não sei.

Lista de entrevistados do *Balacobaco*

Com base nos arquivos digitais de Rodrigo de Souza Leão, sob a guarda da Casa de Rui Barbosa, pudemos encontrar uma extensa lista de entrevistas. Algumas delas foram enviadas para os entrevistados por e-mail, respondidas e publicadas nos meios virtuais de então, dentro do projeto da revista digital *Balacobaco*, mantido pelo autor. Outras entrevistas estão ainda em formato de rascunho, foram respondidas pelos entrevistados, porém não chegaram a ser publicadas pelo autor. Consideramos incluir, também, algumas desse grupo em nossa seleção. Um último grupo, situado na pasta "roteiro de entrevista", é composto das perguntas que Rodrigo de Souza Leão pretendia fazer para uma série de outros escritores e artistas, mas que não chegaram a ser realizadas, ou foram realizadas e publicadas em outras mídias e não compõem o acervo do autor. Incluímos, igualmente, esse último grupo na listagem a seguir. Arquivados apenas com o primeiro nome ou o apelido, alguns entrevistados não puderam ser identificados. Cabe lembrar que nem todas as entrevistas que o autor-entrevistador menciona ter feito podem ser encontradas em seu arquivo digital, sugerindo que parte do material pode ter se perdido.

Entrevistas realizadas

Ademir Assunção
Alberto Pucheu
Andityas Soares de Moura
André Luiz Pinto
Andrea Abdala
Antônio Moura
Aroldo Ferreira Leão
Arthur Gomes
Caio Meira
Carlos Careqa
Cláudio Alex (Calex)
Claudio Daniel
Dirceu Villa
Donizete Galvão
Esdras do Nascimento
Fabio José Alfredo Santos da Rocha
Fabio Weintraub
Fabrício Carpinejar
Flávia Rocha
Flávia Savary
Flávio Moreira da Costa
Floriano Martins
Frederico Barbosa
Gabriel Kolyniak
Gerardo de Mello Mourão
Gisela Rao
Glauco Mattoso
Greta Benitez
Heloisa Buarque de Hollanda
Horácio Costa
Iosif Landau
Italo Moriconi
Jiddu Saldanha
João Silvério Trevisan
Jorge Lucio Campos
José Lino Grünewald
José Mendonça Teles
José Nêumanne Pinto
José Paulo Paes
Julia Debasse
Lau Siqueira
Lobão
Luiz Antonio Aguiar
Luiz Roberto Guedes
Marcelino Freire
Matias Mariani
Mauro Faccioni Filho
Pádua Fernandes
Paulo de Toledo
Paulo Henriques Britto
Régis Bonvicino
Ricardo Corona
Ricardo Gessner
Roberto Torero Fernandes Júnior
Rodrigo Garcia Lopes
Ryoki Inoue
Sérgio de Castro Pinto
Silio Boccanera
Vitor Paiva
Viviane Mosé
Wilson Bueno

Roteiro de entrevistas

Adriana A.
Alfredo Fressia
Amador Ribeiro Neto
Ana Elise
Ana Portugal
Ana Rusche
Barbara Lia
Bernardo Carneiro Horta
Branco Leone
Cacá Moreira de Souza
Chantal Castelli
Claudio Daniel e Frederico Barbosa
Dália Teles Veras
Diego Vinhas
Eberth Alvarenga
Edmar Monteiro Filho
Edson Cruz
Eduardo Kac
Eduardo Sterzi
Fabiano Calixto
Fernando
Fernando Gabeira
Foed Castro Chamma
Franklin Alves Dassie
Goulart
Jeanete Rozsas
João Filho
Joca Reiners Terron
José Aloise
Jussara Salazar
Leonardo Gandolfi
Linaldo Guedes
Lona
Luci Collin
Luciana Martins
Luiz Dhof
Manuel Pinto
Manuel Rodrigues
Mara Liz
Marcelo Fromer
Marcelo Sahea
Maria Esther Maciel
Moacir Amancio
Moacy Cirne
Neide Archanjo
Nelson Oliveira
Paulo Rosenbaum
Raimundo Carrero
Rainieri Ribas
Reynaldo Damazio
Ricardo Aleixo
Ricardo Carvalho
Ricardo Silvestrin
Rodrigo Gurgel
Rodrigo Petronio
Ronaldo Cagiano
Sabrina
Sergio Alcides
Sergio Medeiros
Silvio Back
Soares Feitosa
Suzana Vargas
Tavinho Paes
Tuti Maioli
Virna Teixeira
Vitor Paiva
Wanderson
Wilmar Silva

Mapa dos entrevistados da edição

O recém-surgimento da internet, à época, permitiu que Rodrigo de Souza Leão rompesse com facilidade as barreiras geográficas e mantivesse um contato intenso com poetas e artistas de diversos cantos do Brasil e do exterior. É uma situação paradoxal, pois, por outro lado, diagnosticado como esquizofrênico, o autor era recolhido e mal saía de sua casa. Destacamos, a seguir, a dimensão do alcance regional dos entrevistados compilados nesta edição.

Ramon Nunes Mello com
Rodrigo de Souza Leão,
na ocasião da entrevista
concedida pelo autor.

foto: Tomás Rangel

Fragmentos humanos

Com um texto atraente e incômodo, Rodrigo de Souza Leão afirma sua condição: poeta. Sua prosa está contaminada de poesia.

No livro *Todos os cachorros são azuis*, o autor narra, por meio de uma experiência autobiográfica, a trajetória de um homem internado no hospício. E destaca três momentos da vida do personagem – infância, adolescência e fase adulta – para costurar uma narrativa marcada pela fragmentação do ser humano, característica que dialoga com a produção de alguns autores contemporâneos.

Não leia o livro à espera de linearidade, pois é justamente a ausência dela que prende o leitor. A escrita de Rodrigo torna-se mais valorosa quando lembramos que trata-se de um autor esquizofrênico – como ele gosta de deixar claro. O escritor tem a generosidade de mergulhar no seu rico inconsciente e nos apresentar personagens que não conseguimos enxergar em nosso cotidiano.

Personagens delirantes apresentam momentos de lucidez. Rodrigo, durante a entrevista concedida em sua casa, na Lagoa, apresentou o avesso de sua criação: lúcido com emocionantes instantes de delírio.

Ler esta entrevista e os livros do autor é abrir uma janela a inúmeros estados de consciência, é mergulhar no desconhecido, é enxergar através de uma lente azul – como propõe o narrador. Desejo que Rodrigo de Souza Leão tenha sempre facilidade para publicar seus escritos; os leitores agradecem.

RODRIGO DE SOUZA LEÃO

[RJ, 1965-2009]

Por Ramon Nunes Mello

Foi jornalista, músico, poeta, prosador e pintor. É autor de *Todos os Cachorros são Azuis* (2008), finalista do prêmio *Portugal Telecom*, *Há Flores na Pele* (2001), dos romances póstumos *Me Roubaram Uns Dias Contados* (2010), *O Esquizoide – Coração na Boca* (2011), *Carbono Pautado* (2012), além de diversos *e-books* de poesia.

Foi vocalista da banda *Pátria Armada* e fundador e coeditor da *Zunái – Revista de Poesia & Debates*.

Na pintura, deixou inúmeros quadros inspirados na chamada Geração 80.

Por que o título do seu livro é *Todos os cachorros são azuis*?

Na minha primeira infância, eu tive um cachorro de pelúcia azul. Depois, esse cachorro sumiu e nunca mais eu vi. É forte lembrança desse tempo. Como o livro fala de três fases da minha vida, resolvi fazer o link com minha infância. Mas nenhum cachorro é azul, é bom deixar claro. Só os cachorros de pelúcia são azuis.

Você tem alguma cor predileta?

Eu gosto de azul e preto.

Você escreve prosa e poesia. Como surgiu seu interesse pela literatura?

É uma história longa. Você tem tempo?

Sim, pode falar.

Eu comecei escrevendo poesia. A Suzana Vargas foi minha professora na Estação das Letras. No meu primeiro dia de aula, ela pediu que os alunos escrevessem um texto para ser comentado. Mas meu texto não foi escolhido para ser lido. Fiquei muito triste. O texto era assim:

a bomba é a solução / pra essa situação / pra crise geral / pro imposto territorial

Fala dos problemas políticos do país. Depois virou um hino punk através do grupo Eutanásia, onde meu irmão tocava bateria. Meu irmão me roubou essa parte da letra e colocou na música dele. Eu nunca quis ser escritor, meu plano era ser vocalista. Na década de 1980, tive uma banda chamada Pátria Armada. Fizemos show no Circo Voador, na Metrópolis, no Made in Brazil – casas de shows da época. Minha meta de vida era ser músico.

Você toca algum instrumento?

Eu toco um pouco de violão, mas só para compor. Minha voz fica boa impostada, perdi muito poder vocal por causa dos remédios que eu tomo.

Por que você toma os remédios?

Para controlar o meu distúrbio delirante, minha esquizofrenia. Aos 23 anos, tive um sério problema, identificaram a esquizofrenia. Hoje em dia, usam muitos eufemismos para essa doença.

A Dra. Nise da Silveira batizou a esquizofrenia de "inúmeros estados do ser"...

Nise da Silveira é maravilhosa, uma mãe. Mas voltando aos 23 anos: tive um problema sério quando trabalhava na assessoria de imprensa da seguradora da Caixa Econômica. Foi uma crise de estresse muito elevado. Eu já era esquizofrênico, mas nunca havia manifestado a doença. Aos 15 anos, eu achei que tinha engolido um grilo – esse episódio está no meu livro. Aos 23 anos, no dia 03 de setembro de 1989, eu fui internado pela primeira vez, se não me falha a memória. Fui internado numa clínica, que não vou dizer o nome para não ser processado. Me colocaram camisa de força, me jogaram num cubículo e me deram um "sossega leão". Mas o hospício em si não é a pior coisa do mundo. Porque, geralmente, não se sabe lidar com a loucura. Para a família, é muito complicado; ela se vê impelida a internar. O louco quebra a casa toda, faz um monte de merda, como aconteceu comigo na segunda internação. E pra onde você vai mandar esse cara? Eu sou a favor da luta antimanicomial. Acho que manicômio não resolve o problema de ninguém, só piora. Aqui está meu irmão, que é bipolar de humor, para comprovar. Na minha casa, há histórico familiar de problemas mentais. Ele teve duas internações. Na segunda vez, ele ficou totalmente fora de si.

Se pudesse caracterizar o estado mental em que se encontra, o que diria?

Eu falaria que eu sou esquizofrênico. Isso quer dizer que sou uma pessoa que necessita de certos cuidados: preciso tomar remédios específicos, viver uma vida diferente das outras pessoas e conseguir viver dentro das minhas "noias". Tenho que saber que a minha paranoia é paranoia e aprender a conviver com ela. A palavra-chave é convivência. É a convivência com a diferença. O meu ser é diferente dos outros. O esquizofrênico tem que ter uma sensibilidade para entender que é diferente. E, sobre os eufemismos, isso é besteira. Falam "clínica" em vez de "hospício".

Não é difícil falar e escrever sobre doença?

Hoje em dia, é tranquilo. Mas teve um tempo em que eu nem tocava no assunto. Até começar a minha relação com a internet, eu não falava da doença. Escrevo mais poesia do que prosa. O meu primeiro livro chama-se *Há Flores na Pele*; só há um poema que fala de loucura. Eu falo da doença porque nunca gostei de psicólogos. Psicologia não resolve nada. Você fica batendo papo, conversando e nada. Fiz análise dos 12 aos 18 anos e não resolveu nada. Eu já tomei eletrochoque, mas com sedação. E esse eletrochoque é muito bom porque melhora muito o doente. Sério! Não é aquele eletrochoque tenebroso que era aplicado no tempo da Dra. Nise. Aquilo era um absurdo. Quem tirou o meu irmão da fase "abobalhado", durante a crise psicótica, foi esse eletrochoque.

A arte tem um papel importante na sua vida, certo?

Justamente. Eu comecei a pintar há pouco. Mas escrever é uma coisa que vem. Eu só comecei a falar após a minha segunda internação. Fui internado duas vezes: em 1989 e 2001, acho. Sou péssimo com datas e números, não sei nem meu telefone decorado. Essa segunda internação foi difícil, traumática, mas foi muito boa pra mim. Eu conheci lá dentro um cara chamado Gilberto Sabá, que foi guitarrista do Serguei, e a gente tocava o terror. Ele que fez aquela música: "Toca um, toca dois, toca três. Toca, toca, toca rock and roll..." A gente arrumava um violão e tocava para maluco dançar. (risos) Eu e ele éramos as pessoas mais lúcidas. Essa clínica onde fiquei era muito bonita, cheia de flores e árvores. Costumo dizer que hospícios são lugares tão bonitos que lembram cemitério. Eu ficava muito tempo fora do quarto vendo a paisagem, vendo a copa das árvores e escrevendo algumas coisas.

Sua prosa me lembra a poesia da Stella do Patrocínio. Conhece?

Sim. Uma louca, lançaram um livro pela editora Azougue. Isso acontece porque a loucura é igual para todos. O bipolar de humor tem momentos de euforia e depressão, com momentos tristes e maravilhosos. Se o bipolar tomar remedinhos, como Lithium e Haldol, ele consegue se curar em longo prazo. A cura não é imediata porque precisa da conscientização da doença. A pessoa que tem distúrbio delirante acha que está sendo perseguida por agentes e policiais. Você acha mesmo que está sendo perseguido! Eu nunca tive visões. Ou melhor, tive visões quando fiquei uns cinco meses sem comer em casa porque achava que estava sendo envenenado pela minha família. Eu só comprava comida fora, fiquei muito tempo sem dormir.

(Bruno, irmão de Rodrigo, se aproxima e começa a participar da entrevista)

Você tem uma lucidez muito forte em relação a isso.

Rodrigo – Não sei se é lucidez ou excesso de sofrimento. Eu sofri muito com minha doença; só eu sei o quanto eu sofri. Meu irmão também sabe.

Bruno – Sou assessor dele.

Rodrigo – Ele é meu assessor para assuntos estratégicos.

(PAUSA) O sofrimento fez com que eu tivesse um *insight*. Mas minha vida tem muitas limitações. Por exemplo, não saio de casa, sou recluso. Tenho medo de ser perseguido por agentes. É uma coisa absurda. Você está vendo um cara lúcido dizer que tem medo de ser perseguido por agentes. Mas essa é a minha doença. O que eu posso fazer?

Bruno – Quando arranja uma namorada, ele sai. Pra ir ao motel...

Rodrigo – Só saio um pouco quando arranjo uma namorada.

Você namora muito?

Rodrigo – Namorei muito até os 23 anos. Eu era muito bonito, mas não sou mais por causa dos remédios. E não vejo no relacionamento a solução para os meus problemas. Se eu quiser ficar com uma garota, ela vai ter de se adequar muito a mim, porque o problemático da relação sou eu. É difícil conciliar uma relação com alguém que não pode sair. Gosto de ficar na minha casa vendo filme e jogos de futebol. Sou "flamenguista doente". Hoje em dia, as pessoas só querem ir para festas e barzinhos. Eu não posso beber porque tomo remédio tarja preta; tomo Haldol.

Bruno – Mas faz sexo...

Rodrigo – Mas isso não tem contra-indicação. Eu já tomei muitos remédios. Mas me dei bem com esse remédio, embora dê tremor, mão fria e salivação.

Você é formado em jornalismo.

Sim. Me formei em jornalismo pela Faculdade da Cidade (atual UniverCidade). Eu não consegui me formar por uma faculdade federal, mas tive bons professores: Fernando Muniz, Lúcia Padilha, Italo Moriconi... Tive uma formação muito interessante. Meu lance nunca foi jornalismo; eu queria ser locutor de rádio. Ouvi muito a Rádio Cidade e a Rádio Fluminense com Maurício Valladares. Mas o que restou na minha vida foi escrever. O que sobrou? Escrever. Eu já fazia letra de música, depois passei a escrever poemas. Acredito que algumas letras de música são poemas.

Há letristas que são poetas.

Sim. Caetano Veloso, Arnaldo Antunes, Gilberto Gil e Chico Buarque são maravilhosos.

Você sempre gostou de ler?

Não. A leitura foi um hábito que adquiri após minha primeira internação. Eu fiquei muito tempo em casa e devorei Proust e James Joyce. Li muito o Rubem Fonseca, gosto muito dele.

Você tem um livro chamado *Carbono Pautado – memórias de uma auxiliar de escritório*.

Sim. Mas esse livro só foi importante para que eu pudesse ver como foi a minha vida.

Sua escrita é muito fragmentada, uma característica muito presente no texto dos autores contemporâneos...

Nós vivemos em tempos esquizofrênicos. Muita gente tem depressão ou síndrome do pânico. É uma sociedade que está doente porque dá valor ao que não se deve: o dinheiro. O ser humano viveria muito mais se parasse com essa babaquice de querer dominar o outro.

No seu livro, Rimbaud e Baudelaire são influências?

Rodrigo – Mais Rimbaud do que o Baudelaire. Li a obra completa do Rimbaud, que é bem curta. Gosto muito da "Canção da Torre Mais Alta":

Ociosa juventude / A tudo oprimida / Por delicadeza / Perdi minha vida.

Acho essa poesia sensacional! O Rimbaud é muito presente na minha vida. Eu tive muitos livros. Mas teve uma época em que eu achei que ia morrer, então fiz uma grande liquidação de livros. Peguei todos os meus livros, separei, dei os que eu queria dar e vendi todo o resto. Dei um disco incrível do Roberto Carlos, *Nas Curvas da Estrada de Santos*, para um cara que estava num sebo.

Bruno – Meus discos do Iron Maiden foram junto...

Rodrigo – É, os discos do meu irmão, que gosta de heavy metal. Eu só fiz essa grande liquidação porque eu achava que fosse morrer. Mas eu sobrevivi. A minha condição de vida é a seguinte: vivo o presente. Como estou vivo, faço um melhor dia pra mim. Eu não faço projeto em longo prazo. No edital da Petrobras, eu deixei claro que o meu livro estava quase todo pronto e eles aceitaram assim mesmo. Mas o meu livro foi rejeitado pela Casa do Psicólogo. Eu pensei: Nem os psicólogos estão do meu lado? Logo na Casa do Psicólogo? Num lugar em que eu deveria ser tratado a pão de ló?

Mas você conseguiu aprovação na Petrobras.

Esse projeto foi muito importante. Eu não tinha dinheiro para bancar meu livro. Apesar de viver nesse apartamento na Lagoa e parecer rico, não tenho muita grana. O dinheiro vai para serviços, remédios e outras despesas. Fui aposentado por invalidez aos 23 anos, não recebo muito. Eu consegui publicar graças à Petrobras e à 7Letras. Mas, no início, a Petrobras não acreditou muito, mandaram duas psicólogas para me avaliarem. Elas diziam: "Ele tem problemas cognitivos, problemas X, problemas Y." Foi ótimo porque depois dessa avaliação "não preciso" ter mais problemas.

Você é otimista em relação à sua carreira de escritor?

Rodrigo – Não. Mas acho que fiz um livro bom, intenso e mágico. Estou escrevendo outro livro: *Tripolar*, um livro de mais confronto com a linguagem. São três novelas que não se comunicam. Tenho uma postura positiva, mas não sou ufanista em relação a vida. Não acho que vou viver de literatura. Mas acredito no que eu faço. Vou ganhar prêmio? Isso é imponderável.

Bruno – Vai ganhar o Jabuti.

Rodrigo – Não vou ganhar.

O que é mais importante na sua vida?

O mais importante, no momento, é eu não saber o que é a coisa mais importante na minha vida. É saber colocar importâncias variadas. É importante que eu continue estável e consiga viver o máximo de tempo possível.

Você quer viver muito?

Não. Eu espero viver pouco. Se eu conseguir viver até 50 anos ficarei contente. Porque viver muito é para quem não tem problemas. Quando a pessoa tem muito problema é até melhor morrer cedo porque se livra um pouco dos traumas e angústias.

Sou uma pessoa muito traumatizada. Mas feliz! Eu sou feliz. Posso dizer que sou muito feliz, mais feliz que a grande maioria das pessoas. Eu sou feliz. Eu não estou realizado porque ainda estou no meu primeiro livro. Estou na batalha para publicar um livro há muito tempo, desde os 27 anos.

Você acredita em Deus?

Por muito tempo, eu li Nietzsche: *Assim Falou Zaratustra*. Li todos os livros de Nietzsche quando eu tinha vinte e poucos anos; eu adorava filosofia. Então, a minha relação com a religião é mais calma. Eu rezo três orações antes de dormir, minha avó que ensinou: Oração a São Miguel Arcanjo, Pai-Nosso e Oração a Nossa Senhora da Cabeça.

Salve Imaculada, Rainha da Glória, Virgem Santíssima da Cabeça, em cujo admirável título fundam-se nossas esperanças, por sedes...

Agora está me faltando, não estou conseguindo lembrar.

Sem problemas.

Bruno – E ele vê a Igreja Universal do Reino de Deus todos os dias, comigo, no quarto.

Rodrigo – Só vejo porque ele vê. Isso não tem nada a ver. Não vejo Igreja Universal.

O que é a morte?

Eu torço para que exista algo além. Gostaria de ver o que as pessoas acham de mim quando eu estivesse morto. Sabe? A reação das pessoas. Para saber se meu melhor amigo iria chorar, se alguma namorada ia lembrar de mim, se meu livro ia vender depois de morto... Porque, depois que morre, todo escritor vende.

O que é loucura?

Isso é engraçado. Porque quando se é um louco folclórico, cheio de indumentária e adereços – tipo Bispo do Rosário, Plínio Marcos, Gentileza –, aí ele é bem-vindo. Eu quero acabar com esse folclore porque eu me visto como uma pessoa normal. Não tem como definir loucura. Loucura é uma coisa perigosa de ser definida; por isso, as pessoas falam tão pouco. As pessoas têm uma ideia mitificada da loucura; o Michel Foucault falava disso. Definir loucura é não saber como se está no mundo. Não posso crer que só existam loucos como eu, que têm noção do que é a doença. Têm loucos, como o Bruno, que são menos capacitados a isso. E também têm os agressivos. Acho que os hospícios não deveriam misturar os loucos. Assim, as clínicas se tornam um depósito de gente. Os oligofrênicos deveriam estar separados dos outros loucos. Eu não vou ser mais internado, eu acho. Vou ser internado só no cemitério do Caju. (risos).

O que é a vida?

A vida é excepcional. É o lugar onde tentamos construir sonhos. Vida é algo que foi dado e só você pode tirar, se você se suicidar. Ou Deus, que também pode tirar. Mas nem sei se Deus existe. Eu sou meio revoltado com Deus. Por que eu fui nascer esquizofrênico? Por que eu não nasci mais alto, como o fotógrafo (Tomás Rangel)? Eu nasci com 1.70. Eu queria 1.85. (risos) Ramon também faz parte da família dos "gnomídios". Você deve se achar um anão. (risos)

Por que escrever?

Escrever foi o que me sobrou. De tudo o que tive, foi o que me restou a fazer.

A escrita trouxe vida?

A leitura me trouxe vida. Eu lia o Proust, anotava umas palavras num papelzinho e, no final do dia, fazia um poema. Saía uma coisa sem pé nem cabeça. Na prosa, eu trabalho o psicológico dos personagens.

Sabe alguma poesia de cor?

Sim. Vou falar:

"Mulheres"
Canetas compro e somem / Não são mulheres num só homem.

E tem outra que eu gosto: "Surto"

Pânico no circo
aladoadas têmporas

Endorfinas macaqueando
a goiabada pineal
Volts em volta
Eletrodos todos

De branco culpados
culpas pecados

Haldol no leite
Ralo do tempo

Clitóris de plástico
na sopa de adrenalina

Nódoas nuas cristalizadas na nuca
Nunca injete tudo

Camisa sem mão sem mangas
Nos olhos apenas antolhos

Na janela áurea de peristilos
punção de morte fode

Peixes fisgando anzóis comicham no corpo
Baleias de chupeta

Na veia sossegada o leão caminha
inválido de juba cortada, cuspindo
vida curta

Em curto-circuito fechado
faixas vendas ferem as paredes

Sem degraus as pilastras
Sem grade degrade

Degradado de sol
de lua

Chuva desbotada
Eletrochoque natural

Enguias guiam os volts
na cabeça dos cegos de si

Que escritores você admira?

Gosto do João Gilberto Noll.

Há quem pense que ele é esquizofrênico.

Sério? Então ele não se assume? (risos) Sai do armário, Noll! Gosto do Wilson Bueno e do Ademir Assunção – adoro o livro *Adoráveis Criaturas Frankstein*.

O que você diria para um jovem que deseja ser escritor?

Primeiro: Viva ao máximo! O que importa são os momentos. Se o livro for rejeitado, não desista! Se você gosta de escrever, então escreva para você mesmo. Eu só fui publicado quando escrevi para mim mesmo.

Entrevista publicada em 4 de novembro de 2008 na revista digital *Portal Literal*.

Sobre os organizadores

ALINE LEAL

Pós-doutoranda no departamento de Letras da PUC-Rio com bolsa CAPES. Doutora e mestra pela mesma instituição. Autora de *Sob o Sol de Hilda Hilst e Georges Bataille* (PUC-Rio/Azougue, 2018), *Caroço* (7Letras, 2016) e *Um Olhar Ecológico* (Uapê, 2007). Publicou artigos sobre Rodrigo de Souza Leão em periódicos acadêmicos.

LUCAS VIRIATO

Formado em Letras pela Pontifícia Universidade Católica do Rio de Janeiro, com habilitação em Produção Textual. Doutor e mestre pela mesma instituição, é autor de diversos livros. Atua como professor de Literatura e oficinas poéticas, edita o jornal literário *Plástico Bolha* e é curador da exposição Poesia Agora.

MARÍLIA ROTHIER CARDOSO

Doutora em Letras pela PUC-Rio (1990), é professora assistente do Departamento de Letras da PUC-Rio e atua tanto nos cursos de Graduação quanto no Programa de Pós-Gradução em Literatura, Cultura e Contemporaneidade. Professora aposentada da UERJ; publica artigos sobre arquivos literários e dimensão investigativo-crítica da escrita artística.

RAMON NUNES MELLO

Autor de *Vinis Mofados* (Língua Geral, 2009), *Poemas Tirados de Notícias de Jornal* (Mobile, 2011), *Há um Mar no Fundo de Cada Sonho* (Verso Brasil, 2016). Organizou, entre outros, *Ney Matogrosso, Vira-Lata de Raça* (Tordesilhas, 2018). Curador da obra de Adalgisa Nery e de Rodrigo de Souza Leão.

Edição
Adriana Maciel

Produção editorial
Marina Mendes

Projeto Gráfico
Dupla Design

Revisão
Marcia Glenadel Gnanni

DADOS INTERNACIONAIS DE CATALOGAÇÃO
NA PUBLICAÇÃO (CIP) DE ACORDO COM ISBD

D631

Do Balacobaco: entrevistas de Rodrigo de Souza Leão / organizado por Aline Leal ... [et al.]. - Rio de Janeiro : Numa Editora, 2021.

320 p. ; 14cm x 20cm.

Inclui bibliografia e índice.
ISBN: 978-65-87249-42-1

1. Literatura brasileira. 2. Entrevistas. 3. Do Balacobaco. 4. Rodrigo de Souza Leão. I. Leal, Aline. II. Viriato, Lucas. III. Cardoso, Marília Rothier. IV. Mello, Ramon Nunes. V. Título.

2021-3065 CDD 869.8992
CDU 821.134.3(81)

Elaborado por Vagner Rodolfo da Silva
CRB-8/9410

Índice para catálogo sistemático:
1. Literatura brasileira 869.8992
2. Literatura brasileira 821.134.3(81)

Este livro foi editado na cidade
de São Sebastião do Rio de janeiro
e publicado em outubro de 2021.

O texto foi composto com a tipografia
Roboto Mono e Margem e impresso em
papel polen soft 80 g/m² nas oficinas
da Gráfica Eskenazi.